BERND LEIX

Fächergrün

GRÜN IST DIE GIER Fronleichnam. An diesem Feiertag im Juni schlägt für zwei alte reiche Brüder die letzte Stunde. Nach einem Ausflug auf die grünen Höhen des Schwarzwaldes sterben die ehemaligen Bauunternehmer Anton und Josef Maiwald so, wie sie gelebt haben: gemeinsam. In ihrem Gründerzeithaus in der Karlsruher Oststadt ereilt sie nach dem Genuss einer Flasche französischen Rotweins ein grausamer Tod. Ursache: Taxin, ein Pflanzengift aus den grünen Nadeln der Eibe. Das Team um Oskar Lindt, Chefermittler der Karlsruher Mordkommission, kann zunächst keine dunklen Schatten im unauffälligen Lebenslauf der Brüder finden. Das ändert sich, als der Fächerstadt-Kommissar auf Zusammenhänge mit den ersten italienischen Gastarbeitern Nachkriegsdeutschlands stößt und dabei ein schreckliches Geheimnis lüftet …

Bernd Leix ist Schwarzwälder durch und durch. Er hat Forstwirtschaft studiert, lebt und arbeitet in Freudenstadt. Als Revierförster betreute er viele Jahrzehnte die Wälder rings um das Klosterstädtchen Alpirsbach. Zuvor war er einige Zeit im von Kriminalität durchdrungenen Karlsruher Hardtwald tätig. Deshalb machte er anfangs die badische Fächerstadt zum Schauplatz seiner Krimis um den behäbigen, Pfeife rauchenden Kommissar Oskar Lindt. Doch der Mordermittler aus der badischen Großstadt ist schwarzwaldbegeistert und wird geradezu von den dunklen Wäldern und den dort geschehenen Verbrechen angezogen.

BERND LEIX

Fächergrün

OSKAR LINDTS SECHSTER FALL

GMEINER

Immer informiert

Spannung pur – mit unserem Newsletter informieren wir Sie regelmäßig über Wissenswertes aus unserer Bücherwelt.

Gefällt mir!

Facebook: @Gmeiner.Verlag
Instagram: @gmeinerverlag

Besuchen Sie uns im Internet:
www.gmeiner-verlag.de

© 2011 – Gmeiner-Verlag GmbH
Im Ehnried 5, 88605 Meßkirch
Telefon 0 75 75 / 20 95 - 0
info@gmeiner-verlag.de
Alle Rechte vorbehalten
7. Auflage 2025

Lektorat: Claudia Senghaas, Kirchardt
Satz: Mirjam Hecht
Umschlaggestaltung: U.O.R.G. Lutz Eberle, Stuttgart
unter Verwendung des Bildes »Afrikanische, exotische schwarze
Schönheit im Schlosspark« von: © theogott / fotolia.de
Druck: Custom Printing Warschau
Printed in Poland
ISBN 978-3-8392-1118-2

1

Der letzte Tag der Maiwald-Brüder war sonnig und heiß. Fronleichnam, der Feiertag im Juni, passend, der Name …

Anton und Josef gestalteten ihn wie jeden Sonntag und jeden Feiertag. Kirche? Nein. Katholisch waren sie schon, aber 60 Jahre auf dem Bau, sechs Tage die Woche und am siebten Tag der Schriftkram, da blieb nicht mehr viel Zeit übrig für den lieben Gott.

Weihnachten ja, natürlich immer. Obwohl – jetzt im Alter … Sollte man da nicht öfter?

Josef sprach es manchmal aus, doch Anton meinte nur: »Bruder, wir haben Zeit. So schnell holt er uns hier nicht weg.«

Er sollte sich gründlich täuschen.

Die beiden waren auch mit 80 noch erstaunlich fit, denn für die echte Plackerei hatten sie sich schon früh ihre Handlanger eingestellt.

›Mit der Hand am Arm ist nichts verdient‹, diese Erkenntnis war den zwei Maurermeistern bereits aufgegangen, ehe sie 30 waren.

›Im Einkauf liegt der Gewinn.‹ Abbruchhäuser zum Spottpreis, renovieren mit der eigenen Firma und dann wieder losschlagen. Aber nur wenn der Preis stimmte. Sonst lieber halten und vermieten.

Die Rechnung ging auf. Jetzt nannten sie nicht weniger als 17 Mietshäuser ihr Eigen. Überall in Karlsruhe, 188 Wohnungen.

Die sahen sie sich sonntags immer an. Jeden Sonntag, jedes Haus, immer zu Fuß. Man konnte die Uhr nach ihnen stellen.

Frühstück um sieben, Hefezopf mit Butter und Honig – Sonntag halt, sonntags gönnten sie sich was –, dazu der obligatorische Malzkaffee, Briefe an die Mieter eingesteckt, um Porto zu sparen und los ging's.

Sie klingelten nie, doch fast in jedem der Treppenhäuser, die sie hinaufstiegen, wartete jemand auf die beiden. Defekte Lichtschalter, pfeifende Wasserleitungen, nervende Nachbarn, klopfende Heizungen, wer etwas auf dem Herzen hatte, wusste, wann er die beiden Alten antreffen konnte. Anton notierte alle Wünsche in einem Aufmaßbuch. Die Woche über wurde abgehakt, man konnte sich auf die Brüder verlassen.

Die meisten Mieter waren zufrieden – die meisten.

Sonntags gönnten sie sich was. Nach Haus Nummer zehn war Mittag, Mühlburg, Gasthaus mit Metzgerei oder umgekehrt. Der Chef schlachtete auch für die Maiwalds – für jeden ein Schwein pro Jahr. Viel billiger, als alles in kleinen Portionen einzukaufen. Sonntags nahmen sie Rind, jeden Sonntag.

Sieben Häuser, fünf Kilometer und 400 Treppenstufen später waren sie wieder zu Hause.

In einem ihrer Objekte wohnten die beiden selbst. Oststadt mit Hinterhof und Lagerschuppen.

Da stand noch immer der alte Lastwagen, Mercedes natürlich, Kurzhauber, Baujahr 72, moosgrün, mit der weißen Schrift auf beiden Türen: ›Gebrüder Maiwald‹, ein geschwungener Halbkreis, gewölbt nach oben, darunter einfach: ›Karlsruhe‹. Keine Straße, keine Telefonnummer. Wer etwas von den Maiwalds wollte, fand sie in der Nähe ihres Lastwagens. Neben dem Laster ein paar kleinere Baumaschinen, Betonmischer, Rüttelplatte, Gerüstteile, der Rest im Schuppen.

Alles alt, aber topp gepflegt. Auch ihr gemeinsamer Pkw passte zu der Sammlung: 200er Diesel, riedgrün, 28 Jahre auf dem Buckel und nicht der kleinste Rostfleck, selbstverständlich Mercedes. »Das Teuerste ist auf Dauer das Billigste.«

Sonntags gönnten sie sich was, Feiertags auch. Eine Flasche Roten zusammen. Seit Jahren derselbe herbe Franzose. Den Jahresvorrat lieferte ihnen einmal im Jahr ein Händler.

Im Sommer verbrachten sie die Abende draußen im schattigen Hof. Zwei Stühle und ein Tisch neben dem dicken, runden Blech des moosgrünen Kurzhaubers. Eine kleine Bank, falls Besuch kam. Selten.

Es gab kaum Besuch im Leben der Gebrüder Maiwald, nur Mieter.

Es gab auch keine Frauen im Leben der Gebrüder Maiwald. »Frauen sind teuer«, sagte Josef gelegentlich und blickte Anton dabei durchdringend an. Anton schaute weg und sagte dabei höchstens: »Zu teuer.«

Selbst Eva kam nur ein Mal im Jahr. Immer Neujahr, immer aus Anstand. Oder? Anton und Josef waren sich einig: »Der Blick«, sagten sie stets, wenn ihre einzige Nichte wieder gegangen war.

Auch an diesem heißen Feiertag im Juni saßen die Brüder im Schatten. Feiertage waren keine Sonntage, also auch keine ›Haus-Tage‹.

Trotzdem besondere Tage, Tage, um etwas zu unternehmen. Ausflugstage mit dem tannengrünen Diesel. Gegen sieben waren sie aus dem Schwarzwald zurückgekommen. Die Hochstraße war Pflicht, einmal im Jahr. Baden-Baden–Mummelsee, von dort zu Fuß den steilen Weg hinauf auf die Hornisgrinde, den höchsten Berg im Nordschwarzwald. Frische Waldluft, halb Baden zu Füßen, Aussicht bis nach Karlsruhe, wohin denn sonst? Wirklich noch fit, die Achtzigjährigen. Halt, Anton war erst 78. Er hob das Glas: »Auf unsere Feiertage.« Sie tranken aus und starben.

Sie starben gemeinsam, so, wie sie ihr ganzes Leben verbracht hatten. Kein schöner Tod, doch unausweichlich.

Sie starben nicht sofort, es dauerte seine Zeit, aber eine halbe Stunde, nachdem sie die Flasche mit dem herben Franzosen geleert hatten, spürten sie eine leichte Übelkeit. Beide – gleichzeitig. Anton befühlte seinen Bauch. »Komisch, mir wird's grad so …«

»Dir auch? Ob der Hirschbraten heut Mittag …?«

»Vielleicht ein ziemlich alter Hirsch, schon etwas angegammelt?«

»So fühl ich mich auch grad, richtig verg…« Weiter kam Josef nicht, er schlug sich die Hand vor den Mund, schoss in die Höhe, warf dabei den Stuhl um, torkelte ein paar Schritte vorwärts und übergab sich lautstark in den Hofgully.

»Schad um den Hirsch«, kommentierte sein Bruder,

doch noch ehe Josef den Wasserschlauch aufgedreht hatte, um sein Erbrochenes wegzuspülen, tat Anton es ihm gleich.

»… und um die Spätzle«, wischte sich Josef mit dem Taschentuch über den Mund. »Geht's wieder?«

Anton schüttelte den Kopf und schickte die nächste Ladung in den Ablauf. Aus dem dritten Stock wurden sie beobachtet.

Josef richtete mühsam den Wasserstrahl auf den Eisenrost, dann keuchte er: »Ich muss rein, dringend!«, und hielt sich den Bauch.

Auch Anton fühlte aufs Mal ein gewaltiges Rumoren in seinem Unterleib. Unscharf sah er den Bruder die Eingangstreppe nach oben schwanken, danach konnte auch er es nicht mehr aushalten – nicht mehr halten. Er drehte sich um, wollte losrennen, stolperte fast, erreichte in letzter Sekunde die Toilette im Schuppen, verhakte sich mit den Hosenträgern, riss die Hose nach unten, doch zu spät. Er verfehlte die Schüssel um einen ganzen Meter. Er fiel auf die Knie, übergab sich ein drittes Mal und kippte ohnmächtig zur Seite.

Seinen Bruder fand man neben der Toilette liegend, steif und kalt, zusammengekrümmt in Exkrementen und Erbrochenem, aschfahl, ohne Puls und Atmung, viele Stunden später, es wurde bereits wieder hell … der Notarzt verzichtete auf eine Wiederbelebung.

2

»Verdammte Sch…!«, entfuhr es Jan Sternberg, der als Erster des Karlsruher Kripo-Teams eintraf. Entsetzt ließ er seinen schweren Alukoffer fallen, trat zwei Schritte zurück und blieb schreckensstarr stehen. Nur mühsam konnte er den Würgereiz unterdrücken.

»Wo ist der Bruder?«, presste Hauptkommissar Oskar Lindt hervor, der nur eine halbe Sekunde brauchte, um die Situation zu erfassen.

Sternberg schaute ihn verständnislos an. »Noch einer? Wieso?«

Lindt zeigte durch das sperrangelweit geöffnete Fenster zur anderen Straßenseite. »Über 20 Jahre haben wir da drüben gewohnt. Auch ein Haus der Gebrüder Maiwald. Die waren immer zusammen.«

»Beim Sterben anscheinend nicht«, kommentierte Paul Wellmann, der Dritte im Bunde, nachdem auch er einen flüchtigen Blick auf den Toten geworfen hatte.

»Hier drin ist keiner mehr«, antwortete einer der Sanitäter.

»Absuchen!«, kommandierte Lindt. »Die haben alles gemeinsam gemacht. Der andere muss irgendwo sein.«

»Flüchtig?«

»Quatsch, der würde seinen Bruder nie alleine lassen.«

»Außer, er hat ihn …«

»Jan, geh suchen!«, herrschte ihn sein Chef an. »Ich kenne die beiden.«

»Wer hat Sie alarmiert?«, wandte sich der Kommissar an den Notarzt.

»Keine Ahnung, wir müssen die Leitstelle fragen«, antwortete einer der Sanitäter und hatte bereits das Handy am Ohr.

»Oskar!«, schallte Paul Wellmanns Stimme über den Hof. Der Tonfall verhieß nichts Gutes. Lindt verstand sofort und stürmte nach draußen.

»Hier«, tönte es vom Lagerschuppen her. Wellmann und Sternberg traten kreidebleich aus der Tür.

Lindt musste sich an der Wand festhalten. Er begann, am ganzen Körper zu zittern. Dasselbe grässliche Bild. Anton im Schuppen, Josef im Haus.

Er wankte aus der Tür. Seine Kollegen saßen schon am Tisch neben dem alten Laster. Für Lindt blieb die Bank. »War immer der Besucherplatz«, sagte er mühsam.

»Spusi kommt, Chef.« Jan Sternberg hatte trotz des schrecklichen Anblicks nicht vergessen, was zu tun war.

Der Kommissar sank stumm in sich zusammen. Schlimm, wenn er die Leute kannte.

Der Sanitäter blieb drei Schritte entfernt stehen. »Sie haben das Band abgehört, kein Name drauf.«

»Also anonym«, stellte Jan Sternberg fest.

»Nur Straße und Hausnummer, dann: ›Erdgeschoss, da liegt einer im Klo.‹ ›Ansprechbar?‹ ›Tot!‹ Männliche Stimme, das war alles.«

»Danke«, antwortete Paul Wellmann, »wir holen das

Band später ab.« Dann zeigte er auf den Tisch, um den sie saßen.

Lindt wischte sich die Schweißperlen von Stirn und Nacken. »Sonntags gönnten sich die beiden was. Immer denselben Roten.«

»Zwei Gläser, also kein Besuch?«

»Am liebsten waren sie für sich, auch früher schon.«

»Du hättest es ja nicht weit gehabt.«

Der Kommissar schüttelte den Kopf: »Ich bin mir nicht sicher, ob sie mir ein Glas angeboten hätten. Ihre Sparsamkeit war legendär. Nur sonntags …«

»Gönnten sie auch anderen was?«

»Die Miete war nicht billig, aber im Allgemeinen gab es keine Klagen. Sie hielten ihre Häuser in Schuss.«

»Viele?«

»Vermutlich, aber Genaues hat man nie erfahren.«

»Wird sich jetzt ändern, Chef«, mischte sich Jan in das Gespräch ein. »Bin gespannt, wer das alles erbt.«

Lindt zeigte auf ihn: »Genau, du wirst das herausfinden.«

Ein Uniformierter vom Streifendienst, der gleichzeitig mit der Rettung eingetroffen war, kam zum Tisch: »Eine Hausbewohnerin hat von oben gesehen, wie sie sich übergeben haben. Beide, da rein!« Er zeigte auf den Gully.

»Und weiter?«

»Sind sie eiligst weg, der eine ins Haus, der andere in den Schuppen.«

»Natürlicher Tod scheidet in diesem Fall wohl aus.«

Lindt zog die Stirn in Falten und schaute seinen jungen Kollegen durchdringend an: »Ich wär mal wieder nicht von selbst draufgekommen. Komm, Paul, lass uns fahren.«

Am großen, dunkelgrün gestrichenen Hoftor trafen sie auf Ludwig Willms, den Chef der Kriminaltechnik. »Einer im Haus, einer im Schuppen. Nehmt euch auch den Hof vor, den Wasserablauf und die Weingläser dort auf dem Tisch.«

»Und ihr? Schon fertig?«

»Ludwig, zieh *Gummistiefel* an, du wirst sie brauchen!«

Für den Rest des Tages sprach Oskar Lindt nicht mehr viel. Er zog sich in sein separates Büro zurück, vergrub sich in irgendwelchen Akten und rauchte dabei eine Pfeife nach der anderen. Nur seine Frau rief er an: »Die Maiwald-Brüder, ja, beide. Heute Abend mehr.«

»Kein Wunder, dass ihr beide so schnell abgehauen seid«, streckte Ludwig Willms den Kopf zu Lindts Bürotüre herein. »Ein Glück, dass jetzt das Wochenende kommt. Nach dieser Sauerei brauch ich dringend Erholung. Wir haben Masken aufgezogen – so was hab ich schon jahrelang nicht mehr gesehen.«

»Und gerochen, meinst du wohl.«

Der KTU-Chef nickte. »Die Leichen sind in der Rechtsmedizin und vom Drumrum haben wir Proben genommen. Das Labor ist dran. Also, wenn du mich fragst …«

»Vielleicht frag ich dich am Montag«, erwiderte Lindt so kurz angebunden, dass Willms die Tür schnell wieder zuzog.

Auch zu Hause war der Kommissar ziemlich einsilbig. Carla verstand, denn ihr ging der Tod der Maiwalds ebenfalls sehr nahe. Sie lebten zwar schon lange in der Waldstadt, aber die Erinnerung an ihre frühere Wohnung war längst nicht verblasst.

»Ob noch viele unserer früheren Nachbarn dort wohnen?«, fragte Carla beim Essen, und Oskar begann tatsächlich, etwas aufzutauen.

»Keine Ahnung, Jan und Paul gehen hausieren. Morgen bekomm ich die Liste.«

Sie legte ihre Hand auf die seine: »Ich seh die Brüder immer noch vor mir, das große grüne Holztor, der alte ratternde Lastwagen.«

»Eigentlich waren sie ja in Ordnung«, meinte Oskar zögernd.

»Was heißt eigentlich?«

»So als Vermieter halt. Aber sonst … na, wie soll ich sagen, ziemlich eigen. Meinst du nicht?«

»Die Miete war auch nicht höher als anderswo, die Wohnung schön groß und wenn was zu reparieren war, haben sie es anstandslos gemacht.«

»Vielleicht ist eigen ja nicht der richtige Ausdruck. Ich hab heut den halben Tag drüber gebrütet, wie ich die beiden denn beschreiben könnte.«

»Zurückgezogen? Eher nicht, durch ihr Baugeschäft waren sie doch überall bekannt.«

»Aber trotzdem gab's nicht viele, mit denen sie näheren Kontakt hatten. Keine Freunde, keine Verwandten. Das hätten wir doch sonst mitgekriegt auf der anderen Straßenseite.«

»Einen zufriedenen Eindruck haben sie aber schon

gemacht«, überlegte Carla. »Und gegrüßt hat man sich immer.«

Oskar schnitt nachdenklich an seinen Rouladen herum: »Vielleicht waren sie sich ja einfach selbst genug. Der Betrieb und die ganzen Häuser, damit kann man ein Leben verbringen.«

»Ich wette, die sind steinreich.«

»*Waren*, Carla, wenn, dann waren sie steinreich, jetzt nützen ihnen alle ihre Mietshäuser nichts mehr. Reich und doch arm, aber auch das wissen wir morgen.«

»Als geizig galten sie schon damals.«

»Sparsam, geizig, wo ist da der Unterschied? Ihr Frauen seht das natürlich gleich, wenn einer zehn Jahre denselben Sonntagsanzug trägt.«

»Es war wirklich auffallend. Ich glaube nicht, dass die jemals Urlaub gemacht haben.«

»Die hatten einfach ein geregeltes Leben, das hat ihnen gereicht.«

Gegen halb neun am Montagmorgen kam KTU-Chef Willms mit ersten Laborergebnissen: »Kein natürlicher Tod, so viel steht fest.«

»Danke, Ludwig, das lag schon gestern auf der Hand.«

»Wenn der Herr Hauptkommissar alles besser weiß, dann bitte. Was war die Todesursache?«

»Nach diesem Bild gab es für uns hier keinen Zweifel. 3:0 für Gift. Von dir wollen wir nur den Wirkstoff wissen.«

»Okay, ihr seid auf der richtigen Spur, aber viele Alternativen gab es ja wirklich nicht.«

»Also, rück's raus.«

»Taxin heißt der Stoff. Wer kennt den?«

Allgemeines Schulterzucken.

»Pflanzliches Gift, kommt in der Eibe vor.«

»Eibe«, wollte Jan Sternberg wissen, »die gibt's doch in jedem Gartencenter. Ist das nicht so ein kleiner Strauch mit grünen Nadeln? Den kannst du dort kaufen, um 'ne Hecke zu pflanzen. So was soll giftig sein?«

»Im Herbst kriegt der rote Beeren«, erinnerte sich Oskar Lindt. »Hinterm Schloss stehen ganz viele. Das sind aber keine so kleinen Dinger, die können mehrere Meter hoch werden.«

Ludwig Willms legte einige Blätter auf den Tisch. »Kopien aus verschiedenen Büchern zum Thema Giftpflanzen. Von dieser Eibe ist praktisch alles giftig: Nadeln, Triebe, Rinde, alles, außer der roten Hülle der Beeren.«

»Die kann man essen?«

Willms klopfte auf die Kopien: »Jan, wenn das stimmt, was hier drinsteht, sollen diese Hüllen richtig süß schmecken, vielleicht etwas schleimig. Der Kern muss allerdings raus, der ist wieder giftig.«

»Selbstversuch gefällig? Marmelade vom Giftstrauch?«, schlug Paul Wellmann vor.

»Okay, ich koche und ihr probiert«, zeigte Sternberg auf Lindt und Wellmann. »Falls es schiefgeht, werden wenigstens zwei Hauptkommissarsstellen frei.«

»Wär doch schade um uns, so kurz vor der Pension. Meinst du nicht, Paul?«

»Danke, mir ist schon schlecht. Wenn ich an die Bilder von gestern denke – so wie die beiden alten Brüder will ich wirklich nicht enden.«

»Passt aber genau zu diesen wissenschaftlichen Abhandlungen.« Der KTU-Chef suchte die entsprechenden Stellen in seinen Unterlagen. »Hier: Erbrechen, Diarrhöe …«

»Dia… – was?«

»Durchfall, Jan, und von beidem gab es ja wirklich genug. Dann Bewusstlosigkeit, Pulsrasen, Blutdruckabfall, verlangsamter Puls, Atemlähmung, Herzstillstand.«

»Schreibt das auch der Doc?«

Willms schlug den Bericht der Gerichtsmedizin auf: »Zuerst zentrale Erregung, anschließend zentrale Lähmung, betrifft sowohl die Atmung als auch das Herz-Kreislauf-System.«

»Und wie haben die Maiwalds dieses Taxin zu sich genommen?«

»50 bis 100 Gramm Nadeln pro Person reichen als letale Dosis.«

»Nadeln? Niemand isst doch grüne Nadeln von einem Strauch.«

»Sie haben das Gift ja auch nicht gegessen, sondern getrunken. Eindeutige Spuren in der Weinflasche und den Gläsern. Der Stoff löst sich in Alkohol.«

»Die Frage ist also, wurden die Brüder vergiftet oder haben sie sich selbst …?«

»Paul, du bist auf der richtigen Fährte. Jedes Jahr gibt es in Deutschland mehrere Tausend Vergiftungen mit Taxin.«

»Sagt wer?«

»Die Statistik der Vergiftungszentralen.«

Familienvater Sternberg schreckte hoch: »Zum Beispiel Kinder, die Zweige in den Mund nehmen?«

»Alles schon vorgekommen, deswegen solltest du euren Garten lieber mit 'ner anderen Hecke einzäunen.«

»Mehrere Tausend Fälle im Jahr, unglaublich.« Lindt wunderte sich: »Komisch, dass man nicht mehr davon hört.«

»Nicht jede dieser Vergiftungen endet letal, Oskar. Wie bei allen Giften – die Dosis macht's. Pferde zum Beispiel sollen sehr empfindlich sein.«

»Bei den Maiwalds hat's jedenfalls gereicht.«

Willms schlug die Akten zu: »Der Rest ist euer Part: Suizid oder Mord?«

Lindt lehnte sich zurück: »Du hast gestern im Dreck gewühlt, Ludwig, jetzt kommt unser schmutziges Geschäft, wer hat's getan, wer hatte ein Motiv?«

3

»Mord«, fragte Staatsanwalt Conradi, »Doppelmord?«, als ihn Lindt in seinem Büro aufsuchte und von den Ergebnissen der Rechtsmedizin und des Labors unterrichtete. »Halten Sie das für denkbar?«

»Im Moment müssen wir alles in Betracht ziehen. Selbstmord, Totschlag, Mord, die ganze Palette eben. Wellmann und Sternberg sind schon wieder vor Ort und schauen, was sie finden. Für die Öffentlichkeit haben wir allerdings noch nichts.«

»Also warten wir erst mal mit einer Pressemitteilung. Bin gespannt, wann die Journalisten Wind von der Sache bekommen und hier mein Telefon heißlaufen lassen.«

»Ich habe unsere Pressestelle angewiesen, vorerst alles zu blocken. Aber wie wäre es mit einem Ortstermin?«

Tilmann Conradi zögerte. »So, wie Sie mir die Situation geschildert haben, ist das kein schöner Anblick.«

Lindt lächelte: »Keine Sorge, alles bereits gereinigt.«

Der Hauptkommissar parkte seinen weinroten französischen Dienstwagen genau dort, wo er viele Jahre lang täglich geparkt hatte. Als Conradi ausgestiegen war, zeigte er am Haus nach oben. »Fast 20 Jahre lang ist das unser Zuhause gewesen.«

Der Staatsanwalt betrachtete den Sandsteinsockel, die Tür- und Fenstereinfassungen aus demselben Material und die rötlich gestrichene Fassade des fünfstöckigen Gründerzeit-Baus.

»Zweiter Stock links, war eine schöne große Altbauwohnung. Hohe Räume, wirklich angenehm, aber als unsere Töchter ausgeflogen sind, einfach zu viel für Carla und mich.«

»Mir gefällt die Waldstadt eigentlich besser«, meinte Conradi. »Längst nicht so stickig im Sommer.«

»Immer zwei Grad kühler«, stimmte Lindt zu, »deswegen sind wir damals auch in Ihre Nachbarschaft gezogen.«

Sie überquerten die Straße und öffneten eine Tür im hohen, halbrunden grünen Holztor, das den Durchlass zum Innenhof des Maiwald-Anwesens komplett vor neugierigen Blicken abschottete.

Über einige Sandsteinstufen gelangten sie ins Treppenhaus und dann in die Hochparterre-Wohnung der Brüder. Paul Wellmanns und Jan Sternbergs Stimmen drangen gedämpft durch die Tür, auf der ein poliertes Messingschild mit der Aufschrift ›Büro‹ prangte.

Schwere Eichenholzmöbel prägten den Raum. Zwei massive Schreibtische standen sich gegenüber, vor den Wänden matt verglaste Aktenschränke im selben Stil.

»Nüchtern und sachlich, aber solide gemacht für Zeit und Ewigkeit«, stellte Conradi fest.

»Wenn ich da an unsere Büroeinrichtungen denke«, pflichtete Lindt ihm bei. »Hier drin findet sich garantiert kein Stück Pressspan. Es ist alles noch genauso wie damals, als Carla und ich unseren Mietvertrag unterschrieben haben.«

»Fällt dir was auf, Oskar?«, fragte Paul Wellmann, der in einem mit grünem Leder gepolsterten hölzernen Schreibtischstuhl saß und sich mit Bergen von Aktenordnern nahezu eingemauert hatte. »Nirgends ein Computer zu sehen. Trotzdem alles perfekt durchorganisiert.«

»Kenn ich noch«, antwortete Lindt. »Es gab an jedem Platz eine Rechenmaschine und eine mechanische Olympia auf dem Schreibmaschinentisch.«

Jan Sternberg hielt einen Ordner in die Höhe. Mit sauberen Blockbuchstaben in Tinte war der Rücken mit Straßennamen, Hausnummer und zwei Jahreszahlen beschriftet.

»Für jedes Haus – alles drin – Fotos, Grundrisse, Renovierungspläne, Mietverträge, Rechnungen, Beschwerdebriefe – perfekt!«

Der Kommissar öffnete eine Glastür, fand die Aufschrift ›Lachnerstraße 1970–1980‹ und legte den Ringordner auf den Tisch. Er blätterte durch das Register ›II/ links‹. »Tatsächlich, komplett, fein säuberlich abgelegt. Ich hab den alten Vertrag schon längst rausgeworfen.«

Die Unterschriften von Josef Maiwald und Anton Maiwald auf der einen und die von Oskar und Carla Lindt auf der anderen Seite – alles in bester Ordnung.

»Das hier ist sicherlich interessanter«, sagte Paul Wellmann. Er hatte sich tief in den Bereich Finanzen eingearbeitet. »Grundbuchauszüge, Bankbelege, Steuerunterlagen. Unvorstellbar, was die beiden alten Brüder alles zusammengerafft hatten.«

»Wissen Sie schon, wer das alles erben soll?«, interessierte sich der Staatsanwalt.

»Bisher haben wir noch kein Testament gefunden, aber

vielleicht liegt eines in amtlicher Verwahrung«, antwortete Paul Wellmann.

»Die Frau aus dem zweiten Stock hat was von einer Nichte gesagt, angeblich Lehrerin in Heidelberg.«

»Name?«, wollte Lindt wissen.

»Fehlanzeige, Oskar.«

»Wertsachen?«

»Du meinst einen Tresor? Bisher auch nichts.«

Conradi schaute auf die Uhr. »Ich müsste dann mal wieder.«

»Würdest du …?«, blickte Lindt zu Jan. »Ich möchte mich gerne noch etwas hier im Haus umschauen.«

Conradi drehte kurz vor der Tür um: »Presse?«

»Wie lange können wir damit warten?«

Der Staatsanwalt atmete tief durch: »Also gut, weil Sie es sind, lasse ich die Meldung bis morgen Abend liegen.«

»Und auch dann nur das Allernotwendigste – bitte.«

Nachdem Sternberg mit dem Staatsanwalt abgefahren war, streifte sich Oskar Lindt Handschuhe über und begann damit, die Wohnung der Maiwald-Brüder näher zu inspizieren. Wie an jedem Tatort, den er zu bearbeiten hatte, war es ihm äußerst wichtig, die Atmosphäre so intensiv wie möglich in sich aufzunehmen, ja regelrecht aufzusaugen.

Er öffnete das altertümliche Küchenbüfett, inspizierte Kühlschrank und Speisekammer, ging durch das Bad und durchstöberte die Kleiderschränke in den Schlafzimmern der Brüder.

Überall fand sich derselbe Einrichtungsstil wie im Büro: schlicht, aber dauerhaft. Vor der Bücherwand im

Wohnzimmer blieb der Kommissar stehen und nahm einige Bände heraus. Zwei Reihen mit Fachliteratur zu allen Bereichen des Bauens, Älteres und Neueres, aber – und das erstaunte Oskar Lindt – dazu gesellte sich eine Sammlung von über 300 Krimis. Klassiker wie Arthur Conan Doyle, Agatha Christie und Edgar Wallace waren vertreten, die Frankreich-Abteilung bestand überwiegend aus Simenons Maigret-Romanen, Donna Leon stand für Venedig, Mankell und andere Skandinavier füllten weitere Regalfächer.

Auf zwei Beistelltischchen neben den ledergepolsterten Lesesesseln mit zugehörigen Stehlampen stapelte sich Regionales aus den deutschen Krimilandschaften. Einen Fernseher suchte der Kommissar vergebens, lediglich ein altes Röhrenradio im Holzgehäuse zierte die Anrichte neben der Bücherwand und stellte somit das einziges Zugeständnis an die Unterhaltungselektronik dar.

Lindt drückte den Einschalter und nach einiger Aufwärmzeit erschallte tatsächlich die Stimme seiner Lieblingsmoderatorin von SWR4-Badenradio. »Schade um die beiden«, murmelte er vor sich hin. Nicht nur, dass sie denselben Musikgeschmack hatten, auch die Einrichtung der Wohnung machte ihm die Brüder regelrecht sympathisch. Im Nachhinein bedauerte er es, früher keinen näheren Kontakt mit ihnen gesucht zu haben – doch ob sie es überhaupt gewollt hätten?

Nachdenklich stand der Kommissar immer noch vor dem Bücherregal und betrachtete das umfangreiche Mord- und Totschlagmaterial. Er zog die Augenbrauen zusammen. Irgendetwas war hier merkwürdig. An einer Stelle der senkrechten Seitenwand hatte das Eichenholz einen leichten Schimmer. Lindt schaute genauer hin. Nur eine Nuance, aber irgendwie glänzte die Stelle nicht so sehr wie der Rest der polierten Oberflächen. Vorsichtig fuhr er mit seinen Fingern darüber. Ein wenig matt kam ihm der handgroße Bereich vor. Der Kommissar räumte drei gebundene John Grishams heraus und fühlte auf der Innenseite der Regalwange eine kleine Vertiefung. Kaum einen halben Zentimeter tief eingelassen, aber so, dass vier Finger hineinpassten. Instinktiv fasste er zu und drückte. Nichts geschah. Daraufhin zog er daran und nahezu mühelos ließ sich das Regalteil von der Wand wegschwenken. Die massive Stahltüre im Mauerwerk dahinter erstaunte ihn nicht weniger.

»Paul«, rief er in den Flur, »Treffer!«

»Jetzt fehlen uns nur noch die Schlüssel«, meinte Wellmann. »In den Schreibtischen lag nichts.«

Lindt nahm sein Handy und tippte die Kurzwahl für Jan Sternberg. »Ich bin mir schon ziemlich sicher, was die Brüder als den sichersten Platz für einen Tresorschlüssel ansahen.« Dann fasste er in die Hosentasche und zog seinen eigenen Schlüsselbund heraus. »Auf sich selbst konnten sie sich am ehesten verlassen.«

Als Sternberg sich meldete, beauftragte er ihn, die persönlichen Sachen der Maiwalds aus der Gerichtsmedizin abzuholen.

20 Minuten später traf Jan ein. »War schon alles bei Ludwig im Labor. Wundert mich, dass er nicht weitergedacht hat. Da hätte doch der Groschen fallen müssen.« Er hielt zwei Lederhüllen in den Händen und schüttelte zwei identische Schlüsselbunde auf den Tisch.

»Hoftor, Hauseingang, Wohnung, Schuppen, Auto-schlüssel und die beiden hier.« Sternberg hob je einen Doppelbartschlüssel in die Höhe. »Sieht ja ein Blinder, dass so was nicht zu einem Hühnerstall gehört.«

»Chefsache«, sagte Lindt und nahm seinem Mitarbei-ter die Schlüssel ab. Dann entriegelte er einmal, zwei-mal, drehte den Griff und zog an der schweren Stahltür. Erstaunlich leicht und völlig geräuschlos ließ sie sich öffnen.

Der Kommissar griff hinein und beförderte eine volu-minöse Metallkassette ans Tageslicht. Wie nicht anders zu erwarten, ein schweres, altertümliches Modell, Ham-merschlaglack, dunkelgrün.

»Farblich sind sie ihrem Stil ja auch treu geblieben«, kommentierte Sternberg. »Alles in Grün, das Hoftor, der alte Benz, Lastwagen, Lederpolster und jetzt natür-lich die Kasse.«

»Ich kann mich erinnern«, nickte sein Chef. »Im Büro hatten die beiden kein Geld. Anfangs brachte ich die Miete bar hierher. Wenn's nicht passend war, ging immer einer der Brüder in die Wohnung und kam mit dem Rückgeld wieder.«

Der Schlüssel steckte, Lindt drehte, klappte den Deckel hoch und nahm den Münzgeldeinsatz heraus.

»Voll! Proppenvoll!«, war alles, was Sternberg einfiel. Der Rest der Kasse war mit Geldscheinbündeln mehr als vollgestopft.

»Zählen!«, befahl der Kommissar. »Paul und ich schauen zu. Hier gilt das Sechsaugenprinzip. Nicht, dass uns noch einer was nachsagt.«

Sauber ordnete Sternberg die Scheine, und Wellmann

addierte die einzelnen Stapel. »28.430«, verkündete er das Ergebnis. »Ist doch praktisch, immer ein wenig Kleingeld im Haus zu haben.«

»Dort hinten«, spähte Sternberg in den Tresor und beförderte etwas aus dem Halbdunkel hervor.

Etliche Male musste er hineingreifen, bis schließlich 50 in weißes Papier gewickelte Rollen neben der Kassette auf dem Eichentisch lagen. »Wofür brauchten die so viel Wechselgeld?«

»Aufmachen!«, wies ihn Lindt an. »Jede Wette …« Er stockte, denn der Glanz verschlug ihm den Atem. »Kam mir doch gleich etwas groß vor, der Durchmesser.«

»Komische Art, eine Münzsammlung aufzubewahren.«

Der Kommissar hielt eine der Goldmünzen ins Licht. »Siehst du den Springbock? Jan, das sind keine Sammlermünzen.«

»Krügerrand, Gold – massiv«, kam von Paul Wellmann. »Die Gebrüder hatten anscheinend nicht viel Vertrauen in die Banken.«

»50 Rollen à 20 Stück – macht schlappe Tausend. Wie viel sind die wohl wert?«

Lindt nahm sein Handy, tippte die Kurzwahl des KTU-Chefs, stellte auf laut und legte das Telefon auf den Tisch. »Ludwig, wie steht das Gold im Moment?«

»Warum, warst du beim Zahnarzt und willst deine Füllungen verhökern?«

»Quatsch, wir haben den Geldschrank gefunden, an dem deine Spezialisten gestern blind vorbeigelaufen sind.«

»Hoppla«, Willms zögerte. »Soll ich einen Werttransporter schicken?«

»Nicht nötig«, meinte Jan, »aber wir fliegen jetzt erst für ein paar Monate auf die Bahamas.«

»Wie viele Barren habt ihr denn?«

»Krügerrand«, antwortete Lindt. »Schau doch mal rasch ins Internet.«

Wenig später kam die Antwort: »Um die 700.«

»Wie? 700 Euro?«

»Pro Stück! Teilen wir durch vier?«

»Macht 175 für dich.«

»Was? 175 Euro?«

»Nein, 175.000!«

»Nicht schlecht, die Herren Schatzsucher. War sonst noch was im Tresor?«

»Nur Kleingeld«, antwortete Sternberg, »paar Kröten, nicht der Rede wert.«

»Und etwas Papier.« Lindt legte einen Ordner auf den Tisch. »Es wird wohl besser sein, du kommst kurz vorbei, Ludwig, bevor wir hier alle Spuren verwischen.« Der Kommissar schaltete sein Handy wieder ab.

»Dunkelgrün natürlich«, sagte Paul Wellmann und schlug das Ringbuch auf. »Alte Bankbelege, ab 1993 bis …« Er blätterte: »… zurück bis 1975. Jeden Monat, immer zum Ersten, wurde ein Scheck belastet.«

»Wie hoch?«

»Erst 500 Mark, dann von Jahr zu Jahr steigend. Hier wurde das Ganze auch in einer Liste vermerkt.«

»Kein Anhalt, an wen das Geld ging?«

Wellmann schüttelte den Kopf. »Alles Barschecks.«

»Egal, wir werden es trotzdem rausfinden. Wenn die Maiwald-Brüder solche alten Kontoauszüge hier einschließen, gibt es einen guten Grund dafür. Weitersuchen!«

»Der Tresor ist jetzt aber leer, Chef.«

»Jan, nerv mich nicht. Wenn da nichts mehr drin ist, suchen wir halt woanders. Überall, Dachboden, Keller, Schuppen, Auto, Lastwagen, was weiß ich. Bewacht die Schätze, bis Ludwig kommt, ich muss mal raus.«

Lindt stürmte zur Haustüre hinaus und die Treppe hinunter. Auf der untersten Stufe blieb er stehen und machte kehrt. »Was hast du gesagt, Paul – 93 bis 75?«

Wellmann schlug den Ordner wieder auf. »Wieso?«

»Fällt der Groschen? Wie viele Jahre macht das?«

»Na, 18, ach so, du denkst …«

»Genau das, also weitersuchen. Ich bin im Schuppen.«

Das stimmte nicht ganz, denn Oskar Lindt setzte sich vor den Schuppen. Eben dorthin, wo die Gebrüder Maiwald gesessen hatten, an den Tisch, an dem sie den herben Roten getrunken und sich nicht über den leicht bitteren Abgang gewundert hatten.

Dem Kommissar war die Lust auf vin rouge allerdings vergangen – im Moment zumindest beschränkte er sich darauf, den Deckel seiner alten, verbeulten Tabakdose zu öffnen und ein paar Platten Presstabak zu zerkrümeln. Er tat es mit geschlossenen Augen, langsam, nachdenklich, fast geistesabwesend, so als müsste er jede einzelne Faser des groben Schnitts erst zwischen den Fingern prüfen.

Mit derselben Konzentration stopfte er seine Pfeife und riss dann ein Streichholz an.

Wieso Gift?, ging es ihm durch den Kopf. Die Zahl der Giftmorde in seiner langen Dienstzeit konnte er an zwei Händen abzählen. Wesentlich häufiger wurde geschossen, gestochen und gedrosselt. Oder blieben die meisten Vergiftungen unentdeckt?

Was könnte der Grund sein, die beiden Alten gerade auf diese scheußliche Weise umzubringen?

Frauen morden mit Gift! Ein Vorurteil? Lindt nahm sich vor, die Statistik zu befragen.

»Na, was sagt deine alte Spürnase?« Ludwig Willms setzte sich neben Lindt. »Geld, Rache, Liebe? Oder von allem ein wenig?«

»Damit hast du bereits 95 Prozent sämtlicher Mordmotive abgedeckt. Etwas präziser hätt ich es schon gerne.«

»Vielleicht bringen dich ja die Fingerabdrücke auf der Weinflasche weiter.«

»Was Bekanntes dabei?«

»Nur von den beiden Brüdern.«

»Ja, und? Was hilft uns das?«

»*Nur*, Oskar, das Wörtchen *nur* ist entscheidend. Auf den anderen Flaschen im Weinkeller finden sich eine ganze Reihe weiterer Abdrücke, allesamt nicht in unserer Datenbank gespeichert, also vermutlich Winzer, Weinhändler und so weiter, aber auf der Giftflasche lediglich die der Maiwalds.«

»Hmm«, brummte Lindt, der sich ärgerte, den Zusammenhang nicht gleich kapiert zu haben. »Folglich schlägt das Pendel eher in Richtung Mord.«

»Das sehe ich auch so. Suizid wird dadurch recht unwahrscheinlich. Bei einer geplanten Himmelfahrt hätten die Brüder doch nicht vorher ihr Giftfläschchen sauber abgewischt.«

»Habt ihr das Schloss der Kellertüre geprüft?«

Willms nickte: »Unbeschädigt, keine Spuren von Aufbruch oder Manipulation, allerdings gibt es an der Flasche noch was Merkwürdiges: Das Etikett passt nicht ganz zu den übrigen Flaschen.«

»Eine andere Marke?« Lindt war erstaunt. »Auf den ersten Blick kam es mir so vor, als wäre das ganze Lager voll von ein und derselben Sorte. Ich glaube, diesen Roten tranken die Maiwalds auch schon vor 20 Jahren.«

»24 Flaschen sind noch im Keller, Oskar, und alle gleichen sich bis ins kleinste Detail, nur die Todesflasche nicht. Genau der gleiche Wein, aber das Etikett muss aus einer anderen Druckserie stammen. Wir haben die Farben untersucht. Minimale Abweichungen, mit bloßem Auge überhaupt nicht zu erkennen.«

»Vielleicht aus einer anderen Lieferung oder …«, Lindt zog erregt an seiner Pfeife, »oder der Mörder kannte die Gewohnheiten der Brüder ganz genau und hat ihnen unauffällig ein Fläschchen mit Zugabe untergeschoben.«

»Wir konnten sogar den Weinhändler ermitteln, ein alteingesessener Familienbetrieb in Durlach, bekannt für seltene französische Weine. Diesen herben Roten vertreiben nur ganz wenige Firmen im Land. War wohl was für Kenner.«

»Könnte die Lieferung dort manipuliert worden sein?«

Willms zuckte die Schultern. »Ein Zweimannbetrieb, Vater und Sohn. Die machen alles selbst, vom Einkauf bis zur Auslieferung. Da gibt es keine weiteren Mitarbeiter.«

»Wo kann man die Sorte sonst noch kaufen?«

»Meine Mitarbeiter mussten lange suchen. Die nächsten Händler sind in Baden-Baden und Freiburg.«

»Habt ihr den Korken gefunden? War der unversehrt?«

Willms nickte: »Nicht beschädigt, aber auch nicht original.«

»Also Gift rein, neuer Pfropf drauf?«

»So sieht's aus, doch von Hand geht das nicht. Dazu braucht man auf jeden Fall eine Maschine.«

»Müssen wir jetzt alle Winzer im Umkreis von 200 Kilometern abklappern?«, stöhnte Lindt. »Unmöglich! Aus dieser Spur wird nichts.«

Willms erhob sich und klopfte seinem Kollegen aufmunternd mit der flachen Hand auf die Schulter: »Lass den Kopf nicht hängen, Oskar. Ich kümmere mich jetzt um den Tresorinhalt.«

Oskar Lindt zündete seine Pfeife erneut an, legte die Beine hoch und blies genussvoll kleine Rauchwölkchen in den Junihimmel. Die hofseitige Hausfront lag genau in seinem Blick. Er musterte die verschiedenen Stockwerke. Hochparterre die Maiwalds, darüber vier weitere Wohnungen, bis hoch unters Dach. Er hatte auf den Klingelschildern nachgeschaut, doch es war kein Name darunter, der ihm von früher bekannt gewesen wäre.

Sein Blick begegnete einem Gesicht im Vierten, das sich blitzschnell hinter die Gardine zurückzog. Lag die Lösung ganz nah? Irgendein Konflikt hier im Haus?

Er ließ seine Augen auf und nieder schweifen. Die Frau im Dritten kannte er schon. Sie hatte zugesehen, wie sich die Maiwalds erbrachen.

»Alle Häuser, alle Mieter, Paul«, sagte Lindt zu seinem Kollegen Wellmann, der die Außentreppe herunterkam. »Wir brauchen die Aussagen von allen. Mit diesem Haus hier fangen wir an. Wird wieder mal 'ne Ochsentour.«

»Ob's was bringt?« Wellmann zog sein Notizbuch aus der Hosentasche. »Die Maiwalds hatten 17 Häuser mit insgesamt 188 Wohnungen. Bei durchschnittlich 1,8 Bewohnern macht das locker weit über 300 Vernehmungen. Wer soll das leisten?«

»Hast du einen besseren Vorschlag? Wir können ja mit dem näheren Umfeld beginnen.«

»Wie wäre es denn, zuerst dem Geld zu folgen?«, schlug Jan Sternberg vor, der ebenfalls aus dem Haus gekommen war und sich auf die Besucherbank fallen ließ. »Wer erbt, hat ein Motiv – zumindest theoretisch.«

»Habt ihr also doch ein Testament gefunden?«

»Noch nicht, Chef, aber diese Brüder haben sicher nichts dem Zufall überlassen. Die Anfrage an die Justiz ist bereits unterwegs.«

4

Das breite Schuppentor war mit derselben grünen Ölfarbe
wie das Eingangsportal gestrichen. Oskar Lindt erinnerte sich, dass er früher gerne einmal einen Blick in das
Gebäude geworfen hätte, doch die beiden Maurer hatten ihn leider nie zu einer Betriebsbesichtigung eingeladen. Die Torflügel ließen sich ohne große Kraftanstren-
gung zur Seite schieben.

Der Kommissar blieb erstaunt am Eingang stehen. Über-
raschend groß, fast wie eine Halle kam ihm das Innere vor.
Von außen kaum zu erahnen, erstreckte sich der Raum so
weit in die Tiefe, dass das Tageslicht nicht bis ganz nach
hinten dringen konnte. Lindt fand eine ganze Batterie
von Lichtschaltern und drückte wahllos darauf. Anstatt
der erwarteten Neonröhren flammten eine Reihe starker
Halogenstrahler auf. Auch mehrere Hochleistungsglüh-
birnen, die in schüsselförmigen Metallschirmen an der
Decke festgeschraubt waren, erhellten die Räumlichkeit.
Der Maiwald-Fuhrpark hätte bequem mehrfach hier drin
Platz gehabt, aber aus irgendeinem Grund parkten die
Brüder ihren alten Diesel und den noch älteren Lastwagen lieber unter dem seitlichen Vordach des Schuppens.

Grün gestrichene Stahlträger stützten die Decke, und
eine stabile Laufkatze in derselben Farbe konnte mittels

elektrischer Steuerung über die gesamte Breite des Raumes gefahren werden, um Lasten in die Höhe zu hieven.

Halb leere Paletten mit Ziegelsteinen und Zementsäcken waren entlang der Außenwände aufgestapelt, daneben einige Stahlcontainer mit Resten von Sand und Kies. Stahlmatten und Bewehrungseisen waren als weitere Zeugen der früher wohl recht aktiven Baufirma ›Gebrüder Maiwald‹ übrig geblieben, genauso wie die Sammlung alter Werkzeuge und Elektrogeräte in mehreren breiten Schwerlastregalen.

Lindt nahm den Lebensinhalt der beiden Maurermeister genau in Augenschein. Alles war vermutlich schon seit vielen Jahren nicht mehr genutzt worden, doch kein Zementrestchen klebte an der Trommel des Betonmischers und kein Kalkstaub an Rüttelplatte, Schaufeln und Spitzhacken.

Die beiden Alten hatten ihren Laden wirklich in Schuss gehalten, nickte der Kommissar anerkennend und stieg die breite Holztreppe an der Hinterfront der Halle nach oben. Er betrat einen Flur, von dem mehrere grüne Holztüren abgingen, hinter denen sich einfach eingerichtete Zimmer mit Schlafkojen verbargen. Sicherlich hatten die Maiwalds hier früher ihre Hilfsarbeiter, ›Gastarbeiter der ersten Generation‹, untergebracht.

Lindt erinnerte sich an seine Anfangsjahre bei der Polizei, als zwischen italienischen Maurern in derartigen Primitiv-Unterkünften öfter Fäuste und Messer geflogen waren.

Eine Küche am Ende des Ganges strahlte mit Terrazzoboden und Wände mit Ölfarbe nach wie vor den unverkennbaren Charme vergangener Jahrzehnte aus.

»Chef?« Sternbergs Stimme tönte von unten. »Sind Sie da oben?«

Lindt ging schnell zur Treppe zurück, bückte sich und spähte durch das Geländer hinunter. »Was gibt's?«

»Die Nichte, Chef, sie ist hier.«

»Wer?«

Eine Frau drängte sich an Sternberg vorbei und setzte ihren Fuß auf die unterste Stufe. Der Kommissar hob abwehrend die Hände: »Bitte, bemühen Sie sich nicht. Ich komme hinunter.«

Sie kam ihm trotzdem zwei Stufen entgegen und streckte die Hand aus: »Eva Neudorff, ich bin die einzige Verwandte.«

»Meine Anteilnahme.« Lindt maß sie mit einem prüfenden Blick. Er schätzte sie auf Mitte 50, registrierte ein elegantes, hochgeschlossenes ärmelloses Sommerkleid, wadenlang, aus grober, dunkelgrüner Wildseide, passend dazu der Nagellack im selben Ton. Die unzähligen Sommersprossen auf Hand und Armen, die sie im Gesicht unter einem stark tönenden Make-up verdeckte, verrieten den eigentlich hellen Typ. Lindt bemerkte eine randlose Brille vor auffällig grünen Augen, lange, schwarz gefärbte, zusammengebundene Haare. Vermutlich hasste sie deren ursprünglich rote Farbe. Er gab viel auf den ersten Eindruck.

»Die Mieterin aus dem Dritten hatte Ihre Adresse«, erklärte Jan, »und da hab ich die Kollegen in Heidelberg gebeten, die Todesnachricht zu überbringen.«

»Wissen Sie schon, wer es war?«

Der Kommissar schickte einen kritischen Blick zu Jan Sternberg. »Hast du … ?«

Schuldbewusst senkte er den Kopf: »Ich weiß, Chef, Sie wollen immer zuerst selbst …«

»Besprechen wir später«, fiel ihm Lindt ins Wort und ärgerte sich.

Bei wichtigen Zeugen legte er Wert darauf, die ersten Reaktionen genauestens zu beobachten.

»Ich … ich dachte«, stammelte Sternberg, doch der Kommissar machte eine Handbewegung, die ihn verstummen ließ.

»Später, hab ich gesagt, und nicht hier.«

Er drängte die Frau mit seiner massigen Gestalt unmissverständlich die Treppe hinunter: »Bitte, draußen können wir uns setzen.«

Dann wandte er sich zu Jan: »War die KTU auch schon dort unten?« Lindts Hand zeigte auf eine verschlossene Stahltür, hinter der vermutlich die Kellertreppe begann.

»Wird erledigt.« Sternberg machte, dass er fortkam. Es passierte nicht oft, dass sein Vorgesetzter einen strengen Ton anschlug, doch wenn er es tat, war es besser, ihm eine Weile nicht unter die Augen zu treten.

Lindt ging voran, bot der Frau einen der Maiwald-stühle an und ließ sich selbst in den zweiten sinken. Kurz kniff er die Augen zusammen. Kannte er sie von früher?

»Wie eng war der Kontakt?«

»Zu meinen beiden Onkel? Warum fragen Sie?«

»Das haben Sie ganz richtig bemerkt, Frau Neudorff, ich frage!«

Ein Anflug von Röte färbte ihre Wangen. »Meine verstorbene Mutter war die einzige Schwester der beiden.«

»Und?«

»Was – und?«

»Der Kontakt? Wie oft haben Sie die Maiwalds gesehen?«

»Ja, wenn Sie so direkt fragen.«

»Immer.«

»Was immer?«

»Immer direkt.«

Eva Neudorff holte tief Luft. »Immer zu Neujahr habe ich sie besucht. Öfter konnte ich das nicht aushalten.«

»Was?«

»Na, wie sie waren, so, so …«

»Wie denn nun?«

»Sparsam, knickerig, knauserig, kleinlich, geizig!« Mit funkelnden Augen spie sie die Worte hinaus.

»Keine Geschenke? Weihnachten, Ostern, Geburtstag?«

»Pah, Geschenke. Kaum, dass sie mir beim Besuch was zu trinken angeboten haben. Als Kind bekam ich zwei Mark, wenn ich mit meiner Mutter hier war. Von jedem Onkel eine.«

»Vor 30 Jahren war das schon noch was.«

»Meine Kinderzeit liegt leider etwas weiter zurück.« Sie schaute ihm direkt ins Gesicht. »Wir beide haben es wohl nicht mehr allzu weit bis zur Pension.«

»Sie sind auch Beamtin?«

»Lehrerin, Oberstudienrätin am Kurfürst-Friedrich-Gymnasium in Heidelberg, Mathematik, Biologie und manchmal auch Chemie, seit 28 Jahren, wenn Sie es genau wissen wollen.«

»Immer!«

»Wie immer?«

»Ich möchte immer alles ganz genau wissen. Mein Beruf eben, so wie Ihrer. Sie wollen von den Schülern doch auch exakte Antworten.«

Entrüstet blickte sie den Kommissar an: »Was soll das werden? Ein Verhör? Halten Sie mich etwa für verdächtig?«

»Hätte ich denn einen Grund dafür?«

»Weil ich die Erbin bin?«

»Sie kennen das Testament?«

»Es gibt keine weiteren Verwandten, und für die Kirche oder den Tierschutzverein hatten die beiden Alten garantiert nichts übrig.«

Lindt glaubte ihr aufs Wort. »Wie hoch ist das Vermögen?«

»Glauben Sie denn, die hätten mich ins Vertrauen gezogen? Selbst meine Mutter wusste nur Ungenaues. Mehrere Mietshäuser. Mehrere! Das war alles. Ich verstehe nicht, dass man unter Verwandten nicht offen reden kann. Man muss doch planen, wie alles weitergehen soll.«

»Niemals ein Wort darüber?«

»Doch, jedes Mal!« Ihre Augen blitzten. »Bei jedem Besuch dasselbe: ›Eines Tages, Eva, eines Tages … Aber ein paar Jahre musst du schon noch warten.‹ Und jetzt ist dieser Tag da und was weiß ich? Nichts, gar nichts. Nicht mal, wie ich die Beerdigung bezahlen soll.«

»Da kann ich Sie beruhigen«, antwortete Lindt. »Wir haben ein wenig Bargeld gefunden. Das dürfte reichen, um alles abzuwickeln.«

»Wie viel?«, fragte Eva Neudorff schnell. »Wie viel ist es?«

»Ich will ja nicht unbedingt Ihre beiden Onkel zitieren«, hob Lindt die Augenbrauen, »aber ein wenig müssen Sie schon noch warten. Zumindest, bis Sie als offizielle Erbin feststehen.«

Die Enttäuschung stand ihr ins Gesicht geschrieben. »Wie … wie lange kann so etwas dauern?«

»Es eilt nicht. Die Leichen, äh, ich meine, die beiden Toten sind noch nicht freigegeben.«

»Können Sie mir wenigstens sagen, wie sie gestorben sind?«

Der Kommissar runzelte die Stirn und dachte an seinen voreiligen Mitarbeiter. »Was hat Ihnen mein junger Kollege denn gesagt?«

»Ja, dass sie umgebracht wurden – oder etwa nicht?«

»Das ist derzeit ziemlich unklar. Wie gesagt, bisher wissen wir, dass Anton und Josef Maiwald tot sind. Alles Weitere werden die Untersuchungen der Rechtsmedizin ergeben.« Lindt räusperte sich: »Aber falls es tatsächlich so wäre, falls die zwei also wirklich eines gewaltsamen Todes gestorben sind, hätten Sie denn einen Verdacht? Sie als nächste, besser gesagt, als einzige Angehörige?«

Die Frau sah Lindt fassungslos an: »Ich, einen Verdacht? Wie kommen Sie da drauf?«

»Kannten Sie die beiden denn so schlecht?«

»Wie ich schon sagte, immer an Neujahr. Aus Anstand und meiner Mutter zuliebe, als sie noch lebte.«

»Worüber haben Sie denn bei Ihren jährlichen Besuchen gesprochen?«

»Über etwas Wichtiges jedenfalls nicht. Von mir wollten sie immer alles wissen, doch ihr eigenes Leben hielten sie ziemlich unter der Decke.«

»Aber von der Höhe des Vermögens haben Sie schon eine Vorstellung?«

»Ja, was man sich halt so ausmalt. Zwei alte Männer, die alles zusammenraffen und so gut wie nichts ausgeben. Da muss halt was zusammenkommen.« Erschrocken über ihre eigenen Worte, schlug sie sich die Hand vor den Mund: »Entschuldigung, jetzt denken Sie bestimmt, ich wäre …«

Gierig, geldgierig, genau das denke ich, wollte Lindt spontan sagen, doch er verschluckte die Worte und brummte nur: »Um meine Gedanken brauchen Sie sich wirklich keine Sorgen zu machen. Die errät sowieso niemand.«

Der Kommissar begann, in seinen Taschen zu kramen, und legte Pfeife, Streichhölzer und Tabakdose vor sich auf den Tisch. »Hier draußen stört es Sie ja bestimmt nicht.«

Die Frau sah ihn entsetzt an und hob abwehrend die Hände: »Bitte nicht, nicht in meiner Gegenwart, diesen Gestank.«

Lindt begann trotzdem zu stopfen: »Sind wir nicht ohnehin fertig? Mein Kollege hat sich bestimmt Ihre Telefonnummer notiert.«

Eva Neudorff rang sichtlich um Fassung: »Identifizieren … müssen denn nicht die nächsten Angehörigen …?«

»Keine Sorge«, antwortete Lindt und hielt ein Streichholz an den Tabak. »Schon geschehen.«

Aufgebracht fuhr sie von ihrem Stuhl in die Höhe: »Ich, ich …«

»Danke fürs Erste, wir melden uns«, schnitt ihr der

Kommissar das Wort ab und stieß eine dicke, blaue Wolke aus.

Paul Wellmann trat zu seinem Kollegen. Gemeinsam sahen sie Eva Neudorff nach, die empört ihr schwarz gefärbtes Haar in den Nacken warf und den Hof verließ. Das laute Klappern ihrer Absätze auf dem Sandsteinpflaster klang nach höchster Entrüstung.

»Du magst sie nicht!«

»Mache ich den Eindruck?«

»Deine Augen, Oskar.«

»Darin kannst du lesen?«

»Schon lange.«

»Ich hab in ihre Augen gesehen.«

»Und?«

»Grün und gierig.«

»Also war sie's?«

»Beschleunigter Erbfall?«

»Konnte nicht warten. Alles schon vorgekommen.«

»Beweise?«

Wellmann runzelte die Stirn: »Bislang nicht, aber Gelegenheit und Motiv. Und sie ist eine Frau. Gift gleich Frau!«

»Jan soll ihre Verhältnisse abklopfen.«

»Alle?«

»Die finanziellen und die sonstigen. Sieht nach unruhigem Lebenswandel aus.«

»Wieder mal voller Vorurteile, unser Chef«, mischte sich Sternberg ein, der die letzten Sätze mitbekommen hatte.

»Setzen!«, fauchte Lindt. »Wir haben noch was zu bereden.«

»Entschuldigung, ich war wohl zu schnell.«

»Die Zunge schneller als das Hirn!«, funkelte ihn der Kommissar an. »Dritten gegenüber sprechen wir von zwei unklaren Todesfällen und von sonst gar nichts.«

»Hab ich's verdubelt?«, wollte Sternberg kleinlaut wissen.

»Wie sind unsere Spielregeln? Wer führt das erste Gespräch mit Angehörigen und besonders mit solchen, die möglicherweise ein Motiv haben?«

Jan senkte den Blick: »Sie, Chef.«

»Und wieso?«

»Weil … weil …«

»Weil ich die Leute ansehen will. Ihr Gesicht will ich sehen. Die Augen, ja, vor allem die Augen. Auch den Mund, die Stirn, die Nase, das Kinn, aber hauptsächlich die Augen. Hast du dieser Frau in die Augen geschaut? Ja? Was hast du gesehen? Ich will es dir sagen, du kennst noch nicht einmal ihre Augenfarbe!«

»Grün?«, riet Sternberg, denn wenn sein Chef so ausflippte, musste es eine besondere Farbe sein.

»Glück gehabt.« Lindts Tonfall klang wieder eine Spur versöhnlicher. »Aber jetzt klemm dich dahinter. Ich will alles wissen über diese, diese …«

»Eva Neudorff«, antwortete Jan schnell und verschwand in Richtung des grünen Hoftors.

5

»Komm.« Lindt stand auf und ging wieder Richtung Schuppen. »Wenn die Spusi nicht vorwärtsmacht, schauen wir halt selbst. Ich will jetzt wissen, was da unten ist.« Energisch zog er an den langen Riegeln der schweren, altertümlichen grünen Stahltür, doch sie bewegten sich keinen Millimeter.

»Sieht irgendwie nach Bunkertür aus«, meinte Paul Wellmann. »Vielleicht war das im letzten Krieg ein Luftschutzkeller.«

»Das Schloss scheint allerdings neu zu sein, vielleicht nachträglich eingebaut.« Lindt bückte sich, um die beiden Schließzylinder näher in Augenschein zu nehmen. »Sicherlich kein Kriegsmodell. Gibt es drin in der Wohnung einen Schlüsselkasten?«

»Ich hab 'ne bessere Idee.« Wellmann ging zum Haus und kam kurze Zeit später mit dem Schlüsselbund zurück, der schon die Tresortür geöffnet hatte. Bereits beim ersten Versuch hatte er Glück. »Das war der Wohnungsschlüssel.« Er drehte jeden Zylinder zwei Mal, dann ließ sich die massive Tür mühelos aufschwenken.

»Noch ein Panzerschrank«, meinte Lindt, doch alles, was sich zeigte, war eine breite Betontreppe, die nach unten führte.

»Selbstverständlich grün«, kommentierte Wellmann mit Blick auf die verputzte Wand und die Betonstufen. »Für diese Farbe müssen die Maiwalds ein besonderes Faible gehabt haben.«

»Hoffnung«, sagte Lindt und schaltete das Licht ein. »Grün gleich Hoffnung, aber worauf haben sie gehofft, die beiden Alten?«

»Du meinst, weil sie alles hatten, Geld, Gold, Häuser?«

Lindt schaute seinen Kollegen nachdenklich an: »Mir fällt da auf Anhieb ganz vieles ein, was die Maiwald-Brüder eben nicht hatten.«

Wellmann nickte: »Und was sie sich mit ihrem Haufen Geld auch nicht kaufen konnten.«

Stufe für Stufe stiegen die beiden grauen Kommissare in die Tiefe. Eine angenehme Kühle umfing sie. »Wesentlich besser als in der Hitze dort oben.« Lindt atmete tief durch. »Wenn wir den Weinkeller nicht schon drüben im Wohnhaus gefunden hätten, würde ich ihn hier vermuten.«

»Mach einfach auf«, antwortete Paul Wellmann und zeigte auf die nächste Tür. Doppelflügelig, wieder aus Stahl, aber – Lindt drückte die Klinke – nicht abgeschlossen.

Der Raum dahinter lag in tiefer Dunkelheit. »Kein Licht?« Das schummrige Leuchten der Treppenlampen reichte kaum bis über die Schwelle.

»Moment, Paul, ich hab's gleich.« Die Hand des Kommissars tastete innen am Türrahmen entlang. Er fasste einen rundlichen Knubbel, drehte und staunte.

Vier Halogenstrahler flammten auf und tauchten einen langgezogenen, hohen Raum in gleißendes Licht. Das

Grün des Treppenabgangs setzte sich auch hier fort. Die Größe entsprach in etwa dem darüberliegenden ebenerdigen Raum im Inneren des Schuppens, allerdings war dieser Keller völlig leer. Der Beton von Boden, Wand und Decke wirkte trotz seines Anstrichs fröstelnd kalt. Fenster oder Oberlichter gab es nicht und der Boden wurde nur durch einen großen Ablaufgully direkt hinter der Tür unterbrochen.

Lindt zeigte nach oben, wo eine breite Öffnung zu sehen war. Sie wurde durch großflächige Stahlplatten abgedeckt.

»Ein Lagerraum, der nicht mehr gebraucht wird?«, rätselte Paul Wellmann. »Durch das Loch dort oben konnten die Materialien bequem hoch- und runtergehievt werden.«

»Du meinst, mit der elektrischen Winde an der Laufkatze?«

Wellmann nickte, zeigte aber in die Tiefe des Raums. »Und wie erklären sich die unterschiedlichen Höhen des Fußbodens?«

Die Kommissare traten vollends ein und erreichten nach einigen Metern die Stelle, an der der Betonfußboden deutlich höher lag als im Bereich bis zur Tür. Der schlanke Wellmann flankte hinauf und auch Lindt wuchtete seinen massigen Körper einen knappen Meter in die Höhe. »Keine Unterschiede«, konstatierte er. »Derselbe kalte Beton, dasselbe Grün, mit dem der Boden gestrichen ist, nur alles hochgelegt.«

»Sicherlich hatten die Brüder mit Wasser zu kämpfen«, überlegte Paul Wellmann.

»Du meinst Grundwasser oder Kanalrückstau?«

Lindt strich sich über das Kinn. »Hmm, das würde diese höhere Ebene und den Ablauf dort an der Tür erklären. Nasse Zementsäcke kann keine Baufirma gebrauchen.« Unschlüssig schaute er umher, doch in dem eigentümlich nackten, leeren und grün-kalten Keller war nicht die winzigste Kleinigkeit zu entdecken, die für ihre Ermittlungen hätte hilfreich sein können.

»Ich glaube, die Spurensicherung kann sich das hier schenken. Ludwig hat bestimmt nichts dagegen.« Dass dieser Gedanke von Paul Wellmann ein fataler Fehler war, sollte sich leider erst sehr viel später herausstellen.

Langsam stiegen die Kommissare aus der Kellerkühle wieder hinauf, der flirrenden Junihitze des sandsteingepflasterten Hofes entgegen. Ehe sie ganz oben waren, hörten sie eine wohlbekannte Stimme und Lindts Miene verdüsterte sich: »Der soll doch längst im Präsidium sein und was über die …«

Jan Sternberg, der mit dem Handy am Ohr im Schatten des Schuppendaches stand, deutete den Blick seines Chefs gleich richtig, hob die Hand, um das nächste Donnerwetter abzuwehren, und legte gleichzeitig schnell den Finger auf die Lippen.

»Ach, Oberstufe darf die gar nicht … Jetzt wundert mich nichts mehr … Das ist ja noch schlimmer, als ich gehört hab … Was, sieben Dienstaufsichtsbeschwerden …, alle ohne Erfolg … Was will man gegen so eine schon ausrichten … Beamtin halt.« Sternberg grinste und telefonierte weiter: »Vier Fünfer in jeder Klasse, drunter macht sie's nicht … Wegen ihr bleiben immer welche sitzen … Feindbild Nummer eins, das glaub ich gern … Also, wenn das so aussieht …,

nee, da wird unsere Tochter bestimmt nicht glücklich …
Dann schauen wir uns die anderen Schulen doch noch
genauer an.«

»Das Maß ist voll! Ich denke, du bist im Präsidium
an deinem Schreibtisch und stattdessen …«, stieß Lindt
hervor und holte Luft, doch Sternberg fiel ihm ins Wort:
»Nicht, was Sie denken, Chef, alles rein dienstlich.«

»Wie bitte?«, donnerte der Kommissar. »Willst du
mich zum Narren halten?«

»Nein, bestimmt nicht. Das war die Vorsitzende vom
Elternbeirat.«

»Was?« Lindt begann, mit den Augen zu rollen. »Ich
fasse es nicht. Was hat die Schule deiner Kinder mit dem
Dienst zu tun?«

Sternberg setzte wieder sein freches Grinsen auf.
»Unsere Kinder gehen drüben in der Pfalz in die Schule
und nicht am Kurfürst-Friedrich-Gymnasium in Heidelberg.«

»Wieso in Heidel…?«

»Ich hab sie über die Neudorff ausgefragt. Infos aus
erster Hand. Dass die ein Albtraum für jeden Schüler ist,
war doch auf den ersten Blick zu sehen.«

Lindts Erregung ging etwas zurück: »Du hast dort in
der Schule angerufen?«

»Klar, Chef – Fernsprechauskunft – Schulsekreta-
riat – Wer ist denn die Elternvertreterin? Die gaben mir
anstandslos die Nummer und die Gute war zum Glück
gerade daheim.«

»Die Idee könnt von mir sein«, brummte Lindt.

»Hallo, Sie sind doch die Elternsprecherin, sagen Sie,
ich such für unsere Tochter ein Gymnasium, aber da soll

so eine fürchterliche Mathelehrerin – das hat gereicht, voll ins Wespennest gestochen, die hat sich richtig reingesteigert, aber das habt ihr ja mitbekommen.«

»Sicher nicht alles, vor allem nichts, was für unseren Fall von Bedeutung wäre. Oder soll ich sie verhaften lassen, weil sie jedes Jahr ein paar Schüler die Ehrenrunde drehen lässt?«

»Chef, mit einem Wort, die muss ein fürchterliches Weibsbild sein!«

»Fakten, Jan, wo sind die Fakten? Für uns ist nur wichtig, ob wir ihr einen Doppelmord anhängen können, Quatsch, nicht anhängen, nachweisen müssen wir ihn. Wer Schüler triezt, bringt nicht zwangsläufig seine eigenen Onkel um.«

»Zwei Mal geschieden, mit allen Nachbarn im Streit, von ihren Lehrerkollegen gefürchtet, von Kindern und Eltern gehasst, und jetzt kommt das Beste: Die muss völlig pleite sein.«

»So was weiß eine Elternvertreterin?«

»Die Gerüchteküche brodelt wohl ziemlich. Anscheinend hat sie im letzten Jahr ihre Eigentumswohnung verkauft oder verkaufen müssen und wohnt jetzt zur Miete in einer recht lausigen Gegend.«

»Was für eine Gegend, lausig?«

»Ja, die hat was von einer Hochhaussiedlung gefaselt, Emmertsgrund oder so. Ich kenn mich ja in Heidelberg auch nicht besonders aus, aber das muss schon ein ziemlicher Brennpunkt sein. Sozial, mein ich.«

»Also hat die Neudorff einen echten Abstieg hinter sich, Talfahrt sozusagen.« Lindt holte Luft: »Wenn es stimmt, was deine Informantin zu wissen glaubt.«

»Und womit hat sie ihr Vermögen durchgebracht?«, wollte Paul Wellmann wissen.

»Angeblich mit Aktien, Termingeschäften, Spekulationen und so. Angeblich!«

»Ist doch nicht schwer, an der Börse einzusteigen und ein kleines Vermögen zu machen«, kommentierte Oskar Lindt trocken. »Man muss nur vorher ein großes Vermögen haben.«

»Chef, der hat echt 'nen Bart«, sprach Jan Sternberg und fuhr dieses Mal wirklich ins Polizeipräsidium zurück.

»Paul, kennst du nicht den Spruch: Grün ist die Gier?«

»Du hast es in ihren Augen gesehen.«

»Vom Gehalt einer Oberstudienrätin kann man eigentlich bequem leben, oder?«

»A 14, wesentlich mehr, als wir verdienen«, nickte Paul Wellmann.

»Wer allerdings zu gierig wird? Kann gut sein, dass an den Gerüchten was dran ist.«

»Ich wär jetzt voll gierig auf was Flüssiges.«

»Das schattige Straßencafé dort vorne? Einverstanden, die Spusi braucht sowieso noch ein paar Stunden.«

»Heute mal Eiskaffee statt Milchkaffee«, entschied Oskar Lindt und ließ sich in einen der Korbstühle fallen. Paul Wellmann hatte trotz seiner norddeutschen Herkunft in den vergangenen Jahrzehnten die erfrischenden Spezialitäten südlich der Mainlinie zu schätzen gelernt und bestellte: »Hefe, hell. Das Beste gegen diese Schwüle.«

Lindt zog am Strohhalm seines Eiskaffees: »Abkühlung von innen. Bier bei diesem Wetter? Nein, mir ginge das gleich in die Birne.« Entspannt lehnte er sich zurück, doch gleich darauf kniff er irritiert die Augen zusammen. »Das ist doch …« Ruckartig kam er wieder hoch, stemmte sich an den Armlehnen in die Höhe und ging, ohne auf den Verkehr zu achten, schnurstracks auf die andere Straßenseite.

Wellmann sah erstaunt zu, wie sein Kollege geradewegs auf einen Passanten zuhielt, der den Bürgersteig entlangkam. Jetzt schien ihn der andere auch zu erkennen, aber anstatt beschleunigt die Straßenseite zu wechseln, um der Begegnung mit dem stadtbekannten Kripo-Kommissar zu entgehen, streckte der Mann sichtlich erfreut Oskar Lindt beide Hände entgegen.

Anscheinend keiner unserer Kunden, dachte Paul Wellmann, als beide zusammen die Straße überquerten und auf ihn zukamen.

»Bitte, setz dich zu uns«, zog Lindt einen weiteren Korbstuhl vom Nachbartisch heran und bot seinem Bekannten Platz an. »Paul, das ist Otto«, stellte der Kommissar den Passanten vor.

»Angenehm, Wellmann, ich bin auch einer aus Oskars Verein.«

»Ich weiß Bescheid«, lachte der untersetzte Mann in der beigefarbenen Latzhose und strich sich ein paar Schweißperlen von seiner Halbglatze. »Daheim wollt ich auch so was aus dem Kühlschrank holen.« Er zeigte auf Wellmanns Glas.

Lindt winkte der Bedienung. »Du bist natürlich eingeladen.«

Otto Stoll stellte sich selbst vor: »20 Jahr hat der Oskar mir auf dem Kopf rumgetrampelt.« Er wies die Straße entlang. »Die Lindts im zweiten, die Stolls im ersten Stock.«

»Bis unsere Kinder ausgeflogen sind, dann war die Wohnung echt zu groß.«

»Den Moment hab ich verpasst, dafür wohnt jetzt die Schwiegermutter bei uns«, rollte Stoll mit den Augen.

»Immer noch so giftig wie früher?«, verzog Lindt amüsiert die Mundwinkel.

»Das Gift ist ihr in den Kopf gestiegen, zack, Schlaganfall, und jetzt haben wir sie am Hals. Aber ich beklag mich net, meine Frau macht das meiste. Ich bin ja tagsüber in der Werkstatt.«

»Otto hat die Schreinerei dort vorne im Hof«, erklärte Lindt und deutete mit der Hand in die Richtung, aus der der Mann gekommen war. »Was macht das Geschäft?«

»Ach, Oskar, die guten Zeiten sind passé. Meine zwei Gesellen hab ich entlassen müssen. Es hat einfach nicht mehr gereicht. Zu viel Schwarzarbeit in unserer Branche, und für die richtig dicken Aufträge ist mein Betrieb einfach zu klein. Jetzt schlag ich mich halt mit einem Lehrling so durch. Aber ich komm rum. Heutzutage musst du froh sein, wenn dich keine dicken Schulden drücken. Wohnung gemietet, Werkstatt gemietet, meine Maschinen sind zwar alt, aber sie laufen ohne Probleme, kurz gesagt, mir langt's noch naus.«

»Du schielst schon in Richtung Rente?«, lachte Lindt. »Wir beide auch. Die paar Jährchen halten wir locker durch, gell, Paul?«

»Zum Wohl!« Wellmann hob sein Weizenglas und prostete dem Schreinermeister zu.

»Schlimm, das mit den beiden Maiwalds«, sagte er. »Die hatten ab und an einen Auftrag für mich.«

»Ach so, das Mitgefühl ist rein geschäftlich.«

»Nein, nein. Au, das war wohl …«

»Keine Sorge, Otto, wir sind ja unter uns.«

»Entschuldigung, das ist mir halt so rausgerutscht. Ich bin echt gut ausgekommen mit ihnen, nur …«

»Was – nur?«

»Ha, knickerig waren sie halt schon. Wenn irgendwas nicht ganz hundertprozentig war, gab's gleich einen Abzug an der Rechnung.«

»Bist du viel rumgekommen in ihren Häusern?«

»Überall, in der ganzen Stadt! Erst gestern, als sich das rumgesprochen hatte, da hab ich mit meiner Frau drüber gesprochen. Wir sind auf mindestens 15 Häuser gekommen, in denen ich für die zwei Brüder was gemacht hab. Meistens waren es kleinere Aufträge, Türen einbauen, Treppengeländer reparieren, Fußbodendielen ausbessern, was halt so anfällt im Lauf der Zeit.«

»Es sind sogar noch mehr Häuser«, sagte Lindt. »Manchmal frage ich mich, wie die beiden Alten das alles erschaffen konnten.«

Otto Stoll lächelte: »Ganz einfach, Oskar. Reich wirst du nicht von dem, was du einnimmst, sondern von dem, was du nicht ausgibst!«

»Und im Sparen waren die Brüder schon früher Meister«, pflichtete der Kommissar ihm bei. »Aber uns interessiert natürlich eine ganz andere Frage.«

»Wer's war? Wer sie um die Ecke gebracht hat?«

»Wie kommst du denn darauf? Bisher haben wir doch noch gar nichts an die Öffentlichkeit gegeben.«

»Jetzt tu nicht so, Oskar. Wenn zwei Särge zum Tor rausgetragen werden und Haus und Hof tagelang voller Polizei sind, war's bestimmt nicht die Sommerhitze.« Stoll zog ein blau kariertes Taschentuch heraus und wischte sich damit den Schweiß von der Stirn.

»Wer dann?«

»Was? Wieso fragst du? Woher soll ich das wissen?«

»Du wohnst direkt gegenüber, in einem ihrer Häuser, und das seit über 30 Jahren, kurzum, du bist ein idealer Zeuge.«

»Ich? Vors Gericht? Jetzt mach aber mal einen Punkt, Oskar.«

»Nein, nein, so hab ich das nicht gemeint, aber überleg doch mal, wen sollen wir denn fragen? Deine Frau und du, ihr habt sicherlich manches mitbekommen.«

»Das waren gute Kunden von mir, über die spricht man nicht schlecht.«

»An die Maiwalds hab ich eigentlich nicht gedacht, die sind ja schließlich Opfer und nicht Täter. Oder hatten die auch Dreck am Stecken?«

Otto Stoll begann herumzudrucksen. »Ja, wie soll ich das sagen. Wir können uns echt nicht beklagen. Meine Werkstatt ist ja auch in einem ihrer Häuser …«

»Aber bei anderen Mietern?«, hakte Lindt nach.

»Ich weiß wirklich nichts Genaues.«

»Ungenau reicht mir fürs Erste«, bohrte der Kommissar weiter.

»Also gut, es gab eine Zwangsräumung.«

»Bei euch im Haus?«

»Nein, gegenüber.«

»Also da, wo die Maiwalds selbst gewohnt haben.«

»Die Wohnung direkt darüber. Die Leute haben es ziemlich lautstark rumerzählt.«

»Hast du sie gekannt?«

»Vom Sehen halt, waren etwas verworrene Verhältnisse. Zuerst wohnte ein Ehepaar drin, die ließen sich scheiden, wie das halt so geht. Er zog aus, sie holte sich bald 'nen neuen Mann und der brachte seine zwei Kinder mit. Patchwork eben.«

»Ist ja nichts Besonderes. Wo war das Problem?«

»Die beiden Mädchen, die waren echt wild. Ich hab's selbst mitbekommen, als ich bei den Maiwalds im Büro einen Fenstersims reparieren musste. Ein Mordsgepolter von oben, die ganze Zeit, stundenlang. Der Anton hat sich immer wieder die Ohren zugehalten und geschimpft: ›So geht das jeden Nachmittag, sobald die Kinder aus der Schule kommen. Die Erwachsenen sind beide zur Arbeit und die Mädchen machen da oben, was sie wollen. Ich halt das nicht mehr aus.‹«

»Ist die Sache eskaliert?«

»Auch außerhalb der Wohnung waren die zwei immer da, wo sie nicht sein sollten. Im Keller, im Treppenhaus, im Hof, sogar im Schuppen, als der mal aus Versehen offen stand. Überall haben sie was angestellt, was umgestoßen, ramponiert, beschädigt, zerstört. In der Wohnung sah es aus.«

»Warst du drin?«

»Der Anton hat mich geholt wegen der Schäden. Die Wände beschmiert, Türen und Parkettboden, alles voller Macken. Der Alte hat echt die Nerven verloren und gebrüllt.«

»Dann?«

»Hat die Frau die Streife geholt, und deine Kollegen, Oskar, haben dem Vermieter nachdrücklich erklärt, dass er sofort die Wohnung dieser Familie zu verlassen hätte.«

»Das hatte sicherlich ein Nachspiel.«

»Klar, Kündigung natürlich, aber dass die nicht freiwillig ausgezogen sind, kannst du dir ja denken.«

»Eine Familie mit Kindern kriegt heutzutage kein Vermieter mehr raus«, meinte Paul Wellmann. »Da kann der sich auf den Kopf stellen, nichts zu machen.«

»Dann kam die Räumungsklage?«, wollte Lindt wissen.

»Die Maiwalds waren ja eigentlich verträgliche Menschen, aber da haben sie echt rotgesehen und alle Hebel in Bewegung gesetzt. Einen schlauen Anwalt geholt und der hat auf Eigenbedarf geklagt.«

»Was? Eigenbedarf? Wie soll denn das gehen?«

»Oskar«, sagte Otto Stoll, »anders hätten die echt keine Chance gehabt. Der Anton hat die Wohnung für sich beansprucht.«

»Nachdem er jahrzehntelang mit seinem Bruder hinter derselben Tür zusammengewohnt hat? Wer soll so was glauben?«

»Das Gericht hat's ihm jedenfalls abgenommen und so kam's schließlich zur Zwangsräumung. War erst vor einem halben Jahr.«

»Mit Polizei?«

»Ging wohl nicht ohne. Meine Frau hat's mitbekommen, ein echtes Drama. Der Vater der Mädchen hat den Maiwalds angeblich mit zornesrotem Gesicht und erhobener Faust gedroht. Das haben alle im Haus mitbekommen.«

»Weiß man, was er konkret von sich gegeben hat?«

»Ich müsst meine Frau fragen, aber wenn ich mich richtig erinnere, hat der ziemlich wüst rumgebrüllt. ›Das werdet ihr mir noch büßen‹, ›teuer bezahlen‹ und so was in der Art.«

»Wo sind die dann hingezogen?«

»Das weiß keiner. Man hat sie nie wieder hier gesehen.«

»Hmm?« Die Kommissare schauten sich an. Die Frage war auch ohne Worte klar: Reicht das für ein Motiv?

Lindt beschloss, das Thema zu wechseln, lehnte sich zurück, stopfte eine Pfeife und plauderte lieber mit seinem früheren Nachbarn über die alten gemeinsamen Zeiten als über das Grausame, was gegenüber geschehen war.

Nachdem Stoll schließlich aufgebrochen war, meinte der Kommissar: »Otto, ich glaube, in der nächsten Zeit werden wir uns wieder öfter sehen.«

»Verdächtig?«, fragte Paul Wellmann.

Lindt war unsicher. »Bringt man jemanden um, weil man aus der Wohnung fliegt? Ich weiß nicht … Aber anschauen werden wir uns diesen Kerl und seine Familie auf jeden Fall.«

Zurück im Haus der Maiwalds trafen Lindt und Wellmann im Treppenhaus auf den KTU-Chef.

»Ludwig, wie weit seid ihr? Können wir ins Büro?«

»Dort ist Klarschiff. Wollt ihr euch die ganzen Akten vornehmen? Dann viel Spaß. Das dauert Tage.«

»Du kannst sie uns auch ins Präsidium bringen.«

»Nee, nee, bleibt lieber hier. Ihr beiden könnt glatt als die leicht verjüngte Form der Maiwald-Brüder durchgehen. Und so schön wie in diesem Büro habt ihr es zwischen den Spanplattenmöbeln im Präsidium bestimmt nicht.«

Also richteten sich die zwei Kommissare zwischen goldbraunem Eichenholz und dunkelgrünem Leder ein und begannen, sich ein klein wenig wie die steinreichen, alten Brüder mit ihren 17 Häusern und 188 Wohnungen zu fühlen.

Zuerst traute sich Lindt nicht so recht, aber nach einer halben Stunde suchte er sich in der Küche eine kleine Porzellanschüssel, um sie als Aschenbecher zu verwenden, öffnete die Fenster und drückte zerkrümelten Navy Flake in den voluminösen Kopf einer großen, gebogenen Pfeife.

»Ohne Inspirationshilfe finden wir ja doch nichts«, kommentierte er den Blick seines Kollegen. »Und außerdem können sich die Maiwalds ja nicht mehr daran stören.«

»Die Brüder nicht, aber sehr wahrscheinlich die Erbin im grünen Gewand«, lächelte Wellmann nachsichtig und blätterte weiter in dem grünen Ringordner, den er gerade bearbeitete.

»Hier, ich hab was«, sagte Lindt, griff nach seinem Handy und tippte die Kurzwahl von Sternbergs Büroapparat. »Jan, versuch doch mal, einen Maximilian Schneeberger zu finden. Hat bis vor ein paar Monaten hier in der Lachnerstraße gewohnt. Direkt im Haus der Maiwalds … Moment, die Frau heißt … ja, hier steht's … Antonia Krauss, Krauss mit zwei s am Ende. Nein, nicht hinfahren, aber Adresse, Personalien, Arbeitgeber und so weiter. Alles, was du halt über die beiden so rausbringen kannst ... Was, ob das heute noch?« Der Kommissar schaute auf seine Uhr. »Natürlich, warum fragst du? Weißt du, wie mein früherer Chef immer gesagt hat? ... Ja, genau der, der alte Kopp ... Feierabend ist, wenn Arbeit fertig, nicht, wenn Zeit fertig. Also los. Paul und ich sind ja schließlich auch noch dran.«

»Ich weiß nicht, was der die ganze Zeit macht dort im Präsidium«, sagte Lindt. »Ein Testament konnte er bisher nicht auftreiben, mit der bankrotten Neudorff ist er nicht weitergekommen und jetzt will er nach Hause. Dabei ist es erst mitten am Tag.«

Paul Wellmann antwortete nicht, aber er schielte zur Maiwald'schen Wanduhr. Sie zeigte zehn vor sechs.

Erst knappe zwei Stunden und 20 Ordner später ließ sich Lindt erweichen. »Hör auf, alle paar Minuten auf die Uhr zu schauen, Paul. Ich hab's verstanden. Machen wir morgen weiter.« Er wedelte mit zwei Papierstreifen. »Die müssen wir wenigstens noch anbringen.«

Schnell klebten sie die amtlichen Siegel über Büro und Wohnungstür und verabredeten sich, am kommenden Morgen die Aktenberge weiter zu durchforschen.

6

Ein merkwürdiges Gefühl plagte Oskar Lindt auf der Heimfahrt. Irgendetwas stimmte nicht an diesem Fall. Hatten sie etwas übersehen? Etwas, das direkt vor ihrer Nase lag?

Sicher, es gab mittlerweile zwei Personen mit einem möglichen Motiv, und die Recherchen von Jan Sternberg würden sie bestimmt weiterbringen. Hunderte von Fällen hatte er mit seinem Team durch akribisch genaues Puzzeln gelöst, aber hier war es anders. Sein Bauch sagte es ihm, sein Inneres, sein Unterbewusstes.

Die Gedanken kamen sehr massiv über ihn, raubten ihm gefährlich die Aufmerksamkeit für den Straßenverkehr. Am Adenauerring fuhr er bei Dunkelrot über eine Ampel, ohne es wahrzunehmen, und entging nur dank einer Verkehrslücke einem Crash. In der Theodor-Heuss-Allee walzte er ein Eichhörnchen platt, ohne es zu merken, obwohl er auf diese Lieblinge seiner Waldspaziergänge normalerweise besonders achtgab. Erst der Ruck, mit dem er am geschlossenen Garagentor zum Halten kam, holte den benebelten Kommissar in die Realität zurück.

»Was war denn das?«, kam Carlas Stimme vom Balkon, doch Lindt knurrte nur gereizt nach oben: »Hat sich mir in den Weg gestellt.« Erst danach betrachtete er die großflächige Beule im Blech des Tores und die Kratzer an der Stoßstange des Citroën. Kopfschüttelnd ging er zur Haustür. Irgendetwas passte nicht.

»Die Maiwalds? Stimmt's?« Carla traf wie immer den Nagel auf den Kopf. »Komm in die Küche. Du brauchst Ablenkung.«

Sie warf ihm die schwarze Kochschürze mit dem aufgedruckten Polizeistern zu und deutete auf das Schneidbrett, eine Zwiebel und die Knoblauchknolle. »Schön fein, keine so groben Stücke.«

Auch eine Möhre und etwas Bauchspeck landeten auf seinem Brett, solange Carla an der Spüle den Salatkopf putzte.

»Ein neues Rezept?«

»Sauce bolognese alla contessa.«

»Aus dem da?« Oskar zeigte auf das schmale grüne Rezeptbuch – ›Original italienische Küche‹ –, das er vor Kurzem von Freunden geschenkt bekommen hatte.

»Müssen wir doch ausprobieren, soll allerdings ein paar Stunden lang kochen.«

»Egal, vielleicht komme ich beim Soßerühren darauf, was mich grad so beschäftigt.«

»Wieder mal ein komisches Gefühl?« Carla kannte die Gemütslagen ihres Oskar recht genau.

»Da ist was, direkt vor meinen Augen, aber ich kann es nicht sehen. Nichts zu erkennen, wie Nebel um meinen Kopf.«

»Dann ist ja klar, warum du das Garagentor nicht sehen konntest. Nebel, dichter Nebel, wahrscheinlich Londoner Nebel, und Jack the Ripper schleicht im Kreis um Scotland Yard und um dich herum. Jetzt konzentrier dich auf das Gemüse und schneid es nicht zu grob, sonst wird die Soße so bollig!«

Lindt riss sich kurz zusammen, doch schon bald drifteten seine Gedanken wieder ab: »Ob die Maiwalds wohl mit ihrem Leben zufrieden waren?«

»Leg doch endlich 'ne andere Platte auf, Oskar. Das, was wir hier machen, nennt man Kochen, nicht Ermitteln.«

»Wahrscheinlich muss meine Maiwald-Soße auch noch längere Zeit kochen, um das richtige Aroma zu entwickeln.«

»Kennst du denn alle Zutaten?«

»Gier ist auf jeden Fall mit dabei. Grüne Gier.«

»Grün ist doch die Hoffnung.«

»Und die Gier, oder kennst du den Spruch nicht?«

»Ich kenn nur giftgrün, aber das passt ja in diesem Fall auch. Und was kann sonst noch drin sein, in der grünen Soß?«

»Wenn ich das nur wüsste. Die ganze Zeit über bin ich am Probieren. Löffelchen für Löffelchen. Rache vielleicht, Vergeltung oder Neid? Ich schmeck's noch nicht raus. Aua! Mist, geschnitten!« Oskar hielt seinen blutenden Zeigefinger reflexartig in Richtung Spülbecken.

»Nicht über den Salat, pass doch auf!« Mit einem Bogen Küchenkrepp drückte sie auf den verletzten Finger.

»Blut«, stotterte Lindt. »Ist Blut in der Soße?«

»In deiner Maiwald-Tunke vielleicht, aber nicht in meinem Kopfsalat.« Carla griff zu einer Dose im Küchenschrank und holte ein kleines Pflaster heraus. »So, es reicht für heute mit dem Kommissar, jetzt werd aber ganz schnell zum Küchenbullen.«

»Paul, schmeck doch mal«, sagte Lindt am nächsten Morgen zu seinem Kollegen und riss mit seinem Autoschlüssel die beiden Siegelstreifen durch.

»Hast du nichts gefrühstückt oder schon wieder Hunger?«

»Nein, ich komm nicht auf die Zutaten hier in unserer Soße.«

Wellmann schaute seinen langjährigen Partner fassungslos an.

»Die Maiwald-Soße, neueste Oststadt-Kreation. Erst vor wenigen Tagen erfunden. Was ist alles drin?«

»Ach … Ach so, du meinst …, ja, Gift ist auf jeden Fall mit drin. Taxin, gelöst aus Eibennadeln, grünen Nadeln, also grün, so wie die berühmte Frankfurter Grie Soß.«

»Gift – Grün – Gier … und was noch alles?«

»Komm an die Arbeit, Oskar. Ich wette, da drin finden wir noch allerhand.«

Und so ließen sich die beiden Kommissare wieder von der Atmosphäre des solid-massiven Eichenholzes umfangen, nahmen erneut auf den grünen Lederpolstern Platz und holten Ordner für Ordner hinter den Glastüren hervor, um sorgsam nach weiteren Zutaten der Oststadt-Soße zu forschen.

Es war eine stupide Arbeit, die Lindt gleichermaßen hasste und liebte. Einerseits stinklangweilig, andererseits konnte sich auf jeder der durchgeblätterten Seiten eine neue, ja vielleicht die entscheidende Spur auftun. Ab und zu stand einer der beiden auf und ging mit einem aufgeschlagenen Aktenordner zum anderen hinüber.

»Schau dir das an, was hältst du davon?«

Manches verwarfen sie gleich, manches trugen sie als kurze Notiz mit genauer Angabe des Fundortes in eine Liste möglicher Anhaltspunkte ein.

Kurz vor Mittag kam Jan Sternberg vorbei.

»Du willst uns abholen?«, fragte Lindt. »Gute Idee, mir knurrt der Magen seit einer ganzen Weile.«

»Der Chef denkt wieder nur ans Essen«, konterte Sternberg. »Mir vergeht der Appetit ganz schnell, wenn ich mir ein weiteres Mal vorstelle, wie die beiden Brüder hier gelegen haben und vor allem, worin sie gelegen haben.«

»Maiwald-Soße!« Die Antwort kam wie aus einem Mund, von beiden gleichzeitig.

»Bitte? Soll das jetzt ein Witz sein?«

»Jan, dein dickes Fell muss noch eine Weile wachsen. Also, wo gehen wir hin?«

Sie entschieden sich für eine der Sportvereins-Gaststätten am Adenauerring und wählten im Biergarten den ungestörten Schattenplatz unter einer großen Kastanie.

Sie kamen ab und zu hierher, um die leckeren Wildgerichte zu essen, für die das Restaurant bekannt war.

»Ragout vom Maibock«, las Lindt aus der Speisekarte vor.

»Ich auch – ich auch!« Wellmann und Sternberg waren einverstanden.

Solange sie auf das Essen warteten, holte Jan Sternberg seinen Notizblock hervor und blätterte darin. »Die Neudorff ist definitiv pleite. Die Gerüchte haben also gestimmt. Hat an der Börse spekuliert und als es aufwärts ging, über eine Direktbank große Aktienposten auf Kredit gekauft.«

»Lass mich raten«, sagte Wellmann. »An eine Talfahrt konnte sie nicht glauben und hat deswegen den Zeitpunkt zum Absprung voll verpasst.«

»Stimmt genau, Paul. Wie viele andere glaubte sie wohl an ein weiteres Wachstum und hielt die Zeichen der Baisse für ein kleines Zwischentief. Dann kam sie voll in den Strudel. Natürlich stellte die Bank schleunigst die Kredite fällig, aber die Papiere waren längst nicht mehr so viel wert, wie sie zurückzahlen musste.«

»Andere sind deswegen aus dem Fenster gesprungen. Wie tief steht sie in der Kreide?«, wollte Lindt wissen.

»678.000 Euro! Keine Frage, warum sie alles verkaufen und in eine schäbige Einzimmerwohnung im Emmertsgrund ziehen musste. Das Gehaltskonto wird bis zum letzten zulässigen Cent gepfändet.«

»Diese Neudorff ist nur deshalb nicht gesprungen, weil sie das sichere Erbe ihrer Onkel im Hinterkopf hatte. Vielleicht hat sie ja irgendwann versucht, die beiden anzupumpen.«

»Da dürfte sie auf Granit gestoßen sein, Paul. Wie ich die Maiwalds von früher in Erinnerung habe, bin ich mir absolut sicher, dass die für solche Zockereien keinerlei Verständnis hatten.«

»Die Frage ist nur, ob diese Faktenlage unserem lieben Staatsanwalt ausreicht, um die Gute anzuklagen. Die Möglichkeit, ein Weinfläschchen auszutauschen, hatte sie sicherlich, und als Bio-Lehrerin traue ich ihr auch zu, das Taxin zu extrahieren.«

»Nur kein voreiliger Jubel, Chef«, mischte sich Jan Sternberg wieder ein. »Auch die zweite Spur ist nicht ohne.« Er unterbrach für einen Moment, weil der Salat serviert wurde.

»Was konntest du über die ehemaligen Mieter mit den Randale-Mädchen rausfinden?«, forderte ihn Lindt auf, weiter zu berichten.

»Die wohnen gar nicht so weit weg. Sind nur nach Rintheim gezogen. Vielleicht, damit die Kinder ihre Schule nicht wechseln mussten. Eigentlich liegt nichts gegen den Schneeberger und die Krauss vor.«

»Mach's nicht so spannend, Jan. Was heißt ›eigentlich‹?«

»Beide arbeiten bei Turmberg-Pharma in Durlach. Sie ist Chemikerin, Frau Doktor Krauss sogar, und er, der Schneeberger, steht im Labor, PTA oder so was.«

»Oha«, zuckte Lindt zusammen, »noch zwei Giftmischer.«

»Und wo der Weinkeller war, wussten sie sicherlich auch.«

Die Bedienung kam zurück und stellte eine riesige Schüssel mit Rehragout und eine etwas größere mit goldgelben Spätzle mitten auf den Tisch. »Empfehlung vom Chef«, sagte sie. »Vor 14 Tagen hat der noch gelebt und unsere Geranien gefressen. Guten Appetit.«

»Und wie habt ihr ihn ins Kühlhaus gelockt?«, wollte Wellmann wissen.

»Ein Kügelchen von unserem Förster kam dazwischen, keine 200 Meter dort hinten.« Sie zeigte nach Norden, tiefer in den Hardtwald hinein.

»Na, wenn da der Erleger nur mal nicht Michelin geheißen und der arme Rehbock sein junges Leben 200 Meter in der anderen Richtung ausgehaucht hat.« Jan Sternberg deutete breit grinsend in Richtung des vierspurigen Adenauerrings, doch zum Glück verstand die Kellnerin den Spaß und drohte lachend mit erhobenem Zeigefinger. »Das erzähle ich unserem Chef besser nicht, sonst kommt er mit seinem langen Küchenmesser vorbei.«

»Egal, wie er umgebracht wurde«, stellte Lindt nach einer Weile fest, »dieser Geranienfresser schmeckt hervorragend. Wenngleich …«, seine Augen verengten sich zu schmalen Schlitzen, »wenngleich bei Gulasch ja niemand so ganz genau weiß …«

»Was drin ist, Oskar?«

»Womit wir wieder bei der Soßenfrage wären«, antwortete der Kommissar und schob sich genüsslich ein weiteres zartes Fleischstück in den Mund.

»Schon wieder Maiwald-Soße?«, fragte Jan. »Die Erklärung dafür steht ja noch aus.«

»Bei diesem Maibock ist es eher egal, aber bei den Maiwalds müssen wir rausfinden, was drin ist.«

»Die Gier einer bankrotten Spekulantin oder die Rache einer rausgeworfenen Familie«, fasste Wellmann zusammen.

»Oder eine ganz andere Zutat«, sagte Jan Sternberg und blätterte wieder in seinem Notizbuch. »Ich sage nur Düsseldorfer Tabelle.«

»Au, an diese Spur hatte ich schon gar nicht mehr gedacht.« Lindt wischte sich den Mund ab. »Wer war es, Anton oder Josef?«

»Der Jüngere, also Anton Maiwald, wurde 1975 im stolzen Alter von 44 Jahren Vater. Sicherlich nicht geplant und peinlich genau darauf bedacht, dass nichts an die Öffentlichkeit kam.«

»Deshalb hat er auch immer mit Barscheck bezahlt. 18 lange Jahre, immer regelmäßig und immer mehr, als der Mindestsatz gewesen wäre.«

»Die Kontoauszüge waren ihm so wichtig, dass er sie im Tresor eingeschlossen hat. Dann wusste aber sein Bruder auf jeden Fall davon.«

»Wie hast du das denn herausgefunden?« Lindt klopfte seinem jungen Mitarbeiter anerkennend auf die Schulter.

»Über die Justiz, Chef. Ein Testament lag in amtlicher Verwahrung.«

»Das heißt ja«, Lindt wurde ganz erregt, »der uneheliche Sohn erbt auch was.«

»Der erbt nicht irgendwas, Chef, der erbt alles!«

Paul Wellmann nickte: »Klar, er ist der einzige Abkömmling.«

»Aber nur von Anton, nicht von Josef«, gab Lindt zu bedenken.

Sternberg konnte aufklären: »Die Brüder haben sich gegenseitig zu Erben eingesetzt und gemeinsam bestimmt, dass dieser Sohn einmal das gesamte Vermögen bekommen soll, egal, wer von den beiden zuerst stirbt.«

»Gleichzeitig zu sterben, hatten sie vermutlich nicht vor«, kommentierte Oskar Lindt trocken.

»Wenn ich richtig gerechnet habe«, meinte Paul, »dann müsste der Erbe jetzt 35 Jahre alt sein. Wohnt er denn auch hier in Karlsruhe?«

»Es war gar nicht so einfach, ihn ausfindig zu machen.

Im Testament steht nur: Udo Kern, geboren am 24. Dezember 1975 in Karlsruhe.«

»Ein echtes Christkind also.«

»Ja, Chef, nur dass man von einem heiligen Lebenswandel überhaupt nicht sprechen kann. Der hat bereits drei Mal gesiebte Luft geatmet.«

»Knast?«

»Die JVA Bruchsal nennt er wohl seine zweite Heimat. Schwere Körperverletzung und zwei Mal Einbruchdiebstahl.«

»Schau an, einer unserer Kunden wird plötzlich ganz legal zum reichen Mann.«

»In seinen Kreisen ist er nur als ›Der Schlosser‹ bekannt. Den Beruf hat er tatsächlich erlernt und es darin auch zu enormen Fähigkeiten gebracht. Egal, ob Autos, Haustüren, Tresore – Schlösser aller Art waren oder sind seine Leidenschaft.«

»Dann betreibt er jetzt bestimmt einen Schlüsseldienst«, zwinkerte Paul Wellmann.

»Das nicht, aber er schraubt in einer Autowerkstatt in Gernsbach. Nichts Auffälliges, zumindest sagen das unsere Rastatter Kollegen. Die kennen seine Vorgeschichte und werfen öfter ein Auge auf ihn, doch seit er das letzte Mal eingekastelt war, hat er sich nichts mehr zuschulden kommen lassen.«

»Wie lange ist das her?«

»Sieben Jahre«, antwortete Sternberg. »Das lässt doch hoffen.«

Lindt blieb skeptisch: »Vielleicht wurde er bloß nicht erwischt, wer weiß.«

»Auf jeden Fall hat unsere Soße eine neue interessante Zutat bekommen«, fasste Paul Wellmann zusammen. »Den Schlosser. Nummer drei auf der Liste. Ich denke, wir müssen allen intensiv auf den Zahn fühlen.«

»Weiß der Autoschrauber schon von seinem Glück?« Lindt schaute zu Sternberg.

Der blätterte in einem Schnellhefter. »Ich hab alles per Fax bekommen. … Nee, das ist noch brandneu – ging bestimmt noch nicht zur Post. So schnell arbeitet das Nachlassgericht kaum, aber zur Sicherheit ruf ich bei denen noch mal an.«

»Kannst du von unterwegs machen«, sagte Lindt und winkte der Kellnerin. »Wir beide nutzen das Überraschungsmoment und fahren jetzt ins Murgtal. Paul darf alleine weiter in den Akten wühlen.«

Nachdem sie Wellmann wieder in der Oststadt abgesetzt hatten, steuerten Lindt und Sternberg über die Autobahn in Richtung Schwarzwald. Bei Rastatt fuhren sie ab und erreichten nach einer Viertelstunde die Flößer-, Holzhändler- und Papiermacherstadt Gernsbach im unteren Murgtal. Sternbergs Navi führte sie exakt vor die Tore von ›Knoll – Fahrzeugservice‹.

»Freie Werkstatt«, konstatierte Jan. »Je teurer die großen Autohäuser werden, umso mehr Zulauf haben solche kleinen Firmen.«

Auch Lindt schaute sich um: »Scheint alles recht neu zu sein. Nichts von wegen schmuddeliger Hinterhof-Klitsche.«

Sie betraten den hell verglasten Eingangsbereich. Autoradios, Batterien, Reifen und Sitzbezüge waren ausgestellt und zwei gebrauchte, blank polierte Mercedes

SLK warteten auf solvente Käufer. Durch große Scheiben konnten die zwei Kriminalbeamten in den abgetrennten Werkstattbereich schauen, wo sich zwei Mechaniker gerade im Motorraum eines japanischen Geländewagens zu schaffen machten. An der Theke wurden sie von einem weißhaarigen Mann freundlich empfangen. Sein Arbeitskittel trug das Emblem eines großen französischen Reifenherstellers. ›Oswald Knoll‹, der Aufnäher an der Brusttasche ließ den Seniorchef vermuten.

»Wir hätten gerne Herrn Kern gesprochen, Udo Kern, der arbeitet doch hier«, sagte Lindt, ohne sich weiter vorzustellen.

Das Lächeln im Gesicht des Meisters verschwand schlagartig. »In welcher Angelegenheit, wenn ich fragen darf?«

»Persönlich«, antwortete der Kommissar. »Das möchten wir ihm gerne selbst sagen.«

»Hat das nicht Zeit bis nach der Arbeit? Er ist gerade an einem Terminauftrag. Um fünf hat er Feierabend.«

»Tut mir leid. So lange können wir nicht warten.«

Oswald Knoll schaute Lindt und Sternberg prüfend an: »Polizei?«

»Weshalb fragen Sie?«

»Weil …«

Der Kommissar hielt ihm den Dienstausweis vor die Nase.

»Hat er was ausgefressen?«

»Nur ein paar Fragen.«

»Hören Sie«, Knoll wurde rot im Gesicht, »der Udo … ich meine, wir kennen seine Vorgeschichte … Wir wissen, dass er schon drei Mal … eingesessen hat. Er hat uns auch gesagt, wieso, aber seit er hier arbeitet, ist wirklich nicht das Geringste vorgefallen. Kommen Sie von der Kripo?«

»Mordkommission«, antwortete Jan Sternberg vorschnell, wofür er sich einen wütenden Seitenblick seines Chefs einhandelte.

Die Röte wich schlagartig aus Oswald Knolls Gesicht, doch Lindt lenkte ein: »Wie gesagt, nur ein paar Fragen. Sie brauchen sich wirklich keine Gedanken zu machen.«

»Mit … mit so was hatte der Udo aber noch nie zu tun«, stotterte der Weißhaarige. »Als junger Kerl, da hat er einen zusammengeschlagen und ein paar Schlösser geknackt, ja, er ist wirklich ein begnadeter Schrauber, aber mit Mord …«

»Wenn es Sie beruhigt …«

»Ganz im Gegenteil, ich mache mir ernste Sorgen. Alle naselang fahren Ihre Kollegen ganz unauffällig da draußen vorbei, auch vor seiner Wohnung hatten sie sich schon postiert und jetzt tauchen Sie noch hier drin in meiner Werkstatt auf.« Knoll wurde immer lauter. »Nur ganz harmlose Fragen? Wer soll das denn glauben? Die hätten bestimmt auch Zeit bis nachher um fünf. Udo hat seine Strafen abgesessen. Er hat gebüßt für das, was …«

Weiter kam er nicht, denn Jan Sternberg spurtete los, riss die Eingangstür auf und rannte über den Hof. Der, den er verfolgte, war eine Sekunde zu langsam. Er schaffte es zwar noch, die Tür eines blauen Fiat aufzuschließen, und hatte bereits ein Bein im Fußraum, aber da hatte ihn Sternberg schon an der Schulter gepackt. »Polizei!«

Doch der Verfolgte dachte nicht daran, aufzugeben. Er rammte Jan seinen Ellenbogen in den Bauch, dass der sich schmerzverzerrt zusammenkrümmte, schlug die Tür zu und startete den Wagen. Er kam allerdings nur zehn Meter weit, dann legte er eine Vollbremsung hin. Der Blick in die Laufmündung von Lindts Dienstpistole tat seine Wirkung. Resigniert legte er die Hände auf das Lenkrad.

Sternberg war Sekunden später wieder bei ihm, riss die Fahrertür auf, zog ihn mit einem gewaltigen Schwung nach draußen, warf ihn bäuchlings zu Boden und kniete sich auf seinen Rücken.

Ehe sich Udo Kern versehen konnte, waren die Arme nach hinten gedreht und von Lindts stählernen Fesseln umfangen. Sternberg zog ihn hoch und schubste ihn gegen den Wagen.

»Warum so eilig?«, ächzte der füllige Kommissar und staunte über sich selbst.

»Gute Reaktion, Chef!«, stieß Jan hervor und presste seine Hände auf die Magengegend.

»Was wollen Sie von mir?«, jammerte Udo Kern und krümmte sich ebenfalls.

»Flüchten Sie immer, wenn Kundschaft kommt?«, fuhr Lindt ihn an. »Mitkommen!«

Die zwei Karlsruher Kriminaler eskortierten den Mechaniker zurück in die Autowerkstatt.

»Wo können wir uns ungestört unterhalten?«

Der weißhaarige Knoll versuchte mühsam, die Fassung wiederzufinden. Er zeigte auf eine Tür: »Dort im Vesperraum.«

Vier Stahlrohrstühle, ein Tisch mit grauer Kunststoffplatte, ein paar Blechspinde an der Wand. Zwei Neonröhren gaben bleiches Licht.

Lindt schloss die Handfesseln wieder auf, setzte sich und forderte Kern auf, das ebenfalls zu tun. Sternberg blieb an der Tür stehen.

Eine Minute lang schaute der Kommissar den ›Schlosser‹ schweigend an. »Sie sind Udo Kern? Können Sie sich ausweisen?«, fragte er schließlich und hielt dem Gegenüber seinen Dienstausweis vors Gesicht. »Lindt, Kripo Karlsruhe, das da ist mein Kollege Sternberg.«

»Da drüben.«

»Wo?«

»Im ersten Spind. Ist offen.«

Jan hob den Riegel und öffnete die Blechtür.

»Jacke, Innentasche.«

Sternberg fand eine schwarze Lederbörse und legte sie vor Kern auf den Tisch. Der nahm den Perso heraus und schob ihn zu Lindt hinüber.

»Die Adresse stimmt?«

Kopfnicken.

»Wo ist das?«

»Staufenberg.«

»Ein Stadtteil von Gernsbach?«

Der Kommissar notierte die Straße und gab den Ausweis zurück. »Sie wissen, warum wir hier sind?«

Schweigen, Schulterzucken.

»Nach wie vor Experte für Schlösser aller Art?«

»Ich bin sauber, glauben Sie mir. Drei Mal Bruchsal vergisst man nicht.«

»Haben Sie Kontakt zu Ihren Eltern?«

Kerns Augen wurden größer. »Ist was mit meiner Mutter?«

»Wann haben Sie sie zuletzt gesehen?«

»Weihnachten war ich drüben in Sinzheim, ab und zu rufe ich an.«

»Und Ihr Vater?«

»Ist mein Stiefvater. Was soll das, warum fragen Sie so blöd?«

»Haben Sie auch Kontakt zu Ihrem leiblichen Vater?«

»Nie gesehen. Wohnt nicht hier.«

»Sie kennen seinen Namen?«

Kern schüttelte den Kopf. »Warum, was ist mit ihm?«

»Sie haben nie nach ihm gefragt?«

»Gefragt schon, aber keine Antwort bekommen. Meine Mutter war damals erst 19. Sie wollte nie darüber reden.«

»Gut, wir werden sie fragen.«

»Wieso, was soll das denn? Ich denke, es geht um irgendeinen Bruch.«

»Vielleicht.« Lindt machte abermals eine Pause.

»Verdammt noch mal«, knallte Udo Kern mit der Faust auf den Tisch, »was soll diese Scheiße hier? Sagen Sie endlich, was Sie wollen, oder verschwinden Sie wieder.«

»Wir sind extra wegen Ihnen gekommen. Wegen Ihnen und Ihrem Vater.«

»Wie oft soll ich es noch sagen, ich kenne den Arsch nicht. Er hat meine Mutter geschwängert und sich dann aus dem Staub gemacht!«

»Abgehauen, so wie Sie vor uns abhauen wollten?«

»Mann, mit euch Bullen hab ich bisher keine guten Erfahrungen gemacht.«

»Vielleicht wird das ja ab sofort anders.« Lindt winkte Sternberg. »Gib mal die Unterlagen.«

Jan zog den zusammengerollten Schnellhefter aus seiner Jackentasche und schob ihn auf den Tisch.

Kern wollte danach greifen, doch Lindt legte schnell seine breite Hand darauf. »Noch einmal die Frage: Kennen Sie Ihren leiblichen Vater? Überlegen Sie sich gut, was Sie darauf antworten. Wir werden ganz sicher Ihre Mutter danach fragen, und zwar bevor Sie mit ihr sprechen können.«

»Was wollen Sie denn hören?«

»Die Wahrheit, sonst nichts.«

Jetzt war es Udo Kern, der schwieg. Nach einer Weile begann er: »Jeder möchte wissen, wo er herkommt. Ist doch normal, oder?«

Lindt nickte: »Völlig normal.«

»Ich hab so oft gefragt, aber sie hat es mir nicht gesagt. Nichts zu machen, keine Chance. Immer wieder hatten wir Streit deswegen. Also hab ich schließlich gesucht, in ihren Unterlagen, nach irgendwelchen Papieren. Das Schloss ihrer Schublade machte kein Problem, damals war ich im letzten Lehrjahr.«

»Schlosser«, sagte der Kommissar. »Hat sie's gemerkt?«

»Nein, ich hab alles wieder zurückgelegt. Außerdem bin ich kurze Zeit später sowieso ausgezogen.«

»Haben Sie sich mit Ihrem Vater getroffen?«

»Ich wollte ihn nur mal sehen. Maiwald, was für ein bescheuerter Name. Ich war dankbar, dass ich nicht so heißen musste. Kern gefällt mir viel besser.«

»Wie heißt Ihre Mutter jetzt?«

Er zögerte, schließlich sagte er: »Knoll, der da draußen ist der Bruder von meinem Stiefvater. Woanders hätte ich nach dreimal Knast keine Chance mehr bekommen.«

»Wann haben Sie Ihren richtigen Vater gesehen?«

»Mit 18 bin ich nach Karlsruhe und hab mich umgesehen. Bin ihm nachgefahren bis zu einer Baustelle. ›Gebrüder Maiwald‹, zwei dreckige Maurer mit einem uralten Lastwagen, nee, war echt nicht mein Fall. Außer Arbeit gab's da sicher nichts zu holen. Und so alt! Ich weiß bis heute nicht, wer von den beiden der Anton war, aber egal, selbst der Jüngere hätte glatt mein Großvater sein können. Ich war total geschockt, dass meine Mutter mit so einem … Da bin ich schleunigst wieder weg.«

»Und nie mehr hin?«

»Ehrenwort, einmal hat gereicht.«

Lindt schob die Unterlagen über den Tisch. »Beide sind tot.«

»Steht das da drin?«

Der Kommissar nickte. »Und Sie erben alles.«

Ein ungläubiger Blick: »Wie? Erben?«

»Das ganze Vermögen der Gebrüder Maiwald gehört jetzt Ihnen.«

Udo Kern riss die Augen auf: »Sie sind doch nicht gekommen, um mir das zu sagen. Sie wollen mir was anhängen!«

Lindt schaute ihm gerade in die Augen: »Nur, wenn Sie die beiden umgebracht haben!«

»Umgebracht? Beide? Ich?«

»Ja, Sie.«

Das war zu viel für ihn. Verstört stotterte er: »Ich … wieso … Nein!«

Lindt stand auf und drehte sich zu Sternberg, der nach wie vor im Hintergrund am Türrahmen lehnte. »Brauchen wir das noch?« Er zeigte auf die Unterlagen.

78

»Sind nur Kopien.«

»Vorerst keine Reisen. Jeden Tag bei der Polizei melden. Wenn nicht, lass ich Sie suchen.«

»Und jetzt? Fragen wir die Mutter?«, sagte Lindt zu Sternberg, als sie mit dem großen, dunkelroten Citroën vom Hof der Autowerkstatt fuhren.

Jan schüttelte den Kopf. »Geschenkt, Chef. Der war's sicher nicht.«

»Dass wir auch mal einer Meinung sind ...«

7

»Wer kommt mit in die Oststadt?«, fragte Paul Wellmann bei der morgendlichen Besprechung im Präsidium. »Zwei Schränke mit Ordnern warten noch auf
uns.«

»Schneeberger und Krauss?«, überlegte Lindt. »Sollen wir die auch am Arbeitsplatz heimsuchen?«

»Kommen wir da so einfach rein?«

»In das Pharma-Labor? Vielleicht extrahieren sie
gerade Pflanzengift?«

»Ich schau erst mal auf deren Website.« Jan Sternberg
setzte sich an den PC und gab ›Turmberg-Pharma‹ in die
Suchmaschine ein.

Interessiert standen die beiden Kommissare hinter ihm
und fixierten den Monitor.

»Tatsächlich!« Eingerahmt von einer Auswahl an
farbenfroh gezeichneten Arzneipflanzen zierte der
berühmte Paracelsus-Spruch ›*Dosis sola facit venenum*‹
die Startseite. »Allein die Dosis macht's«, kommentierte
Sternberg. »Dass die Maiwalds eine Überdosis bekamen,
hat uns die Gerichtsmedizin ja bereits bestätigt.«

Nach und nach öffnete er die Seiten der einzelnen Pro-
dukte. »Hier«, sagte er und zeigte auf den Schirm. »Bor-
neo und Kaukasus, Steppen in Namibia, Regenwälder

am Amazonas, anscheinend suchen die auf der ganzen Welt nach Heilpflanzen.«

»Geldpflanzen, Jan«, korrigierte ihn Paul Wellmann. »Die Inhaltsstoffe der Pflanzen gelten als das große Geschäft der Zukunft. Wer zuerst kommt, scheffelt die dicke Kohle. Überall wird zusammengerafft und ausgeräubert.«

»Woher weißt du das denn?«

»Ab und zu liest man davon und neulich hab ich unsere Apothekerin darauf angesprochen. Die sieht das äußerst kritisch. Da gibt es wirklich einen globalen Wettlauf ums große Geld. Egal, ob die Lebensgrundlagen von Indianerstämmen oder Buschmännern dabei draufgehen. Skrupellose Geschäftemacherei, aber unter dem Deckmantel der Gesundheit scheint alles erlaubt zu sein. Hauptsache, es hilft gegen unsere Zivilisationskrankheiten.«

»Überlegen wir mal«, sagte Lindt. »Wie stark dürfte das Motiv Rache in diesem Fall sein? Immerhin liegt die Zwangsräumung bereits ein halbes Jahr zurück.«

»Wenn das Giftfläschchen von denen stammt, haben sie es sicherlich zum Abschied in den Weinkeller geschmuggelt. Da war der Zorn noch nicht verraucht.«

»Okay, Jan, das stimmt. Aber wie können wir vorgehen? Frontalangriff und auf den Kopf zusagen? Die werden uns auslachen, nach Beweisen fragen und rauswerfen.«

»Inklusive Beschwerde in unserer Chefetage«, fügte Paul Wellmann an. »Da stehen wir ganz schnell mit abgesägten Hosen da. Es gibt ja keinen genauen, halbwegs eingrenzbaren Zeitpunkt, an dem der Eibenwein den Maiwalds untergeschoben wurde. Unsere obligatorische

Alibi-Frage ›Wo waren Sie am … um …?‹ können wir in diesem Fall total vergessen.«

»Bei diesem dünnen Anfangsverdacht bekommen wir auch sicherlich keine Durchsuchung genehmigt«, überlegte Lindt weiter. »Weder in der neuen Wohnung in Rintheim und schon gar nicht in der Firma.«

Jan Sternberg wollte noch nicht aufgeben: »In einem Pharmaladen, der Pflanzenstoffe extrahiert, dürfte eine Beweisführung schwierig werden, aber wenn wir bei denen zu Hause entsprechende Gerätschaften finden, vielleicht sogar mit Spuren von Taxin …«

»Unser Jüngster lässt nicht locker«, meinte Lindt nachdenklich und griff zum Telefon. »Da werd ich doch mal nachfragen, wie man dieses Gift denn gewinnen kann.«

Kurze Zeit später kam Ludwig Willms ins Büro der Mordermittler und stellte eine kleine Kunststoffwanne auf den Tisch. »Alles, was man braucht, um den Eibennadeln das Taxin zu entlocken, habe ich hier mitgebracht.«

»Nicht viel«, kommentierte Oskar Lindt. »Ich dachte da schon an größere Gerätschaften. Destillationsapparat, Zentrifuge und so was.«

»Was ich dabeihabe, reicht völlig«, antwortete Willms und stellte einen massiven Porzellanmörser auf den Tisch. »So, jetzt bräuchte ich eine Handvoll dieser grünen Nadeln. Habt ihr natürlich nicht, also nehmen wir für die Demonstration …« Er schaute sich im Büro um, sein Blick blieb an der Kaffeemaschine hängen, »… ja, genau.«

Willms griff in den Vorratsbehälter und ließ die braunen Bohnen durch seine Hand rieseln. »Nee, die sind zu hart. Irgendetwas mit einer weicheren Konsistenz.« Er schaute weiter umher. »Ich hab's! Oskar, du bist dran. Endlich ist dein Laster doch zu was nütze. Schieb mal die Tabaksdose rüber.«

Widerwillig griff Lindt in seine Jackentasche und reichte dem KTU-Chef die uralte, verbeulte, aber deshalb umso mehr gehütete Blechbüchse.

Willms nahm einige Platten Presstabak heraus. Je mehr er herausnahm, desto lauter wurde des Kommissars Protest. »Jetzt reicht's aber wirklich. Hast du eine Ahnung, was guter Tabak heutzutage kostet?«

Willms steckte seine Nase in die Dose: »Riecht ja halbwegs aromatisch, aber dass du dieses Zeug immer verbrennen musst.« Dann zerkrümelte er die Platten mit der Hand, füllte die Ladung in den Mörser und schob ihn zu Oskar Lindt über den Tisch. »Bitte möglichst fein. Dir als Hobbykoch dürfte die Handhabung eines solchen Geräts ja keine Schwierigkeiten bereiten.«

Der Kommissar nahm den massiven Stößel in die Faust und begann unter ständigem Gejammer – »Das kann ja kein Mensch mehr rauchen« – den Tabak zu zerreiben.

»Je feiner die Konsistenz, desto größer die Oberfläche und umso mehr Angriffsfläche hat die Flüssigkeit. Halt, das genügt.« Ludwig Willms ließ den Inhalt des Mörsers in einen gläsernen Messbecher gleiten, ging zum Waschbecken und goss Wasser über die braunen Krümel. »Stellt euch vor, das wäre Alkohol«, erklärte er.

»Schnaps aus dem Wasserhahn, steigert die Arbeitsmoral, verbessert das Betriebsklima. Sollte echt eingeführt werden, ich reich gleich einen Vorschlag ein«, konnte sich Jan Sternberg nicht verkneifen.

»Was wären wir auch ohne deine intelligenten Bemerkungen«, seufzte Lindt. »Es würd uns echt was fehlen.«

Zuerst schwammen die Tabaksfäden obenauf, aber nach und nach sogen sie sich voll und sanken tiefer. Einige Male rührte Willms um, danach füllte er das Gemisch in eine braune Glasflasche und schraubte sie zu. »Jetzt das Ganze an einen warmen Ort«, er stellte das Objekt auf die Fensterbank, »einige Tage abwarten, dann haben sich die Inhaltsstoffe gelöst. Abseihen. Erst durch ein Teesieb und anschließend über ein Filterpapier gießen – fertig!«

»Je mehr Material und je weniger Alkohol, umso konzentrierter die Flüssigkeit«, stellte Paul Wellmann fest. »Und was lernen wir daraus? Mit normalem Haushaltsgerät kann jeder problemlos das Taxin aus den Eibennadeln herausziehen.«

»Ein paar chemische Grundkenntnisse genügen«, bestätigte KTU-Chef Willms.

»Bleiben Spurenreste?«, wollte Lindt wissen.

»Oskar, falls du an eine Hausdurchsuchung denkst, um Beweise zu sammeln – vergiss es einfach. Wenn nicht gerade irgendwo eine Flasche mit dem gelösten Gift herumsteht, haben wir keine Chance. Mörser und Sieb in die Spülmaschine, danach ist alles wieder fit für die Küche.«

»Also müssen wir die Sache anders anpacken«, rieb sich Lindt die Stirn und angelte seine Tabaksdose von der Tischplatte, um sie zu stopfen. »Mit unseren herkömmlichen Methoden sind wir hier am Ende. Sowohl den rabiaten Exmietern als auch der gierigen Nichte können wir auf diese Art nichts beweisen.«

»Ob sie schon weiß, dass der Geldsegen an ihr vorbeigeht?«, überlegte Paul Wellmann. »Wie alt ist dieses Testament zugunsten von Udo Kern eigentlich?«

Sternberg blätterte in der Akte: »Knappe zwei Jahre. Genau die Zeit, als die Neudorff ihre Eigentumswohnung verkaufen musste. Jede Wette, dass sie da versucht hat, die Erbonkel anzupumpen.«

»Nach meiner Ansicht hat sie das stärkste Motiv«, stellte Lindt fest. »Die anderen Verdächtigen kommen erst danach.«

»Also müssen wir sie doch noch intensiver ins Gebet nehmen. Am besten, wir machen es wie in Gernsbach und bereiten ihr eine Überraschung.«

Sternbergs Vorschlag wurde angenommen. Er bekam den Auftrag, ein weiteres Mal mit dem Nachlassgericht zu sprechen, um zu klären, ob Eva Neudorff nachgefragt hatte, und um darüber hinaus die Heidelberger Lehrerin ins Karlsruher Polizeipräsidium zu bitten.

Lindt und Wellmann machten sich so lange wieder an das Aktenstudium im kühlen Büro der Baufirma in der Oststadt.

Nach und nach füllten die Kommissare ihre Liste mit Vorkommnissen, bei denen Mieter mit den Brüdern Maiwald Konflikte gehabt hatten. Bis auf den Fall Schneeberger/Krauss handelte es sich bei den dokumentierten Zwangsräumungen um Fälle, die mindestens vier Jahre zurücklagen. Meist konnten die Leute nicht mehr zahlen, bekamen deshalb die Kündigung und zögerten ihren Auszug bis zum letzten Tag hinaus. In drei Fällen war zudem Sachbeschädigung der Grund für die Beendigung des Mietverhältnisses, aber immer waren die Maiwalds auf ihren Schäden sitzen geblieben, weil bei den Mietern absolut nichts zu holen war. »Amtsbekannt ohne Habe«, zitierte Wellmann eine häufig gebrauchte Formulierung.

Die Kommissare waren sich einig, dass von diesen Fällen keiner konfliktträchtig genug war, um die Leute in den Kreis der Verdächtigen aufzunehmen.

»Bleiben die früheren Mitarbeiter«, sagte Oskar Lindt und stellte die letzten unbearbeiteten Ordner auf den Tisch. Er dachte dabei an die einfachen Zimmer oben im Schuppen, in denen früher sicherlich die Arbeiter gehaust hatten.

»Hier geht's los.« Die ältesten Unterlagen datierten aus dem Jahr 1966. Damals waren die ersten italienischen ›Gastarbeiter‹ bei den Gebrüdern Maiwald angemeldet worden.

Die Kommissare arbeiteten sich durch Lohnabrechnungen, Finanzamts-, Krankenkassen- und andere Sozialversicherungsnachweise.

»Alles penibel geführt«, konstatierte Lindt, als sie, nur unterbrochen von einer kurzen Mittagspause im Straßencafé, vier Stunden später fertig waren und eine dreiseitige Liste mit den Namen aller Arbeiter erstellt hatten, die zwischen 1966 und 2003 hier beschäftigt waren.

»Nur Italiener«, stellte er fest. »Die haben ihr Maurertalent wahrscheinlich noch von den römischen Vorfahren vererbt bekommen.«

Wellmann zeigte auf einen Namen, der ganz oben stand: »Vittorio Gallo, das war der erste und der letzte. Alle anderen finden sich meist nur ein paar Jahre auf der Gehaltsliste, Gallo dagegen während der gesamten Zeit.

Nach Deutschland gekommen mit 26, in Rente gegangen mit 63, volle 37 Jahre.«

»Dann war er wohl der Kapo, der Vorarbeiter?«

»Vielleicht auch der Mann für Nachschub.« Paul Wellmann zählte durch und fand in den ersten 15 Jahren acht Mal den Familiennamen Gallo. »Ich wette, der hat nach und nach seine ganze kalabrische Verwandtschaft bei den Maiwalds untergebracht.«

»Aber immer nur für kurze Zeit. Außer Vittorio blieb keiner lange hier.«

»Oskar, lass uns doch mal die Löhne vergleichen. Da ist mir beim Durchblättern was aufgefallen.« Wellmann nahm wieder die ältesten Abrechnungen zur Hand. »Sieh mal, da, früher wurde jede Woche ausbezahlt.«

»Die sprichwörtliche Lohntüte, samstags gab es Bares. War damals so üblich. Da hatte man vielleicht ein Sparbuch, aber sicherlich kein Girokonto«, erinnerte sich Lindt.

Wellmann deutete mit seinem Kugelschreiber auf die Abrechnungsbogen: »Arbeitszeit mal Stundenlohn macht Wochenlohn, darunter die Abzüge. Steuern, Krankenkasse, Rente, Arbeitslosenversicherung und so weiter. Und was soll das hier: Unterkunft?«

»Ganz einfach, Paul. Die Miete für die Zimmer oben im Schuppen.«

»Mag sein, aber weshalb werden diese Beträge immer weniger, während die Löhne kontinuierlich ansteigen? Und ab 1973 taucht der Posten Unterkunft gar nicht mehr auf.«

»Dann haben die Maurer eben nicht mehr hier gewohnt. Hast du dir angeschaut, wie einfach die Zimmer ausgestattet sind? Bestimmt zog es die Männer in bessere Wohnungen.«

»Auch die, die frisch aus Italien kamen? Das müsstest du eigentlich genauer wissen, Oskar. Wer 20 Jahre gegenüber wohnt, der sieht doch, was abgeht.«

Lindt kratzte sich am Hinterkopf. »Lass mich überlegen. Eines weiß ich sicher. Das große grüne Tor war schon immer da und es war immer geschlossen, außer zum Raus- und Reinfahren. Italiener gab es auch schon immer, aber ob die nur zum Arbeiten oder auch zum Wohnen …, keine Ahnung, Paul. Merkwürdig, dass ich da nicht drauf geachtet habe.«

»Und die Mieter hier im Haus, in den oberen Wohnungen? Die müssten doch was wissen.«

»Daran kann ich mich ziemlich genau erinnern. Früher wohnte außer den Brüdern niemand hier drin. Es hieß immer, die Wohnungen wären noch nicht richtig renoviert und die Maiwalds hätten zu sehr mit anderen Baustellen zu tun, um das eigene Haus fertig zu bekommen.«

»Jede Wette, die wollten nur nicht, dass ihnen jemand allzu genau in den Hof schaut.«

»Kann ich mir echt nicht vorstellen, Paul, dass die beiden was zu verbergen hatten.« Lindt zeigte auf die Batterie von Ordnern, die vor ihnen auf den Schreibtischen standen. »Hast du jemals eine solch akkurate Buchführung gesehen? Ich glaube wirklich nicht, dass es da Unregelmäßigkeiten gab.«

»Glauben hilft ab und zu, Oskar. In diesem Fall sollten wir eher nach Fakten suchen. Hat sich die Spusi eigentlich den gesamten Schuppen vorgenommen?«

Lindt fischte sein Handy aus der Jackentasche. »Das können wir rausfinden.« Er bestellte die Kriminaltechnik erneut in die Oststadt und rief danach bei Jan Sternberg an, um ihm die Namen der italienischen Maurer durchzugeben.

Als Ludwig Willms mit zwei seiner Mitarbeiter eintraf, konnte man ihm den Missmut deutlich ansehen. »Was soll das, Oskar. Erst gibst du die Devise aus: ›Vom Schuppen nur das Erdgeschoss‹, eben da, wo der eine Maiwald sein Leben ausgehaucht – oder soll ich besser sagen ausgekotzt – hat. Und jetzt müssen wir wieder anrücken und den Rest machen. Hast du eine Ahnung, was das kostet?«

»Ein neuer Ermittlungsstand macht einen erneuten Einsatz der Kriminaltechnik notwendig – am besten schreibst du dir diesen Satz gleich auf, falls die Verwaltungsstelle eine Begründung verlangt«, konterte Lindt und zeigte auf die Dachfenster. »Nur oben im Schuppen. Im Keller waren Paul und ich bereits, dort gibt es wirklich nichts außer kaltem, grünem Beton.«

»Überleg es dir gut. Wehe, wir müssen deswegen ein drittes Mal unseren ganzen Krempel hierher schleppen.«

Der Kommissar schüttelte den Kopf: »Aber wenn es dich beruhigt, kannst du ja …« Er hielt dem KTU-Chef den Schlüsselbund von Anton Maiwald hin: »Einer davon passt.«

Lindt und Wellmann begleiteten die Techniker in die Dachzimmer des Schuppens. Stickige Sommerhitze empfing die Beamten, als sie oben an der Treppe angelangt waren. Willms stieß eines der einfach verglasten Kippfenster auf. »Im Sommer heiß, im Winter kalt, garantiert nichts isoliert hier.« Anschließend ging er den schmalen Flur entlang, um sich einen Überblick zu verschaffen.

»Viel ist das ja nicht«, kommentierte der KTU-Chef, als er die drei grünen Holztüren geöffnet und einen Blick in die spartanisch eingerichteten Zimmer geworfen hatte. Jeweils ein Doppelstockbett, roh aus Holz zusammengenagelt. Er hob eine der Matratzen hoch: »Brett statt Lattenrost«, und sperrte die Tür des ebenfalls aus unbehandeltem Holz gezimmerten Kleiderschranks auf. Zwei Stühle und ein Tisch, fertig war die Einrichtung, identisch in allen drei Kammern. Die Backsteinwände waren unvergipst, aber dick mit derselben grünen Ölfarbe wie die Türen gestrichen, lediglich der PVC-Boden und die Spanplatten zur Verkleidung der Schrägen schienen neueren Datums zu sein. »Vielleicht 70er-Jahre«, mutmaßte Willms. »Wahrscheinlich hat es im Winter zwischen den Dachziegeln reingeschneit.«

»Heizung?«, fragte Paul Wellmann und suchte.

»Fehlanzeige«, antwortete Oskar Lindt. »Hinten in der Küche steht ein großer alter Holzherd, der musste wahrscheinlich für das ganze Stockwerk reichen.«

»Wo sind denn die Duschen?«, schaute sich Willms um.

Lindt lachte: »Ich weiß ja nicht, wie luxuriös deine Jugend war, Ludwig. Wir auf dem Land hatten fließend Kaltwasser in der Küche und die ganze Familie wusch sich am Schüttstein. Samstags wurde unten in der Waschküche der Badeofen geschürt und dann die Wanne gefüllt. Das war's. Damit bin ich groß geworden.«

»Ganz schön groß«, stichelte Willms und schielte eine Spur zu deutlich auf den rundlichen Kommissar.

»An die Arbeit!«, kommandierte der barsch und ging

voran in die Küche. »Klo ist übrigens ein Stock tiefer, aber das kennt ihr ja schon. Dort, wo …«

»Ja, ja, danke, dass du uns die Erinnerung an den Einsatz der Atemschutzmasken wieder wachrufst.«

Zwei Stunden später meldete Willms Vollzug. »Insgesamt nur ganz wenige Spuren. Hier muss nach dem Auszug der letzten Bewohner alles blitzblank geputzt worden sein. Jetzt lag natürlich eine Menge Staub überall, aber nirgends etwas, das uns auf Anhieb weiterbringen würde. Abfalleimer wie ausgeleckt und auch die berühmten Indizienfundstellen wie Aschenkasten oder Spültisch-Siphon waren völlig sauber. Auf Türklinken und den gestrichenen Flächen gab es ein paar Fingerabdrücke, aber nur sehr vereinzelt. Wir werden sie eingeben, doch große Hoffnungen macht euch lieber nicht.«

»Wann hat das letzte Mal einer hier drin gewohnt?«, fragte Oskar Lindt. »Wenn wir das wüssten …«

»In den letzten Jahren jedenfalls nicht. Dazu war die Staubschicht zu dick. Allerdings scheinen mir zwei der Matratzen neueren Datums zu sein. Wir haben die Etiketten fotografiert, vielleicht ergibt sich da was.«

Die Kommissare entschieden sich, wieder die Kühle des Maiwald-Büros aufzusuchen. Nachdem sie alle Ordner zurück hinter die Glastüren gestellt und ihre Aufschriebe sortiert hatten, meinte Lindt, indem er mehrere blaue Wolken ausstieß: »Spurenlage äußerst dünn, Indizien sehr dürftig. Wie kommen wir weiter? Wer sagt uns mehr über die Maiwalds und ihre Italiener?«

»Kann auch eine Sackgasse sein, Oskar. Immerhin liegt die letzte Lohnabrechnung sieben Jahre zurück.

Sieht ganz so aus, als ob die Baufirma im Jahr 2003 ihre Geschäftstätigkeit eingestellt hätte.«

Handyklingeln unterbrach die Überlegungen. Jan Sternberg meldete sich aus dem Präsidium. »Chef, ich hab was über die Arbeiter herausgefunden.«

Lindt stellte auf Lautsprecher, damit Wellmann mithören konnte.

»Von den Italienern der ersten Zeit leben noch erstaunlich viele in Karlsruhe und Umgebung. In der Südstadt gibt es zwei Häuser, die praktisch ganz von den Gallo-Familien bewohnt werden.«

Sternberg gab Straße und Hausnummern durch und Lindt schaute schnell in seiner Liste nach. »Maiwald-Häuser, aber das überrascht mich jetzt nicht wirklich.«

»Ist noch nicht alles. Halten Sie sich fest, Chef. Dieser Vittorio …«

»Der Kapo.«

»Ja, genau der.«

»Was ist mit dem? Bereits an Staublunge verstorben?«

»Keineswegs, der wird seit Mai 2004 vermisst. Die Anzeige wurde von seiner Frau und seinen beiden Söhnen aufgegeben.«

»Hat sich wieder in die Heimat abgesetzt?«

»Die Suchmeldung wurde auch nach Italien weitergegeben. Bisher keine Antwort.«

»Hmm«, brummte Lindt. »Das kann alles Mögliche bedeuten … Okay, weitermachen.« Dann legte er auf.

Im selben Moment schellte das Telefon auf dem Schreibtisch. Die Kommissare schauten sich an. Lindt schüttelte den Kopf. »Nicht rangehen.«

Der Anrufer hatte anscheinend eine Menge Geduld.

Über 20 Mal schepperte der antiquierte – selbstverständlich grüne – Wählscheibenapparat.

Nach dem dritten Läuten war Wellmann aufgestanden und ins Treppenhaus gegangen. Jetzt kam er zurück. »Klingeltöne auch aus der Wohnung. Muss parallel geschaltet sein.«

Lindt griff erneut nach seinem Handy und tippte die Kurzwahl der Technik. »Ludwig, könnt ihr einen Anruf zurückverfolgen, auch wenn der Teilnehmer nicht abgenommen hat?«

»Geht«, antwortete Willms kurz. »Wieso, hat jemand bei den Maiwalds …?«

»Im Moment.«

»Gut, wir versuchen es.«

»Macht doch gleich eine Anruferliste der letzten Wochen.«

»Die liegt schon vor, Oskar. Hab sie bereits gestern auf deinen PC gemailt. Wird Zeit, dass du mal wieder im Präsidium vorbeischaust.«

»Demnächst«, brummte der Kommissar und legte auf.

»Denk dran, Oskar, die Giftflasche kann schon sehr lange im Weinkeller der Maiwalds gelegen haben. Ob uns da die Anrufe der zurückliegenden Wochen wirklich weiterhelfen?«

»Keine Ahnung, Paul. Vielleicht hat der Mörder ja immer wieder angerufen, als Kontrolle quasi, ob es die beiden Alten endlich erwischt hat.«

»Du meinst, er konnte es nicht erwarten?«

»Er oder sie. Komm, wir fahren zurück. Außerdem bin ich bedient für heute.«

8

Nachdem sie gegessen hatten, ließ Oskar sich von Carla zu einem Abendspaziergang überreden.

»Du hast zu viel Altmänner-Mief mitbekommen«, meinte sie. »Zeit für etwas frische Luft.«

»Paul und ich fühlen uns schon ganz wie die Maiwalds – nach so vielen Stunden in ihrem Büro.«

»Anton und Josef sind tot, es leben die neuen Brüder Paul und Oskar!«

»Die zwei Alten haben es wenigstens zu was gebracht in ihrem Leben. 17 Mietshäuser, das hört sich schon anders an als eine Vierzimmer-Eigentumswohnung in der Waldstadt.«

»Mir genügt es, Oskar. Die Maiwalds konnten ihre Millionen ja gar nicht genießen, so spartanisch, wie die gelebt haben. Und denk auch an unsere Töchter. Wen hatten die Brüder im Alter? Wer hat sich um sie gekümmert? Niemand!«

Schweigend gingen Carla und Oskar eine Weile nebeneinanderher durch den lauen Sommerabend im Hardtwald.

»Ich glaube, sie waren trotzdem zufrieden mit ihrem Leben. Sahen einfach keinen Sinn darin, Geld unnötig auszugeben. Zwei Badener mit schwäbischer Sparsamkeit. Ein paar kleine Freuden haben sie sich ja gegönnt. Wenn ich da an den Weinkeller denke.«

»Tragisch«, meinte Carla, »ausgerechnet im Wein. Habt ihr denn immer noch nichts Konkretes?«

»Jede Menge Motive, Geldgier, Rache, alles dabei, aber absolut keine Beweise. Jemand hat die Flasche mit dem Gift zwischen die anderen geschmuggelt und einfach nur abgewartet. Das Schloss vom Weinkeller war wirklich kein Problem.«

»Verhöre? So richtig in die Mangel nehmen?«

Lindt war erstaunt: »Brutalität ist doch sonst nicht deine Art. Und außerdem: Mit diesem unehelichen Sohn vom Anton haben wir's ja versucht, aber der war es ganz bestimmt nicht. Hatte null Ahnung, dass ihn ein Riesenvermögen erwartet.«

»Glaubst du ihm?«

»So leicht führt mich keiner mehr hinters Licht. Der hat uns nichts vorgemacht. Auch wenn er schon dreimal im Gefängnis war. Die Überraschung war echt. Jan hatte übrigens denselben Eindruck.«

Der schmale Fußweg, den sie oft gegangen waren, führte zu einer kleinen Lichtung. Die letzten Sonnenstrahlen des Tages erwärmten das Gras am Fuß einer alten, dicken Eiche. Spontan nahm Carla ihren Oskar bei der Hand: »Komm.«

Sie setzten sich nebeneinander, lehnten sich an die raue Borke und schlossen die Augen.

»Die Italiener«, begann Lindt nach einer Weile. »Kannst du dich an die erinnern?«

»Die Maiwalds hatten immer italienische Arbeiter. Aber nie lange dieselben.«

»Nur der Vorarbeiter, Vittorio, der war 37 Jahre dort. Ich versuche die ganze Zeit, mir sein Gesicht vorzustellen. Der müsste uns eigentlich aufgefallen sein.«

»Vittorio«, wiederholte Carla nachdenklich. »Da gab es doch einen. So ein dunkler Typ? Kurze schwarze Haare?«

»Der morgens immer mit der Vespa angeknattert kam?«

»Groß war er nicht, aber breit. So ein richtiges Kraftpaket. Hände wie kleine Schaufeln. Ist es der, den du meinst?«

Oskar nickte bedächtig und ohne die Augen zu öffnen: »Jetzt, wo du ihn beschreibst, könnte passen.«

»Was ist mit dem? Auch verdächtig?«

»Vermisst. Schon seit sechs Jahren. Niemand weiß, wo der abgeblieben ist.«

»Vermutest du einen Zusammenhang?«

»Jedes Jahr verschwinden Tausende von Leuten. Manche tauchen wieder auf, aber nach sechs Jahren? Vielleicht kann uns seine Frau weiterhelfen. Morgen fahren wir hin.«

»Hat die ihn noch nicht für tot erklären lassen?«

»Keine Ahnung, aber das werden wir …« Lindt zögerte. »Und was wäre, wenn?«

»Wenn er tot wäre?«

»Tot und nie gefunden.«

»Nach sechs Jahren doch die wahrscheinlichste Erklärung.«

»Es sei denn, er hatte Gründe, irgendwo ganz weit weg ein völlig neues Leben zu beginnen.«

»Neue Papiere, neue Identität, aber ohne die Familie? Bei Italienern glaube ich das kaum. Die haben doch einen starken Zusammenhalt.«

»Spekulationen, Carla, alles nur Hypothesen. Am besten, wir vergessen die Brüder und ihren italienischen Kapo – wenigstens für heute Abend.«

Ohne viel zu reden, genossen sie die angenehme Wärme des Juniabends. Sie lehnten an der alten Eiche, lehnten aneinander, beobachteten die Kaninchen, die mittlerweile am anderen Ende der lang gezogenen Lichtung aufgetaucht waren, um ein paar Kräuter zu mümmeln, und hingen ihren Gedanken nach, bis es immer dämmeriger wurde.

Carla wollte gerade vorschlagen, nach Hause zu gehen, da verschwanden mit einem Schlag sämtliche Karnickel von der Waldlichtung. Irritiert schauten sich die Lindts an, doch die Erklärung für den abrupten Rückzug der grauen Flitzer ließ nicht lange auf sich warten.

Knacken im Unterholz; Rascheln, das schnell näher kam; dürre Zweige, die zerbrachen; Schnaufen und Grunzen. Carla fasste Oskar an der Hand, da tauchte ein großer schwarzer Schatten aus dem Dickicht auf, eben dort, wo gerade noch die Kaninchen gesessen waren.

Langsam und vorsichtig schob er sich zwischen den Zweigen der Traubenkirschbüsche heraus und begann, mit seinem Rüssel die Grasnarbe aufzuwühlen. Prustend brach das Wildschwein im Boden und warf die Rasenstücke zur Seite.

Hinter ihm kamen weitere dunkle Gesellen aus dem Unterholz. Größere, mittlere und auch einige kleine, längs gestreifte Frischlinge. Schmatzend wühlten sie den Boden durch, schubsten sich quiekend, suchten nach

Würmern und Larven, stachen in ein Nest mit jungen nackten Mäusen und vertilgten zwischendurch einige dicke Farnwurzeln.

»Jetzt sind es schon elf«, flüsterte Carla zitternd und wagte kaum zu atmen, denn die Rotte arbeitete sich direkt in ihre Richtung vor. Krachend und polternd kamen die Schwarzkittel näher, die Fetzen flogen nach links und rechts, bis der vorderste unvermittelt erstarrte. Sein keilförmiger Schädel zeigte geradewegs zur alten Eiche. Deutlich war der erhobene Rüssel zu sehen, mit dem er Wind holte. Laut schnaufend sog er die Luft ein, klapperte mit den Zähnen, gab – »wuff – wuff« – einen Warnlaut und machte kehrt. In voller Flucht folgte ihm die Rotte. 44 borstige Wildschweinbeine rannten davon, dass die Erde nur so spritzte, und tauchten in Sekundenschnelle im Schatten des Waldes unter. Mit Mordsgetöse brachen sie durch das Unterholz und entfernten sich.

Wie erstarrt saßen die Lindts, wie festgenagelt, unfähig, sich zu rühren. Carla zitterte unablässig, das Herz schlug ihr bis zum Hals. Oskar rieb sich die Augen: »Was war denn das? Ein Traum?«

Carlas Stimme bebte: »Die … die kamen direkt auf uns zu.« Ruckartig sprang sie in die Höhe. »Die hätten doch …« Sie riss an Oskars Arm. »Komm, nichts wie weg.«

»Ihr könnt froh sein, dass die abgehauen sind«, kommentierte Paul Wellmann am nächsten Morgen im Präsidium den Bericht von der unheimlichen Begegnung. »Eine Wildsau mit Jungen, das ist nicht ohne.«

»Eines haben sie ja mit uns gemeinsam«, zog Oskar Lindt an seiner Pfeife. »Wühlen im Dreck!«

»Also machen wir weiter und spielen auch das Schweinespiel, heute zur Abwechslung in der Südstadt.«

»Gallo-Clan«, sagte Jan Sternberg und legte eine Liste auf den Tisch. »Söhne, Töchter, Enkel, Nichten, Neffen, insgesamt 22 Erwachsene, die irgendwie mit diesem Vittorio verwandt sind.«

»Italiener gehen übrigens gerne auf Wildschweinjagd«, zwinkerte Paul Wellmann. »Und sie machen eine prima Dauerwurst aus den borstigen Viechern.«

»Nach dem Erlebnis von gestern sind sie mir geräuchert auch wesentlich lieber«, meinte Lindt, winkte Jan mitzukommen und griff nach der Türklinke.

»Wo sollen wir beginnen?«, überlegte Sternberg, als sie vor den beiden zusammengebauten Mietshäusern in der Südstadt angekommen waren. »Bei der Ehefrau?«

»Antonia Gallo«, suchte Lindt die Reihe der Türschilder durch. »Hier, das passt vielleicht – Gallo, V. und A.« Er drückte auf den Klingelknopf und wartete, aber nichts rührte sich. Zwei weitere Male versuchte er es, ohne Erfolg. Dann nahm er die Klingel darüber.

Nach dem zweiten Läuten öffnete sich ein Fenster im ersten Stock und der Kopf einer jungen blonden Frau lugte heraus. »Bitte?«

»Wir möchten zu Gallo«, sagte Lindt und ärgerte sich gleichzeitig, denn dieser Name stand auf sieben von zwölf Schildern.

»Zu wem denn genau? Hier heißen fast alle so.«

»Vittorio oder Antonia. Ist da jemand zu Hause?«

»Nein, keiner da«, antwortete die Frau und war schon wieder verschwunden, ehe der Kommissar etwas sagen konnte.

Entschlossen drückte er abermals auf dieselbe Klingel. Das Fenster öffnete sich erneut: »Was denn noch?«

»Könnten wir dann mit Ihnen sprechen?«

Ein misstrauischer Blick: »Wieso mit mir? Wer sind Sie überhaupt?«

Lindt hielt seinen Dienstausweis in die Höhe: »Kriminalpolizei, bitte machen Sie uns auf.«

Die junge Frau zuckte sichtbar zusammen: »Polizei? Worum geht es?«

»Vielleicht drinnen?«

Der Kopf verschwand wieder und kurze Zeit später summte der Türöffner.

Die beiden Beamten traten ein und stiegen zwei Treppen nach oben, wo sie erwartet wurden. Sonnenbrille im Haar, ärmelloses kurzes Top, das den gepiercten Bauchnabel freiließ, enge, tiefsitzende Siebenachteljeans und nackte Füße in schwarzen, flachen Riemchensandalen. »Darf ich noch mal Ihren Ausweis …?«

Der Kommissar hielt ihn ihr vors Gesicht. »Lindt, Kripo Karlsruhe. Mein Kollege Sternberg.«

Von drinnen ertönte Kindergeschrei. Die Frau blieb in der Tür stehen. »Ich bin mit den Kindern alleine.«

Zwei kleine Mädchen kamen angerannt. Sie erschraken über die beiden fremden Männer, versteckten sich hinter der Mama und klammerten sich an deren Hosenbein fest. Zwillinge, auf den ersten Blick zu erkennen, beide in denselben blumengemusterten Sommerkleidchen. Blond wie die Mutter, allerdings mit braunen statt mit blauen Augen. Neugierig lugten sie an der Seite hervor.

»Wir wollten eigentlich zu Antonia oder Vittorio Gallo«, begann Lindt.

»Ich bin die Schwiegertochter, eine Schwiegertochter, eine von vier.«

»Wohnen alle hier im Haus?«

»Hier oder nebenan.«

»Großfamilie«, sagte Jan.

»Hat Vorteile, meistens jedenfalls. Wenn nur der Großvater noch hier … Aber das wissen Sie ja sicherlich.«

»Ihr Schwiegervater wird vermisst«, sagte Lindt. »Das haben wir mitbekommen.«

»Ja, spurlos verschwunden, seit sechs Jahren.«

»Gab es keinerlei Lebenszeichen seither?« Er schaute die junge Frau prüfend an.

Sie schüttelte den Kopf. »Nichts, gar nichts. Antonia geht jeden Tag in die Kirche und zündet eine Kerze für ihn an. Sie gibt die Hoffnung nicht auf.«

»Wann können wir Ihre Schwiegermutter hier antreffen?«

»Das kann dauern. Sie ist jetzt oft bei ihrer Schwester in Kalabrien.«

»Länger?«

»Ein paar Wochen bleibt sie bestimmt noch, obwohl wir sie hier gut brauchen könnten.« Sie streichelte die Köpfe ihrer Töchter. »Gell, schade, dass die *Nonna* schon wieder in Italien ist.«

Lindt beugte sich zu den Mädchen hinunter: »Macht bestimmt gute Spaghetti, eure Oma. Mögt ihr Tomatensoße gern?«

»Napoli«, sagte eine der Fünfjährigen und leckte ihre Lippen.

Lindt dachte an seine drei Töchter und verdrängte den Gedanken, dass auch für ihn das Opa-Alter vermutlich nicht mehr fern war.

»Bei uns in der Pfalz, wo ich herkomm, da wird auch gut gekocht«, lächelte die Frau, »aber gegen Antonia habe ich keine Chance.«

»Wir kommen eigentlich wegen der früheren Arbeitgeber Ihres Schwiegervaters.« Der Kommissar richtete sich auf.

»Hat sich rumgesprochen. Schade um die Alten. Mein Mann hat dort auch hin und wieder mal gearbeitet.«

»Ebenfalls Maurer von Beruf?«

»Zuerst schon, aber dann hat er noch studiert. Jetzt ist er Bauingenieur. Großbaustellen, Bürohochhäuser, Industriehallen, Wohnblocks, meistens die ganze Woche weg.«

»Gibt es sonst jemanden, der uns etwas mehr über die Maiwalds erzählen könnte?«

Sie nickte. »Klar doch«, und zeigte nach oben. »Vittorios Brüder Giuseppe und Carlo. Fast jeder hier war ein paar Jahre dort.«

»Aber nur Ihr Schwiegervater ist geblieben.«

»War ja auch der Kapo. Die anderen bekamen bloß Hilfsarbeiterlohn.«

Lindt verstand: »Dann haben sie natürlich nach was Besserem geschaut.«

Ein älterer Mann mit dichtem grauen Haar war fast unbemerkt die Treppe heruntergekommen.

»Entschuldigung, ich habe mitgehört.« Er streckte

Lindt die Hand entgegen. »Gallo, Giuseppe, Sie kommen wegen der Maiwalds?«

Der Kommissar grüßte und musste unwillkürlich an Carlas Vergleich mit den kleinen Schaufeln denken.

»Sie wissen …?«

»Es heißt, man hätte die beiden Alten …«

»Umgebracht«, sagte Lindt scharf. »Sie können es ruhig sagen. Es sieht alles danach aus, dass die Brüder keines natürlichen Todes gestorben sind.«

»Schade«, meinte der Mann, »für mich waren sie immer wie gute Freunde. Väterliche Freunde. Es war meine erste Arbeitsstelle in Deutschland.«

»Ihr Bruder kam früher?«

»Sieben Jahre vor mir. So lange hat er gebraucht, um mich und Carlo zu überzeugen. Als ich hier anfing, war er längst der Kapo.«

»Und Sie?«

»Hilfsarbeiter halt. Schlecht bezahlt. Da blieb mir gar nichts anderes übrig, als mich umzuschauen. Bin schließlich bei Siemens gelandet.« Er lachte: »Viel besser als auf dem Bau. Längst nicht so dreckig und ich hatte gleich doppelt so viel in der Tasche.«

»Trotzdem wohnen Sie hier in einem Haus, was den Maiwalds gehört?«

»Die waren über meine Kündigung nicht böse. Vittorio hat immer genügend billigen Nachschub hergeholt.«

»Haben Sie auch oben im Schuppen gewohnt?«

»Natürlich! Jeder, der frisch aus Italien kam, wurde dort einquartiert. ›Durchgangslager Sorrento‹ nannten wir das.«

»Mussten Sie was bezahlen? Miete, mein ich?«

Giuseppe Gallo zögerte. »Warum fragen Sie das?« Seine Augen flackerten leicht und er schien nicht mehr ganz so lässig am Treppengeländer zu lehnen wie vorher.

Treffer, dachte Lindt und antwortete: »Nur so. Ich hab die Kammern gesehen. Ohne Heizung, ohne Bad, das Klo einen Stock tiefer – auch für damalige Verhältnisse ziemlich primitiv.«

»Mann, hab ich gefroren im ersten Winter. Der Schnee kam zwischen den Ziegeln reingefegt. Wir konnten uns nur im dicken Mantel ins Bett legen. So was kannten wir aus unserer Heimat nicht. Mein Kumpel und ich waren kurz davor, wieder nach Hause zu fahren. Vittorio hat dann diese Platten organisiert, aber an die Schräge nageln mussten wir sie selbst.«

»Hat's geholfen?«

»Ein wenig. Zumindest haben wir überlebt.«

»Die Miete wurde Ihnen gleich vom Lohn abgezogen.«

»Nur am Anfang.« Gallo stockte. »Woher wissen Sie das?«

»Später mussten Sie bar bezahlen?«

Der Mann zögerte.

»Ohne Quittung«, legte Lindt nach. »Kommen Sie, das ist doch lange her und außerdem sind die Maiwalds tot.«

»Es gibt verschiedene Wege, reich zu werden. Anton und Josef kannten sie alle. Aber es war nicht so, wie Sie denken, nein, das funktionierte anders. Irgendwann haben sich die Brüder was ausgedacht: Ein Tag wohnen, eine Stunde arbeiten und die Sonntage zählten natürlich mit.«

»Moment«, Jan Sternberg fing an zu rechnen: »30 Überstunden im Monat, um in einer solchen Bruchbude zu wohnen. Kein schlechtes Geschäft!«

»Nur für die Maiwalds. Deswegen blieb ja auch keiner lang. Aber das war denen egal. ›Vittorio bringt neue Spaghettis‹, sagten sie, als ich nach zwei Jahren gekündigt hab.«

»Gebrüder Maiwald«, deklamierte Sternberg. »Billige Häuser, billige Arbeiter, billige Tricks.«

»So kann man es zu was bringen«, sagte Lindt. »Wenn man darüber hinaus sparsam lebt, ist Reichtum kaum mehr zu vermeiden.«

»Auch beim Essen waren sie extrem bescheiden. Die aßen nur Selbstgeschlachtetes, Brot haben sie selbst gebacken und nur Leitungswasser getrunken.«

»Außer sonntags.«

»Ach, Sie wissen … Das war auch zu meiner Zeit schon so«, lächelte Gallo. »Jeden Sonntag ein Fläschchen. Zu zweit natürlich.«

»Leider hat ihnen das …«, wollte Sternberg sagen, doch Lindt trat ihm auf den Fuß. »Aua.«

»Entschuldigung, Jan, wie ungeschickt, tut mir leid«, räusperte sich der Kommissar und wandte sich gleich wieder an Giuseppe Gallo: »Ihr Bruder?«

»Der wurde natürlich besser bezahlt, viel besser. Aber auf den waren die Chefs ja auch angewiesen. Neue kräftige, junge Kerle, arm, aber unverbraucht. Wir mussten echt schuften, damals. Wenn Sie mich fragen, Herr Kommissar, heute würde man das als Menschenhandel bezeichnen. Aber in Italien hatten wir nichts und das haben die voll ausgenutzt.«

»Andere für sich arbeiten zu lassen, ist immer noch der sicherste Weg zum Reichtum«, nickte Lindt. »Im Prinzip ist das auch heute noch so, nur kommen die billigen Kräfte jetzt aus anderen Ländern.«

»Deinem Mann ist das zum Glück erspart geblieben«, wandte sich Gallo an die junge Frau, die nach wie vor in der Tür stand und interessiert zugehört hatte, während ihre beiden Mädchen wieder in der Wohnung verschwunden waren.

»Fabio ist ja auch hier in Deutschland geboren«, sagte sie, »und bei den Maiwalds hat er nur gearbeitet, um sich das Studium zu verdienen. Aber wenn ich daran denke, mit welchen Subunternehmern seine Firma heute arbeitet, ich frag lieber nicht so genau nach.«

»Damit befassen sich unsere Kollegen von Zoll und Arbeitsamt«, runzelte Lindt die Stirn. »Wir möchten nur das Leben der Brüder Maiwald näher kennenlernen. Wissen Sie denn, ob die mal mit einem der Arbeiter richtig Ärger hatten?«

»Sie denken …«, begann Giuseppe Gallo.

»Wir müssen in alle Richtungen ermitteln. Auch, wenn Sie selbst schon längst nicht mehr dort gearbeitet haben, hat Ihnen Ihr Bruder Vittorio bestimmt so manches erzählt.«

»Außerdem kamen sie jeden Sonntag.«

»Wer? Die Brüder?«

»Man konnte die Uhr nach ihnen stellen. Gerade in den letzten Jahren hatten sie sich das angewöhnt. Immer sonntags machten sie Rundgänge durch ihre Häuser. Treppauf – treppab. War ganz praktisch. Wer als Mieter hier etwas auf dem Herzen hatte, brauchte nur zu

warten und gegen halb zehn zur Wohnungstür raus-
zuschauen.«

»Feste Gewohnheiten«, sinnierte Lindt. »Ein Leben
in geordneten Bahnen.« Er versuchte sich zu erinnern,
ob Sonntagsrundgänge auch früher schon stattgefun-
den hatten und merkte, dass er noch Zeit brauchte, um
sich tiefer in die Gebrüder Maiwald hineinzuversetzen.
Irgendwo in deren Leben lag sicherlich der Schlüssel
zu diesem Fall. Wahrscheinlich tiefer verborgen, so tief,
wie er bislang noch nicht gewühlt hatte. Er dachte an
die Wildschweine und wie sie alles umgebrochen hatten.
Gleichzeitig erinnerte er sich wieder an die nicht beant-
wortete Frage. War es Gallos Absicht gewesen, nichts
darüber zu sagen?

»Ärger mit Arbeitern? Ist Ihnen da was zu Ohren
gekommen?« Der Kommissar schaute dem grauen Italiener fest in die dunklen Augen, doch der lächelte.

»Es wurde ja niemand gezwungen, dort zu arbeiten.
Außerdem«, er überlegte, »in der letzten Zeit, ach, was
sag ich, bestimmt schon seit 20 Jahren, also seit die Maiwalds ihre Häuser fertig renoviert hatten, gab es außer
Vittorio nur selten noch andere Mitarbeiter.«

»Für die Instandhaltung hat also einer gereicht?«,
fragte der Kommissar.

»Bestimmt. Er war dann Mädchen für alles. Hat
auch gemalert, nach den Heizungen und Abflussroh-
ren geschaut, Rasen gemäht oder die Innenhöfe sauber
gehalten. Bei 17 Häusern war immer was zu tun.«

»Vom Kapo zum Hausmeister?«

»Hat ihm nichts ausgemacht. Der Lohn blieb gleich
und außerdem kannte er die Häuser in- und auswen-

dig, schließlich waren sie ja von ihm selbst renoviert worden.«

»Dann hatte er vermutlich ein recht gutes Verhältnis zu seinen Chefs, bei einer solchen Vertrauensstellung.«

Giuseppe nickte: »Niemand außer Vittorio sprach die Brüder mit Vornamen an, obwohl das auf dem Bau sonst durchaus üblich ist. Und wenn er mal eine kleine Privatbaustelle hatte, konnte er jederzeit den Lastwagen und die Maschinen der Baufirma holen.«

Der Kommissar kniff ein Auge zu: »Privatbaustelle, schöne Umschreibung für Schwarzarbeit – und seine beiden Brüder Carlo und Giuseppe machten wahrscheinlich mit.«

»Ach was«, lächelte Lindts Gegenüber, »das darf man nicht so eng sehen. Wenn jemand dumme Fragen stellte, waren wir grundsätzlich im Auftrag der Gebrüder Maiwald unterwegs. Uns konnte niemand was anhängen.«

Lindt dachte an die Bargeldbündel im Safe. »Ja, ja, Kompensationsgeschäfte südländischer Prägung nennt man das wohl. Ich wette, die Maiwalds waren genau informiert und haben einen kleinen Anteil kassiert.«

»Alles längst verjährt, Commissario. Außerdem ist Vittorio ja schon seit sechs Jahren …«

»Können Sie sich an den Tag erinnern?«

Giuseppe nickte: »14. Mai 2004. Er hatte in Mühlburg bei einem der Häuser den Rasen gemäht und zwei Treppenstufen neu gesetzt, den Lastwagen zurückgebracht und ist dann auf seiner Vespa weggefahren. Halb sechs Uhr abends, die Maiwalds waren die Letzten, die ihn noch gesehen haben. Seitdem keine Spur mehr von ihm.«

»Der Roller?«

Gallo zuckte die Schultern: »Wurde nie gefunden. Ich ging mit Antonia am nächsten Tag auf die Polizeiwache, um die Vermisstenanzeige aufzugeben, aber das war's dann. Zumindest haben wir von Ihren Kollegen niemals wieder was gehört.«

»Kannten Sie Ihren Schwiegervater?«, wollte Lindt von der jungen Frau wissen.

»Natürlich, klar, von den Familienfesten, schließlich war er das Oberhaupt der Großfamilie, in die ich eingeheiratet habe.«

»Gab es da Probleme? Schließlich sind Sie ja keine …«

»Keine Italienerin?« Sie schüttelte energisch den Kopf. »Nicht im Geringsten. Ich hab von Anfang an dazugehört, war voll akzeptiert. Gerade Vittorio war immer gut drauf, immer ein paar Späße, immer ein flotter Spruch. Allerdings wohnen Fabio und ich noch nicht so lange hier. Erst, als wir aufs Mal zu viert waren und eine größere Wohnung brauchten. Aber da war mein Schwiegervater schon ein Jahr lang weg.«

»Hmm …«, der Kommissar kratzte sich am Hinterkopf, »lassen Sie mich geradeheraus fragen. Was denken Sie? Verschwunden oder tot?«

»Wie oft haben wir uns diese Frage schon gestellt?« Giuseppe Gallos Augen begannen feucht zu glänzen. »Die Ungewissheit, immer diese Ungewissheit!«

»Gab es Streit?«

»Quatsch, absoluter Quatsch. Er war der Kapo und das ist er geblieben, für alle hier im Haus und nebenan. Klar gab es kleine Reibereien, aber echt nur Kleinigkeiten. Er hat für uns gesorgt. Von Anfang an, und dafür sind wir ihm sehr dankbar.«

»Ich dachte auch weniger an die eigene Familie.«

Gallos Augen verengten sich zu schmalen Schlitzen. Er trat einen Schritt auf den Kommissar zu: »Was denkt ihr Deutschen eigentlich immer von uns? Alle Italiener sind Mafiosi? Der eine Clan gegen den anderen? Wir sind hier in Karlsruhe und nicht in Palermo!«

Lindt hob beschwichtigend die Hand: »Immer mit der Ruhe. So war meine Frage wirklich nicht gemeint. Trotzdem machen wir uns natürlich Gedanken, ob das Verschwinden Ihres Bruders und der Tod der Maiwald-Brüder in irgendeinem Zusammenhang stehen könnte.«

»Es liegen sechs Jahre dazwischen, sechs lange Jahre.«

»Nichts für ungut.« Der Kommissar spürte, dass es Zeit wurde, dieses Treppenhausgespräch zu beenden.

Er angelte zwei Visitenkarten aus seiner Geldbörse. »Falls Ihnen doch noch was einfällt.«

Auf der Fahrt zurück ins Präsidium tönten die Flippers auf SWR4 aus dem Radio: ›Sie will einen Italiener.‹

»Was sagt dein Gefühl, Jan?«

»Das wollte ich eigentlich gerade Sie fragen, Chef.«

Der runzelte die Stirn: »Wetten, dass wir nicht zum letzten Mal in diesem Haus waren?«

9

»Gibt's was Neues?« Lindt schaute Paul Wellmann über die Schulter.

»Ludwig hat sich gemeldet. Er braucht noch ein wenig Zeit für die Ergebnisse aus dem Schuppen. Die Auswertung der Telefonliste hat er bereits fertig. Insgesamt sehr wenige Telefonate und nichts Besonderes. Die meisten Anrufe kamen von irgendwelchen Handwerkern. Bei drei Firmen hab ich bereits nachgefragt. Alle hatten kleinere Aufträge in den Häusern zu erledigen.«

»Und das Telefonat gestern, als wir nicht rangegangen sind?«

»Da knabbert er noch dran.« Das Klingeln des Telefons unterbrach ihn. Wellmann zeigte auf das Display: »Ludwigs Nummer, willst du selbst mit ihm …?«

Lindt nahm den Hörer: »Hast du was?«, und hörte dem KTU-Chef aufmerksam zu. »Gute Idee, mach das mal.« Danach legte er wieder auf und informierte seine beiden Kollegen: »Kartenhandy, aber der Name, auf den es eingetragen ist, existiert nicht. Er versucht es mal mit 'ner Ortung. Im Moment ist es aber ausgeschaltet.«

Unschlüssig ging der Kommissar einige Schritte durchs Zimmer, dann stellte er sich ans Fenster und blickte ein paar Minuten schweigend auf die Straße hinunter.

Wellmann und Sternberg wussten bereits, was kommen würde. Als Lindt sagte »Ich brauch Bewegung, der Gallo-Clan liegt mir irgendwie im Magen«, nickten sie nur.

»Im Magen«, echote Jan Sternberg, als sein Chef die Tür hinter sich geschlossen hatte. »Er wollte wohl sagen: Ich hab ein Loch im Magen.«

»Wir wissen ja, wo er zu finden ist«, seufzte Paul Wellmann. »Fahndungszentrum Imbiss Karlstraße, Verdächtiges wird sofort verzehrt!«

Weit gefehlt! Vor dem Präsidium schaute Oskar Lindt sich unschlüssig um. Die steigende Hitze des späten Vormittags überlagerte anscheinend das sonst allgegenwärtige Thema Essen.

Mit dem Fahrrad in den schattigen Hardtwald? Keine schlechte Idee. Oder zu Fuß eine Runde durch den Stadtgarten?

Nein, es zog ihn ans Wasser. Er ging hinüber zur Haltestelle Mathystraße, stieg dort in eine Bahn der Linie 6 und fuhr über Europaplatz, Mühlburg und Daxlanden bis zur Endstation am Rappenwört.

Nach ein paar Minuten stand er auf dem Damm und freute sich über das frische Lüftchen, das vom Rhein her wehte.

Ein Kohlefrachter auf Bergfahrt lag tief im Wasser und kämpfte sich in Zeitlupentempo an ihm vorbei. Wesentlich schneller war ein holländischer Schubverband mit Containerladung in Gegenrichtung.

Lindt blieb stehen und schaute gedankenverloren den Schiffen nach. Ein guter Platz, um Ordnung im Kopf zu schaffen.

Die Bilder der letzten Tage machten sich in ihm breit. Die toten Brüder, das Eichenholzmobiliar des Büros, das große Hoftor, der alte Diesel und der noch ältere Laster, der Schuppen mit seinem kalten Betonkeller und den primitiven Kammern, die geldgierige bankrotte Nichte. Und immer wieder sah Lindt grün.

Grün wie die Baumkronen der Auenwälder hinter ihm, grün wie die kurz gemähte Böschung des Rheindammes, grün wie die zerriebenen Eibennadeln im Mörser … giftgrün …, nein, eigentlich waren sie von einem satten, dunklen Tannengrün. Eine beruhigende Farbe, so vertraut, so unspektakulär.

Langsam ging er weiter. Gemächlich, immer geradeaus, oben auf dem Damm, sogar langsamer als sonst. Schritt für Schritt. Er kam sich vor wie das Kohleschiff mit seiner schweren Fracht, das gegen die mächtige Strömung ankämpfte.

Hatte das Stampfen des bedächtigen Schiffsdiesels nach wie vor im Ohr, obwohl er ihn längst nicht mehr hören konnte.

Erneut drang das Geräusch des alten Lastwagendiesel in sein Ohr, obwohl er ihn früher nie bewusst wahrgenommen hatte.

Sah den Kapo in der engen Hofeinfahrt mit breiten Händen am großen, dünnen Lenkrad kurbeln. Schwarzhaarig, klein, breit, stark. Das Bild wurde immer deutlicher. Dunkle Augen, Lachfalten, damals alltäglich, trotzdem nie richtig beachtet.

Jetzt war er weg, vermisst, verschollen, schon seit sechs Jahren.

Abgehauen? Weggeholt? Umgebracht? Verunglückt? Nie gefunden. Bis heute nicht.

Lindts Augen blickten zwar auf den Kiesweg, streiften über den mächtigen dunklen Strom, folgten zwar den vorbeiziehenden Schiffen, aber in Wirklichkeit schauten sie nach innen.

In denjenigen hinein, der 20 Jahre gegenüber gewohnt hatte und doch so wenig über die alten Brüder wusste.

In denjenigen hinein, der täglich junge Italiener durch das große grüne Holztor ein und aus gehen sah und trotzdem keine Ahnung von ihrem harten Leben gehabt hatte.

In denjenigen hinein, der in seinem langen Polizistenleben schon viel erlebt hatte, aber nie darauf gekommen wäre, dass sich zwei einfache, unauffällige Maurer ein derartiges Vermögen aufbauen konnten.

In den hinein, der … Ruckartig blieb Lindt stehen. Glück gehabt, fast reingetreten, nein, draufgetreten. Er bückte sich, um genauer hinzusehen. Das kleine, längliche, graue Häufchen vor ihm, nein, doch keine Hundesch… Vorsichtig tippte er es mit seiner Schuhspitze an, dann erkannte er, was vor ihm lag. Er ging in die Knie.

Eine Maus, mausetot, mitten auf dem Weg – jedoch kein gewöhnliches Nagetier – nein, Lindt sah eine lange, dicke, dicht behaarte Schnauze. Schade drum, schade um die Spitzmaus. Kein Körner-, sondern ein Insektenfresser. Auf den ersten Blick eine ganz normale Maus. Vielleicht hatte eine Eule sie gekrallt oder ein Fuchs sie geschnappt. In der Nacht. Allerdings kurz darauf … bäh …, schnell wieder ausgespien. Schmeckte sie bitter? Keine Ahnung, ungenießbar war sie auf jeden Fall, sonst würde sie nicht hier liegen.

Trotzdem tot, wenn auch nur versehentlich, zufällig, irrtümlich.

Nein, für die Maiwalds konnte das nicht zutreffen. Das war kein Zufall, die wurden gezielt getötet.

Das Gift im Wein, ganz speziell und extra für sie gerichtet. Um sie zu richten.

Weshalb? Warum wollte jemand sie hinrichten?

Andererseits, auch die beiden alten Brüder waren nicht das, was sie zu sein schienen.

Bieder und doch millionenschwer.

Unauffällig und doch steinreich.

Unscheinbar und doch hochkarätig.

Bescheiden und doch gierig.

Grün ist die Gier!

Der Kommissar beschleunigte seine Schritte.

Tiefer, viel tiefer. Er blieb ein letztes Mal stehen und warf einen Blick auf den vorbeiströmenden Rhein. Wer nach dem Warum fragte, der musste tauchen, eintauchen, untertauchen. Tiefer, sehr viel tiefer in das Leben von Anton und Josef Maiwald.

Die Kriminaltechnik kam ihm dabei zu Hilfe.

Nach einem kurzen Zwischenstopp am Imbissstand bei der Postgalerie – jetzt also doch – und einem konspirativen Treffen mit zwei verdächtigen Thüringern kam der Chef der Karlsruher Mordkommission genau in dem Moment wieder zurück ins Büro, als Ludwig Willms erneut anrief. »Könnt ihr mal rüberkommen?«

Sternberg, Wellmann und Lindt folgten der Aufforderung sofort.

Der schlanke Ludwig Willms, dem man auch im weißen Labormantel den durchtrainierten Triathleten sofort ansah, hatte ausnahmsweise keine seiner üblichen spöttischen Bemerkungen über Lindts zunehmende Rundungen auf den Lippen. Der Gesichtsausdruck zwischen Triumph und Nervosität und die beiden senkrechten Erregungsfalten über seiner Nasenwurzel ließen keinen Zweifel daran, dass Ludwig Willms eine entscheidende Entdeckung gemacht hatte.

Der KTU-Chef arbeitete – angeblich zur Stärkung der Rückenmuskulatur – grundsätzlich im Stehen an einem eleganten Pult aus Glas und Aluminium, auf dem er auch seinen PC installiert hatte.

»Oskar, das gibt was Größeres.« Mit einem ausziehbaren Zeigestock klopfte er so heftig auf den Flachbildschirm, dass Lindt um dessen empfindliche Oberfläche fürchtete.

»Thema Fingerabdrücke«, begann Willms. »Wir haben ja weder Zeit noch Mühen gescheut, um euch auf die Sprünge zu helfen.«

Oskar Lindt hob die Augenbrauen, jedoch verzichtete er darauf, dieser Spitze etwas zu entgegnen.

»Tagelang haben meine Männer dieses Anwesen durchsucht. Alles auf den Kopf gestellt, jeden Krümel eingesammelt, jeden Schrank geöffnet, jeden Abfalleimer umgedreht und vor allem: Jede nur denkbare Oberfläche nach Abdrücken überprüft.«

Lindt verneigte sich: »Wir wissen deine Großherzigkeit zu schätzen, oh du edler Herrscher dieser Laborräume. Wir wissen, dass du nichts unversucht lässt, um Licht in das Dunkel unserer Unfähigkeit zu bringen. Deshalb werden wir deinen Namen im Bericht an die Staatsanwaltschaft mehrfach unterstreichen, rot hinterlegen und fett drucken.«

Blitzschnell klatschte Willms mit dem Zeigestock auf den Bauch des Kommissars. »Das Letzte kannst du dir sparen, Oskar, mit Fett will ich absolut nichts zu tun haben.«

»Aaah«, Lindt krümmte sich theatralisch: »Gewalt am Arbeitsplatz! Das werde ich der Anti-Mobbing-Kommission melden. Ein klarer Fall von Gewichtsdiskriminierung!«

»Das hier ist auf jeden Fall ein Schwergewicht«, klopfte der Techniker wieder auf den Monitor, auf dem die Windungen eines Fingerabdrucks in starker Vergrößerung und mit einer Vielzahl von Markierungen zu sehen waren. »Unter allen Abdrücken, die wir gefunden haben, gab es zwar nur einen Treffer, aber der hat es in sich. Im Lastwagen, genauer gesagt, an der Verkleidung der Beifahrertür und im Fußraum des Führerhauses, haben wir diese Spuren gefunden. Nur Fragmente, keinen ganzen Fingerprint, aber der PC meldet Übereinstimmung zu 72 und 84 Prozent.«

»Übereinstimmung womit?«

Willms klickte auf eine Schaltfläche, um die zugehörige Person anzuzeigen. Statt eines Fotos erschien aber lediglich ein Platzhalter.

»Hoppla, der große Unbekannte.«

»Oder die Unbekannte, Oskar. Niemand kennt diese Person, aber«, er scrollte nach unten, »halb Europa kennt ihre Spuren.«

Lindt beugte sich vor und las: »2005: Geldkoffer in Basel, Dollars und Franken, umgerechnet in Euro 45 Mille, beschlagnahmt bei einer Drogenrazzia; 2008: Mercedes S-Klasse in Südtirol, manipulierte Bremsanlage, Geschäftsmann aus Starnberg, tot nach Abflug in eine Bergschlucht; 2006: Mülltonne in Osnabrück, Brandanschlag auf ein italienisches Restaurant mit 3 Toten; 2008: Kofferraumdeckel eines BMW 7er in Lyon, bulgarischer Fahrer mit Loch in der Stirn, 9 Millimeter … Puuh!« Der Kommissar zog ein großes weißes Stofftaschentuch heraus und wischte sich damit die Schweißperlen von der Stirn. »Ist euch klar, was das bedeutet?«

Paul Wellmann nickte: »Wir bekommen Verstärkung. Ab sofort mischt die Abteilung OK mit. Weiß dort schon jemand Bescheid?«

»Wenn ich Abdrücke vergleichen will, kommen die automatisch ins Netz und die Treffermitteilung geht raus. Ich wette, der KO-Bauer steht demnächst bei mir auf der Matte.«

»Hauptsache, es marschiert nicht noch einer aus Stuttgart hier an. Meine Erfahrungen mit dem LKA sind – aber das wisst ihr ja selbst«, stöhnte Lindt. Weiter kam er nicht, denn Willms Telefon meldete einen eingehenden Anruf.

»Kannst gleich kommen, der Oskar ist mit seiner Mannschaft schon da«, antwortete der KTU-Chef und legte auf. »Hätte nicht gedacht, dass er die Mail so schnell liest.«

Mit Frank Bauer hatte die Mordkommission in den vergangenen Jahren hin und wieder recht erfolgreich zusammengearbeitet. Sein Spitzname KO-Bauer und eine auffallend krumme Nase waren ihm aus einer kurzen, längst vergangenen Episode im Boxsport geblieben. Einzig die Neigung zu engen, muskelbetonenden T-Shirts erinnerte noch an diese Zeit, ansonsten hatte er das Boxer-Milieu längst mit einem friedlichen Leben als vierfacher Familienvater im Ettlinger Reihenhaus getauscht.

KO passte aber auch deswegen ganz gut, weil der Mittvierziger seit 13 Jahren in der Abteilung für Organisierte Kriminalität, kurz OK genannt, bei der Karlsruher Kripo tätig war. Vor einigen Monaten hatte man ihn sogar mit deren Leitung beauftragt.

Es dauerte nicht lange, da flog die Tür zu Willms' Laborräumen auf und ein breitschultriger Mann, dessen buschiger Schnauzbart einen auffälligen Kontrast zu seiner millimeterkurzen Stoppelfrisur darstellte, stürmte herein.

»Jetzt haben wir ihn also hier bei uns, den Mister Unbekannt.« Schnell drückte Bauer reihum die Hände zur Begrüßung, doch als es bei Jan Sternberg laut knackte und der schmerzhaft aufstöhnte, zog Lindt schnell zurück. »Danke, mir reicht's noch vom letzten Mal.«

Bauer grinste nur und setzte sich auf die Ecke von Willms' Schreibtisch. »Also, was habt ihr?«

»Kommen welche vom LKA?«, wollte Paul Wellmann wissen. »Nicht, dass wir alles zweimal erzählen müssen.«

»Keine Panik, bis jetzt hat sich noch keiner bei mir gemeldet.«

»Es wird sein wie immer«, meinte Oskar Lindt. »Wenn man sie braucht, dann heißt es ›überlastet und unterbesetzt‹, aber wenn sie Lorbeeren einheimsen können, stehen sie plötzlich ganz vorne.«

»Wir werden sehen«, zuckte Frank Bauer mit den Schultern. »Vielleicht kann ich die ja auch mit einer Mail abspeisen.«

»Wir vertrauen ganz auf deine Formulierungskünste«, antwortete Lindt und begann, den Kollegen über den bisherigen Ermittlungsstand aufzuklären.

»Die Abdrücke hatten übrigens eine so schlechte Qualität«, ergänzte Ludwig Willms, »die können auch schon ziemlich alt sein.«

Bauer nickte: »Technik berichtet: Spuren vermutlich nicht aktuell. Werd ich schreiben.«

»Die beiden Alten waren unsere früheren Vermieter«, fuhr Lindt fort. »20 Jahre haben wir in einem ihrer Häuser gewohnt, Lachnerstraße, Oststadt, genau gegenüber des Tatorts, ich denke, du kennst dich aus.«

»Was, Lachnerstraße? Moment, da hatten wir doch«, Bauer rieb sich nachdenklich die Stirn, »ich glaube, das war 1999 …, einen Anfangsverdacht. Müsste ich noch mal genauer nachschlagen.«

»Was für ein Vorwurf?«

»Bin mir nicht mehr ganz sicher, aber ich meine, es war nur ein Name, italienisch. Ein Informant brachte ihn ins Spiel. Leider ist unser Mann nach diesem einen Gespräch untergetaucht. Wäre nicht der Erste, dem die Sache zu heiß wurde. Wir haben nie mehr was von ihm gehört.«

»So, so, untergetaucht«, sinnierte Lindt. »Wir haben auch einen, der seit sechs Jahren unauffindbar ist. Gallo, Vittorio Gallo, hat 37 Jahre bei den Maiwalds gearbeitet. Maurer-Kapo, wohnte mit seinem Clan in der Südstadt.«

Bauer ging zum Telefon. »Gallo … Gallo, lasst mich

mal kurz bei Fips anrufen, der hat den Mann damals einige Zeit im Auge behalten.«

Er wählte die Nummer seines Mitarbeiters: »Ja, Frank hier, sag, kannst du dich an den Kerl erinnern, den du in der Oststadt vor Jahren überwacht hast? … Was, der hat dort nur ab und zu gearbeitet? … Und sonst? … Ach, Student, also ein Jüngerer? … Nein, es geht hier um einen, der schon in Rente ist. Rente und weg, verschwunden, unauffindbar, so wie unser V-Mann. … Ja, genau der. … Wie lange wart ihr an ihm dran? … Was, sechs Wochen? … Ach so, nicht dauernd. … Und? Ergebnis? … Keines, schade. … Normaler Student? … Was hat er denn? … Bau? … Bauingenieur?«

Lindt horchte auf: »Frag ihn nach dem Namen.«

»Weißt du noch, wie der geheißen hat? … nein …, ja, schau nach und meld dich wieder.«

Bauer setzte sich erneut auf die Tischkante: »Bei den Besprechungen hab ich das damals mitbekommen. Es war nicht mein Fall, aber wenn ich mich recht entsinne, war der Observierte völlig harmlos. Die Kollegen sind davon ausgegangen, dass ihnen der Informant einen Riesenbären aufgebunden hatte, um von sich selbst abzulenken. War kein Ruhmesblatt für uns zu der Zeit.«

»Ablenken, um abzuhauen?«, wollte Jan Sternberg wissen.

»Wir sind voll drauf reingefallen. Als er dann weg war, haben uns die Kollegen von der Drogenfahndung die Augen geöffnet. Die waren kurz davor, ihn hopszunehmen. Hatte jede Menge Dreck am Stecken. Wenn wir das nur vorher gewusst hätten, aber zu der Zeit war der Informationsaustausch noch nicht so flott wie heute.«

»Dealer?«

»Eher Strippenzieher, deswegen hatte man auch lange nichts Konkretes in der Hand. Erst als in Bruchsal, in der JVA, einer gesungen hat, wollten sie ihn holen, aber genau da war er weg. Verschwunden, spurlos, bis heute. Alle vermuten, dass er sich dahin zurückgezogen hat, wo er herkam.«

Sternberg schaute fragend.

»Albanien, wenn ihr es genau wissen wollt. Sagt doch alles, oder?«

»Also noch mal Klartext«, versuchte Oskar Lindt zusammenzufassen. »Ein Albaner schwindelt euch das Blaue vom Himmel runter, ihr observiert wochenlang den Falschen und in der Zwischenzeit verschwindet euer Mann.«

»Du wirst verstehen, dass wir so was nicht unbedingt an die große Glocke hängen wollten.« Bauer fixierte das Telefon: »Er ruft bestimmt gleich zurück.«

Tatsächlich, wie auf Bestellung klingelte der Apparat. »Fips, hast du was? … Wie, die Akte ist gerade weg. … Also, weitersuchen. … Habt ihr wenigstens einen Namen? … Nein? … Hier taucht Gallo auf, aber für einen Älteren … Was? … Könnte passen. …«

»Frag ihn nach Fabio, Fabio Gallo«, ging Lindt dazwischen.

»Hast du's gehört? … Fabio. Wie wäre es damit? … Möglich? … Könnte passen? … Ja, ich weiß, dass der sauber war damals. Stinknormaler Student. … Ja, weiß ich auch. … Also, das war's fürs Erste … Sucht weiter nach der Akte.«

KO-Bauer legte auf: »Seine Frau kommt aus Kroatien.

Wir sollen nicht alle Südländer gleich unter Pauschalverdacht nehmen, da ist unser Fips etwas dünnhäutig.«

»Bei Bauingenieur bin ich hellhörig geworden«, sagte Lindt. »Fabio Gallo hat diesen Beruf und ist außerdem der Sohn des Verschwundenen Vittorio. Gallo, Großfamilie, Clan, Südstadt – alle haben bei den Gebrüdern Maiwald gearbeitet.«

»Also noch mal hin«, schlug Jan Sternberg vor.

»Zwei Mal am selben Tag?« Paul Wellmann fand das wenig sinnvoll. »Was willst du denn fragen? Damit machst du die alle doch erst recht misstrauisch.«

»Oder nervös. Auf den Nerven rumtrampeln hat schon öfter was Interessantes gebracht.«

»Sagt wer?«, fragte Frank Bauer.

Wellmann und Sternberg zeigten auf Lindt. »Taktik vom Chef.«

Dem war augenscheinlich nicht ganz wohl bei diesem Gedanken. »Das muss ich mir noch genauer überlegen. Was haben wir denn schon in der Hand gegen die Sippe? Der Alte ist weg, vielleicht schon längst vermodert, und der Junge wurde vor elf Jahren angeschwärzt, aber nachweisen konnte man ihm rein gar nichts. Echt dünn, die Sachlage. Und wo wäre ein Motiv oder wenigstens ein Zusammenhang mit den toten Brüdern? Keiner erbt was, keiner hat sonst einen Vorteil.«

Sternberg war damit nicht zufrieden: »Die Frau von diesem Fabio …«

»Ach, daher weht der Wind«, unterbrach ihn Lindt. »Blond und bauchfrei. Deshalb zieht es dich dort hin. Nee, nee, mein Lieber, wir haben nichts wirklich Handfestes, also werden wir die Gallos auch nicht weiter belästigen. Wir gehen jetzt alle schön an unsere Schreibtische zurück, jeder macht sich Gedanken, und morgen früh um acht treffen wir uns zur Besprechung.«

Freitagmorgen, Sitzungszimmer, 8 Uhr.

Frank Bauer schwenkte eine Akte: »Haben wir gestern doch noch gefunden. War ganz ordentlich im Archiv einsortiert.«

»Die Observation?«, wollte Oskar Lindt wissen und zeigte auf einen der Stühle, um zu verhindern, dass sich der OK-Chef wieder auf die Tischkante flegelte. Vor allem wegen der Anwesenheit von Staatsanwalt Conradi wollte er wenigstens ein Minimum an Benehmen verlangen.

»Tatsächlich dieser Fabio. Ihn hatte der Albaner genannt.«

»Von irgendwoher muss er ihn gekannt haben. Oder war der Name total aus der Luft gegriffen?«

»Keine Ahnung, darüber steht natürlich nichts hier drin. Allerdings waren es schon massive Verdachtsmomente, die zu der Überwachung geführt haben. Gallo soll regelmäßig im Frankfurter Bahnhofsviertel an Schutzgelderpressungen beteiligt gewesen sein.«

»Als was?«

KO-Bauer zitierte: »Der Informant sagt aus, dass Fabio G. bei Einschüchterungsaktionen besonders brutal vorgegangen sein soll. Sein Spitzname sei ›Der Maurer‹ und seine Spezialität fallende Backsteine.«

»Fallende was? Das müssen Sie uns näher erklären«, Conradi schaute irritiert.

»Wollen Sie das wirklich wissen?« Bauer holte tief Luft,

blähte seinen mächtigen Brustkasten auf und musterte den schmalen, kleinen Juristen. »Die Kreise, in denen wir ermitteln, sind nicht gerade dafür bekannt, dass die Herrschaften besonders zimperlich miteinander umgehen. In Mainhattan gibt es ja nicht nur Bankenpaläste, sondern auch eine florierende Rotlichtszene. Zu der damaligen Zeit war gerade wieder Krieg und der wurde hauptsächlich nachts und an den unmöglichsten Orten ausgetragen, unter anderem auch auf Großbaustellen. Ein Nachtclubbesitzer sitzt seit dieser Zeit im Rollstuhl, Halswirbelbruch mit hoher Querschnittslähmung, zwei Zuhälter wurden wegen Hirnquetschungen zu Dauerpflegefällen und ein Bordellbetreiber hat sein Schädel-Hirn-Trauma nicht überlebt. Hatten einfach zu weiche Birnen, diese vier Kerle, vor allem nachher.«

»Nachher?«

»Nachdem sie sich unvorsichtigerweise auf den Baustellen aufgehalten hatten und mit einem fallenden Poroton kollidiert waren. 16 Kilo Ziegelstein aus einigen Metern Höhe aufs Schädeldach, das wirkt!«

»Alle vier waren rein zufällig dort? Wer soll denn so was glauben?«, wunderte sich Jan Sternberg.

»Keiner! Denn alle hatten, so steht es hier im Bericht der Frankfurter Spurensicherung«, KO-Bauer klopfte auf seine Akte, »zum Zeitpunkt des ›Unfalles‹ einen Sack über dem Kopf, einen Knebel im Mund und um jedes Handgelenk einen Kälberstrick. Damit waren sie nach links und rechts abgespannt, festgebunden an Pfosten oder Gerüststangen.«

Staatsanwalt Conradi fasste sich unwillkürlich auf sein spärliches Haupthaar: »Und dann kam der Backstein?«

»Exakt! Zielwurf von oben! Erledigt! Sack, Knebel und Stricke waren laut Faserspuren in allen vier Fällen aus demselben Material.«

»Der Maurer! Echt passend!« Sternbergs Augen leuchteten. »Die Jungs haben sich wirklich was einfallen lassen. Gingen die Steine dabei kaputt?«

Lindt schickte einen strafenden Blick zu seinem jüngsten Mitarbeiter, dann fragte er: »Das Alibi von Gallo habt ihr ja sicherlich überprüft?«

»Klar doch. Nachdem der Albaner den Namen genannt hatte, sind wir gleich hin. Aber Pech, an allen vier fraglichen Terminen war er zu Hause bei seiner Freundin.«

»In der Pfalz?«, wollte Jan wissen.

»Damals wohnten die zusammen in Kandel«, bestätigte Bauer.

»Nabelpiercing, blond und bauchfrei«, meinte Oskar Lindt mit einem Seitenblick zu Sternberg. »Haben anscheinend einen nachhaltigen Eindruck hinterlassen. Fehlt nur noch, dass du in dieser jungen Mutter die Gangsterbraut siehst, falsche Alibis inklusive.«

»Wenn es damals schon dieselbe war, die er später geheiratet hat …«

»Das kannst du ja über die Stadtverwaltung rausfinden«, seufzte Lindt und wandte sich erneut an Bauer: »Fingerabdrücke?«

»Wurden abgenommen und registriert, sind aber nirgendwo wieder aufgetaucht.«

»Schade«, meinte Jan. »Fabio Gallo – der große Unbekannte? Leider nicht, aber das wäre ja auch zu einfach gewesen.«

»Alles völlig unauffällig«, bestätigte auch Frank Bauer.

»Sechs Wochen Observation waren grad für die Katz. Nicht der geringste Anhalt, dass Gallo irgendwas Krummes am Laufen gehabt hätte. Als dann unser V-Mann abtauchte, gab es keine Zweifel mehr, wem wir da auf den Leim gegangen waren.«

»Keine Sorge, wir erzählen es nicht weiter«, beruhigte ihn Oskar Lindt. »Nur wer nichts macht, macht keine Fehler.«

»Und wer keine Fehler macht, der wird befördert!«

Lindt sah seinem Kollegen tief in die Augen: »Danke, Jan, was wären wir nur ohne dich und deine intelligenten Bemerkungen. Ich glaube, du solltest eine Spezialaufgabe bekommen.«

»Südstadt? Also doch, da bin ich gleich dabei.«

»Nicht ganz so, wie du denkst, mein Freund. Die Blonde brauchst du nicht mehr zu befragen, aber von allen anderen aus dem Gallo-Clan will ich ganz genau wissen, wer wann, wie lange und als was bei den Gebrüdern Maiwald gearbeitet hat. Lass sie in ihrer Vergangenheit graben, in ihren Erinnerungen nachbohren. Lass sie dir ihre Erlebnisse erzählen und versuche herauszufinden, wie die Gallos die Maiwalds gesehen haben. Immerhin 22 Familien, also eine echte Fleißarbeit. Jetzt ist Freitag, halb zehn. Am Montag früh möchte ich den Bericht auf meinem Schreibtisch haben. So viel zum Thema Wochenende. Kannst gleich anfangen.«

Sternberg grinste: »Kein Problem, Chef, bis heute Abend bin ich damit durch.«

»Alles, was Gallo heißt oder irgendwie zu dieser Familie gehört!«, rief der Kommissar ihm noch nach, doch da war Jan Sternberg schon zur Tür hinaus.

Zwei Sekunden später kam er wieder herein, einen höchst aufgeregten Ludwig Willms im Schlepptau. »Bei Doppelmord geht's sogar in Stuttgart schneller«, keuchte der Kriminaltechniker.

»Setz dich erst mal und verbreite hier keine solche Hektik«, runzelte Oskar Lindt die Stirn.

»Du hast es grad nötig. Wer hat zu mir gesagt, im Keller gäb es nichts zu finden?«

»Wieso? Außer grün gestrichenem Beton und ein paar Stahltüren war da wirklich nichts. Hätte bei der Gerichtsmedizin glatt als Sektionssaal durchgehen können.«

»Ich bin echt froh, dass ich mir schon vor Jahren angewöhnt hab, nicht mehr auf dich zu hören.«

»Jetzt mach's nicht so spannend«, fiel ihm Lindt ins Wort. »Schon wieder Fingerabdrücke vom großen Unbekannten?«

»Nein, Oskar, diesmal nicht. Diesmal hab ich was viel Besseres.« Willms öffnete die Laufmappe, die er unter den Arm geklemmt hatte. »Erstens: Im Keller wurde der Betonboden unterschiedlich oft gestrichen. Die Farbe kam mir stellenweise ziemlich dick vor, deshalb haben wir ein wenig drin rumgekratzt.«

»Und mehrere Schichten festgestellt?«

»Exakt, Oskar. Meine Männer haben fünf verschiedene Proben genommen. Je weiter hinten, desto mehr Farbe ist drauf. Überall das gleiche Material, Latexfarbe, speziell für Feuchträume, nur unterschiedlich alt. Aber deswegen bin ich nicht hier.«

»Sondern?«

Jetzt setzte sich der KTU-Chef zu den anderen an den Tisch: »Der Keller bestand eben nicht nur aus grünem Beton und grünem Stahl. Eine Kleinigkeit hast du übersehen.«

»Pff«, blies Lindt unwillig etwas Luft aus seinem Mundwinkel. »Natürlich gab's da noch Lichtschalter, Lampen …«

»Das Loch in der Decke«, ergänzte Paul Wellmann.

»Und?«

»Was und? Das war jetzt aber wirklich alles. Oder hast du noch irgendwo ein Spinnennetz fotografiert?«

»Das nicht, denn da unten hätte eine Spinne garantiert nichts zum Leben gefunden. Aber so was Ähnliches.« Er holte einige Fotos aus der Mappe.

»Ach, der Ablauf«, schlug sich Lindt an die Stirn.

»Ja, genau, der Gully, dieses unscheinbare Loch im Boden. Oben ein Gitterchen zur Abdeckung und darunter …«, Willms zog ein weiteres Bild hervor, »darunter dieses kleine Sieb, um den Grobschmutz aufzufangen. Das war unser Glück, denn alles in diesem Keller ist sauber, nein, was sag ich, es ist geradezu klinisch rein. Nicht frisch geputzt, nein, Staub lag überall und das nicht zu wenig. Es kann also durchaus ein paar Jahre her sein, dass die Flächen geschrubbt wurden, aber das war megagründlich.«

»Nicht einen Fingerabdruck?«, überlegte der Kommissar, »das ist ja wirklich …«

»Wirklich schwer verdächtig«, ergänzte Willms. »Außer den Abdrücken eines gewissen schwergewichtigen Hauptkommissars, der am Tatort wieder keine Handschuhe getragen hat, als er den Lichtschalter …«

»Moment«, fiel ihm Lindt energisch ins Wort, »Moment mal, der Tatort war ganz sicher nicht dort unten. Wenn man überhaupt von einem Tatort sprechen kann. Das Gift im Wein haben die beiden Brüder an ihrem Schattentisch im Hof zu sich genommen und ihr Leben haben sie in den beiden Toiletten im Haus und im Hof beendet. Wieso also bitte Tatort im kalten Keller?«

Der KTU-Chef lächelte: »Es dauert zwar lange, bis unser lieber Oskar explodiert, aber wenn er es tut, dann knallt es ordentlich.«

Lindt hob drohend die Faust, doch er sagte nichts.

»Also«, fuhr Willms fort, »warum Tatort? Ganz einfach. Wir haben in diesem Sieb Haare und winzige Hautpartikel gefunden. Wirklich nur mikroskopisch klein, aber mittlerweile sind unsere Kollegen im Landeskriminalamt ja derart fix, dass sie noch aus dem allerkleinsten Partikelchen die DNA entschlüsseln können.«

»Keine langen Reden«, knurrte Lindt, »komm zur Sache.«

»Bin gerade dabei. Erstens: Die DNA der Haare, immerhin waren es drei Stück, ist registriert, der dazugehörige Mensch aber bislang unbekannt. In einer Plattenbauwohnung im Berliner Osten fand man vor acht Jahren einen Italiener, Anfang 30, auf einen Stuhl gefesselt, mit Kopfschuss und ohne Zunge. Am Tatort konnte diese DNA gesichert werden. Zweitens: Die Analyse der kleinen Hautpartikel hat auch geklappt. Dieses Mal ist der Mensch bekannt, aber von der Bildfläche verschwunden. Patricia Varese, deutsche Staatsbürgerin mit Vorfahren aus Kalabrien, damals Anfang 40, Mitinhaberin eines Italo-Feinkostladens in Mannheim, abgängig seit 2003.«

»Warum war die registriert?«, wollte Jan Sternberg wissen. »Verdorbene Muscheln verkauft?«

»Die Frage kann ich dir beantworten«, ging KO-Bauer dazwischen. »Diese Dame mit völlig unauffälliger bürgerlicher Existenz war eine der erfolgreichsten Profikillerinnen in ganz Deutschland, genannt *Calabrone*.«

»Cala… was?«

»Calabrone, auf deutsch die Hornisse.«

»Hornisse? Sieben Stiche töten ein Pferd, drei Stiche einen Menschen«, kommentierte Sternberg.

»Dieser Spruch gehört zwar zu den Ammenmärchen, Hornissen sind auch nicht gefährlicher als die anderen Insekten mit spitzem Hinterteil, aber Patricia Varese brauchte immer nur einen Stich, um ihre Opfer umzubringen. Spezialisiert auf Männer ab 50, war es ihre Methode, nach ausgiebigem Liebesspiel die ermatteten Opfer mit einem gezielten Stich direkt ins Herz in die ewigen Jagdgründe zu schicken. Dazu muss sie ein Stilett benutzt haben, kaum dicker als eine Stricknadel, aber scharf wie ein Rasiermesser.«

Paul Wellmann schüttelte sich: »Wenn ich mir das vorstelle.«

»Schnell und wirkungsvoll«, sagte Ludwig Willms. »Sekundenherztod.«

»Mann«, entfuhr es Jan Sternberg, »da haben wir ja voll in ein Mafia-Nest gestochen.«

»Die lieben Italiener kennen da Verschiedenes: Mafia, Camorra, 'Ndrangheta. Wir vermuten Letzteres: Familien, Blutsverwandte aus Kalabrien, von der Stiefelspitze also«, antwortete Frank Bauer. »Auf jeden Fall geht es um organisierte Kriminalität im italienischen Umfeld. Auf die Spur dieser *Calabrone* brachte uns übrigens ein Überwachungsvideo aus der Tiefgarage eines Luxushotels im Schwarzwald. Das Zimmermädchen fand den Toten, Besitzer einer Alfa-Niederlassung im Hessischen. Er lag ganz friedlich im Bett, Seidenpyjama, ordentlich zugedeckt, bereits kalt und steif. Nur einem sehr aufmerksamen und erfahrenen Notarzt haben wir es zu verdanken, dass nicht ›natürliche Todesursache‹ angekreuzt war.«

»Hat der Doktor den Einstich bemerkt?«, wollte Paul Wellmann wissen.

»Winzig«, sagte Bauer. »Das wenige Blut, was ausgetreten war, wurde sorgfältig entfernt und zudem wurde etwas Make-up ins kleine Loch gedrückt – wirklich perfekt. Ich musste damals hinfahren. Der Kerl, also das Opfer, hatte auch noch eine voll behaarte Brust. Der Einstich war wirklich kaum zu sehen. Die Garagenvideos hab ich daraufhin einem unserer V-Männer gezeigt und der hat die Varese erkannt. Fuhr in einem Mercedes SLK, natürlich mit gefälschtem Kennzeichen.«

»Dann habt ihr sie hopsgenommen?«, fragte Sternberg.

»Leider kamen wir einen halben Tag zu spät. Untergetaucht und bis heute nicht wieder erschienen. Lediglich ihre DNA konnten wir bei der Wohnungsdurchsuchung sichern. Unser Informant hat in der Szene von drei weiteren Fällen in Hannover, Kiel und am Starnberger See gehört. Alles Jahre zurückliegend und ohne Anfangsverdacht, deshalb wurde auch nicht ermittelt.«

»Und jetzt führt ihre Spur in die Oststadt zu den zwei toten Brüdern. Ich kann mir alles vorstellen, aber ganz bestimmt nicht, dass Anton und Josef Maiwald irgendetwas mit dieser Feinkostdame zu tun gehabt hätten«, schüttelte Oskar Lindt den Kopf. »Und mit organisierter

Kriminalität erst recht nicht. Nein, völlig ausgeschlossen.«

»Aber sie haben Italiener beschäftigt«, warf Paul Wellmann ein.

»Paul, bitte, wir können doch nicht hinter jedem Pizzabäcker die Mafia vermuten. Das geht mir entschieden zu weit.«

»Ja, ja, wenn's ums Essen geht«, konnte sich Ludwig Willms nicht verkneifen.

Lindt schnaufte tief, aber er sagte nichts. Stattdessen griff er in seine Jackentasche, um Pfeife und Tabak hervorzuholen.

»Du wirst ja wohl nicht«, entrüstete sich der KTU-Chef.

»Raucher raus, ich weiß schon«, antwortete der Kommissar. »Aber wir sind doch ohnehin fertig. Was nützen uns die schönsten Erbgutanalysen, wenn die zugehörigen Menschen verschwunden sind? Ich für meinen Teil brauche jetzt dringend frische Luft. Besprechung beendet.«

Lindt schloss im Hof des Polizeipräsidiums sein altes Damenrad von der Kette, zündete seine Pfeife an, stopfte nach, zündete wieder an, stopfte abermals und trat anschließend in die Pedale. Sehr gemächlich, damit der Fahrtwind nicht zu sehr durch den Pfeifenkopf wirbelte, erreichte er den Schlossgarten, den weitläufigen Park mit seinen großen, alten Bäumen zwischen Schloss und Hardtwald. Am See stieg er ab, fand einen Schattenplatz auf einer der zahlreichen Bänke, setzte sich und starrte aufs Wasser.

Jan Sternberg dagegen war nicht nach ruhigem Nachdenken zumute. Er wollte etwas tun, aktiv sein, selbst den Lauf der Geschehnisse bestimmen.

Die Idee war ihm während der Besprechung gekommen, allerdings behielt er sie lieber für sich. Sein Chef hätte sicher nicht genehmigt, was ihm vorschwebte.

Eine knappe halbe Stunde werkelte er am PC, druckte sein Ergebnis 40 Mal aus, packte die Seiten vorsichtig in durchsichtige Hüllen und verließ das Büro. »Du weißt ja, wo der Chef mich hingeschickt hat«, verabschiedete er sich von Paul Wellmann.

Unterwegs hielt er bei einem Copyshop.

»Ich möcht was einschweißen, DIN-A4«, fragte er an der Kasse.

»Laminieren? Kein Problem, der Apparat steht dort drüben.«

Sternberg holte die Blätter aus seiner Aktenmappe und schob eines nach dem anderen durch das Gerät. Als er alle in durchsichtiger Folie versiegelt hatte, drehte er den Stapel um und nummerierte die Rückseiten mit einem wasserfesten Schreiber – 1 bis 40.

»Einen Versuch ist es allemal wert«, sagte er zu sich selbst, als er wieder in seinem Dienst-Passat saß und die Südstadt ansteuerte.

Im Kopf hatte er sich bereits zurechtgelegt, was er sagen wollte, und so begann er das Fragespiel in den Wohnungen des Hauses, in dem er bereits mit Hauptkommissar Lindt gewesen war.

Jedem, der auf sein Klingeln die Tür öffnete, wies er seinen Dienstausweis vor und drückte ihm dann eine der Folien in die Hand. »Wir ermitteln im Fall der ermor-

deten Gebrüder Maiwald. Ja, in der Oststadt, Lachnerstraße. ... Sie haben sicherlich davon gehört. ... Kennen
Sie diesen Mann? ... Haben Sie ihn schon mal gesehen? ...
Ja, wir suchen ihn als wichtigen Zeugen. ... Hat even-
tuell dort gearbeitet. ... Sie auch? ... Wie lange? ... Als
was? ... Erinnern Sie sich noch an einen Arbeitskolle-
gen von früher? ... Wo wohnt der jetzt? ... Ja, wir müssen uns ein möglichst genaues Bild vom Leben der beiden Brüder machen. Fällt Ihnen irgendetwas Besonderes
ein? ... Gab es Krach mit einem der Arbeiter? ... Hatten die Maiwalds feste Gewohnheiten? ... Wie waren
sie als Vermieter? ... Könnten Sie sich vorstellen, wer
einen Grund gehabt hätte? Bitte, schauen Sie sich das
Foto noch mal ganz genau an.«

Akribisch notierte Jan Sternberg die Antworten
auf einem Klemmbrett, erfragte die Namen seiner
Gesprächspartner, überreichte zum Abschluss eine Visitenkarte und nahm schließlich das folierte Bild wieder
an sich.

Pro Wohnung füllte er ein Notizblatt aus, nume-
rierte es mit 1 bis 40 und verstaute es zusammen mit
dem laminierten Foto derselben Nummer vorsichtig in
seiner Aktentasche.

Gegen drei Uhr nachmittags machte er Pause in einem
nahegelegenen Döner-Imbiss. Jetzt hatte er alle Wohnungen, in denen Mitglieder der Großfamilie Gallo wohnten, durch.

Sieben Männer waren nicht zu Hause gewesen. Ihnen
wollte er gegen Abend oder am Samstag einen Besuch
abstatten. Von acht weiteren früheren Maiwald-Arbei-
tern hatte er die Adressen bekommen. Glücklicherweise

wohnten alle im Großraum Karlsruhe, sodass er auch dort vorbeifahren und seine Fragen stellen konnte.

Es wurde schließlich Samstagnachmittag, als Jan Sternberg wieder im Polizeipräsidium eintraf und den Inhalt seiner Tasche dem diensthabenden Kriminaltechniker übergab.

»Meine Abdrücke sind natürlich auch drauf, aber Handschuhe konnte ich beim besten Willen nicht anziehen. Wenn ihr was findet, bitte nicht bei Lindt, sondern direkt bei mir anrufen. Ich lass mein Handy auch am Sonntag eingeschaltet.«

»Und wer soll das da sein?«, fragte der verdutzte Techniker mit einem kritischen Blick auf Sternbergs laminierte Bilder.

»Keine Ahnung«, grinste Jan. »Unbekannt, den suchen sie in Dortmund wegen Raubmord, aber das Foto hat mir echt gefallen.«

Als er gegen Abend endlich nach Hause kam und von seiner Frau einen vorwurfsvollen Blick wegen des verpatzten Wochenendes erntete, meinte Jan Sternberg nur: »Einer muss ja arbeiten, wenn schon der Chef seine Zeit mit sinnlosem Spazierengehen vertrödelt.«

Von Lindts Einfall im Schlossgarten hatte er allerdings keine Ahnung.

10

»Wir liefern die Fakten, ihr müsst die Schlüsse ziehen.«
Diese Spitze bekam Oskar Lindt von KTU-Chef Willms
bei fast jeder Ermittlung zu hören. Auf seiner Bank am
kleinen See schaute der Kommissar den Enten zu und
dachte über die Laborergebnisse nach.

Was hatte es zu bedeuten, dass die DNA von irgendwelchen Verbrechern im Abflusssieb des Maiwald'schen
Kellers gefunden worden war?

Waren die Personen dort gewesen? Tot, lebendig, ver-
letzt? Fragen konnte man sie nicht. Verschwunden oder
unbekannt.

Konnten die Partikel mit Baumaterial eingetragen worden sein? Vor mehreren Jahren, als die Firma noch flo-
rierte, war der Raum sicherlich als Lager genutzt worden.
Dafür sprach auch die Deckenöffnung. Was konnte sich
dort unten befunden haben? Baumaschinen? Die hatten
ihre festen Plätze im ebenerdigen Lager. Einzelteile eines
Stahlrohrgerüsts? Möglicherweise war es verkauft worden,
als die Fassaden der Mietshäuser fertig renoviert waren.

Lindt dachte an Frank Bauers Bericht über den Maurer.
Fallender Ziegelstein. Vielleicht vom Baugerüst? Könnte
passen. Was, wenn an dem Verdacht gegen Fabio Gallo
was dran war?

Hatte man verschmutzte Elemente dort unten abgewaschen? Mörtelwannen? Abdeckplanen? Nein, jeder vernünftige Handwerker würde das im Hof machen, niemals im Keller.

Wasser musste aber in jedem Fall beteiligt gewesen sein, sonst wären die Teilchen nicht im Abfluss gelandet.

Hatten sich die Personen dort aufgehalten oder gar versteckt? Oder andersrum: Hatten diese Gangster im grünen Betonkeller mit den dicken Bunkertüren jemanden gefangen gehalten? Opfer einer Entführung? Erpressung?

Hatten die Maiwald-Brüder davon gewusst? Oder waren sie etwa selbst die Täter? Ohne es zu wollen, dachte Lindt an die Stapel von Krimis auf den Lesetischchen der Brüder. Schienen die zwei nur so harmlos und spießig und hatten es in Wirklichkeit faustdick hinter den Ohren?

Der Kommissar schüttelte heftig den Kopf. Ausgeschlossen! Beim besten Willen nicht! Das wäre echt das Letzte gewesen, was Lindt sich irgendwie hätte vorstellen können.

Er schaute auf das Wasser und beobachtete, wie die Enten nach Nahrung gründelten. Kopf ins Wasser, nichts sehen, nichts hören.

Waren die Maiwalds benutzt worden? Hatten sie von krummen Sachen gewusst, damals darüber hinweggesehen und waren jetzt deswegen liquidiert worden?

Doch wer kam als Täter infrage? Ihre Italiener? Aber der Kapo war ja selbst verschwunden. Tot oder untergetaucht? Alles möglich. Nur was war am wahrscheinlichsten?

In Lindts Kopf begann es, sich zu drehen. Tausend Möglichkeiten, tausend Theorien, tausend Gedanken.

In der Vergangenheit hatte er ab und zu eine List angewandt, einen Bluff, um jemanden aus der Reserve zu locken. Öfter mal gerade so hart an der Grenze der Legalität. Allerdings wusste er in diesem Fall ja noch nicht einmal, wen er ernsthaft verdächtigen sollte.

Oskar, gib's zu, sagte er in Gedanken zu sich selbst. Du hast nicht die geringste Ahnung. Du stocherst mit einer Stange im Nebel rum. Du hast keinen blassen Schimmer.

Er sah wieder zu den Enten. Die konnten im trüben Wasser bestimmt nicht weit sehen – trotzdem fanden sie anscheinend immer etwas Fressbares.

Seine Arbeit kam ihm im Moment auch so vor. Fischen im Trüben. Leider war bislang nichts ›Nahrhaftes‹ ins Netz gegangen.

Vielleicht sollte er den Schlamm aufrühren? So richtig Wirbel machen? Ob dann aus dem dunklen Schlick etwas an die Oberfläche käme?

Treibjagd auf alles, was Gallo hieß? Wie hatte Jan formuliert – auf den Nerven rumtrampeln! Konnte das was bringen? Gut, schließlich hatte sein Mitarbeiter das von ihm selbst gelernt, aber in diesem Fall? Lindt scheute sich weiterhin, die Leute zu belästigen, ohne etwas wirklich Stichhaltiges in der Hand zu haben.

Welchen Sumpf könnte er sonst aufmischen?

Doch noch mal dem Erben auf den Zahn fühlen? Er schloss die Augen und ließ den Film über die Geschehnisse in Gernsbach ablaufen. Hör auf deinen Bauch, Oskar. Der Kerl war's wirklich nicht.

Und die bankrotte Lehrerin? Wusste die mittlerweile

von ihrem Pech? Und wenn schon – sicherlich hatten weder sie noch Anton Maiwalds Sohn irgendetwas mit den Verbrechern zu tun, deren DNA im Gully gefunden worden war.

Also doch die Gallos aufscheuchen. Zumindest diesen Fabio in die Mangel nehmen, einfach für eine Zeugenaussage ins Präsidium bestellen. Es wäre bestimmt nicht verkehrt, den Mann persönlich kennenzulernen. Bei einem Gespräch Auge in Auge hatte Lindt instinktiv meistens schnell heraus, ob an seinem Gegenüber etwas faul war. Allerdings war der Kerl ja während der Woche auswärts auf irgendeiner Baustelle. Also morgen, am Samstag? Der Kommissar war entschlossen, es zumindest zu versuchen.

Dann geschah etwas Merkwürdiges. Urplötzlich kam Bewegung in die Entenschar auf dem Schlossgartensee. Wie auf ein geheimes Zeichen hin strebte die ganze Armada in eine bestimmte Richtung. Aus allen Ecken des Sees kamen die Wasservögel angeschwommen – um die 30 waren es bestimmt – und steuerten das westliche Ufer an. Interessiert verfolgte Lindt das Schauspiel. Wohin wollten sie alle?

Das Rätsel löste sich schnell, denn die ersten Enten watschelten unter einem großen Baum bereits an Land. Was zog sie an? Natürlich ein reich gedeckter Tisch. Lindt beobachtete einen Mann, der mit weit ausholenden Bewegungen etwas verstreute. Helle Brocken – sicherlich Brotstückchen. Ganz genau konnte er es nicht erkennen, dafür saß er zu weit entfernt.

Eine Weile streute der Mann seine Futterbrocken aus, danach setzte er sich in den Schatten des großen Laubbaumes, kramte in einer von mehreren Tüten herum und brachte weiteres Brot zum Vorschein. Erwartungsvoll scharten sich die Enten um ihn herum und warteten auf die Bröckchen, die ihnen zugeworfen wurden. Heftiges Geschnatter tönte bis zu Lindt ans andere Ufer herüber. Mit zusammengekniffenen Augen meinte er zu erkennen, wie sich drei bunte Erpel flügelschlagend um die besten Stückchen zankten. Der Kommissar beneidete den Mann gegenüber ein wenig. Der war mit den Tieren wirklich auf Du und Du. Musste man sich so den Garten Eden vorstellen? Ein wirklich paradiesisches Bild, wie er dort saß, im Schatten, an den dicken Stamm gelehnt, umgeben von einer Schar erwartungsvoller und dankbarer Enten.

Dankbar? Gab es diesen Begriff im Paradies überhaupt? An dem Ort, wo Überfluss in allen Dingen die Normalität war und Streit, Ärger oder Neid deshalb gar keinen Platz hatten.

Ob der Mann auch mit den Tieren sprach? Jetzt drängten sie sich so dicht um ihn, dass Lindt fast den Eindruck hatte, als hörten sie ihm zu. Er sprach ja auch nicht von oben herab, nicht im Stehen, nein, sitzend, fast schon auf gleicher Augenhöhe. Trotzdem war immer Bewegung in der Schar. Klar, dachte Lindt und spürte eine beginnende Leere in seiner Magengegend, ganz klar, erst kommt das Fressen …

Immer dichter drängten sich die pummeligen Vögel um den Mann. Sie schienen neues Futter zu fordern. Ein ganz vorwitziges Erpelchen streckte seinen Hals sogar in eine der offenen Tüten und bediente sich ganz ungeniert.

Das war sein Ende! Blitzschnell griff der Mann zu, umfasste mit beiden Händen den langen Hals, Flügelschlagen, knäääck, ein kurzer panischer Laut, ein energischer Ruck und schon war das Leben des Tieres vorbei. Schwups, verschwand das Federbündel in der Tüte, der Mann saß weiterhin da, als wäre nichts geschehen und die Entenschar, die kurz zurückgewichen war, kam wieder hungrig näher.

Lindt traute seinen Augen nicht. Ein Traum? Keine zehn Sekunden hatte das Ganze gedauert, und wenn er nicht zufällig direkt hingeschaut hätte …

Unglaublich! Ob der Kerl das bereits häufiger so getan hatte? Entenjagd im Schlossgarten, Sonntagsbraten gesichert. Für einen Moment war der Kommissar versucht aufzuspringen, hinüberzulaufen und den Mann zur Rede zu stellen, doch er blieb sitzen.

Bediente sich der Mann nicht einfach nur aus dem Überfluss, genauso wie im Paradies?

Vielleicht hatte er ja auch gar kein schlechtes Gewissen, ging dem Kommissar durch den Kopf. Der Bauer schlachtet ja auch die Hühner, die er vorher gefüttert hat.

Ob er schon öfter beobachtet worden war? Lindt schaute umher. Niemand schien etwas bemerkt zu haben. Die zwei älteren Frauen auf dem Bänkchen neben ihm unterhielten sich angeregt miteinander, weiter vorne am Ufer lag ein Studentenpärchen im Gras und war mit dem intensiven Austausch von Zärtlichkeiten beschäftigt. Der junge Vater auf der übernächsten Bank ließ sich mit geschlossenen Augen die Sonne ins Gesicht scheinen, solange er seinen Kinderwagen sanft schaukelte.

Keiner hat's gesehen, und wennschon, dann hätte derjenige vielleicht auch reagiert wie Oskar Lindt. Was soll's, eigentlich sind ja genügend da.

Trotzdem – dreist war die Aktion auf jeden Fall gewesen.

Langsam rappelte sich der Mann mühselig hoch und sammelte seine Tüten ein. Lindt beobachtete ihn genauer – ein Älterer mit wirrer grauer Mähne, weitem Hemd und bräunlicher Hose – vielleicht ein Obdachloser? Wie sollte der sich eine Ente braten? Überm Lagerfeuer in einem verborgenen Winkel?

Auf einmal war der Mann verschwunden, und der Kommissar rieb sich die Stirn. Es wäre zu schön, wenn auch er einen Köder auslegen könnte, einen leckeren Brocken, unwiderstehlich.

Nein, halt, dieser Gedanke war falsch. Es müsste ein Anreiz sein, der speziell auf eine Person wirkte. Nur auf denjenigen, der die Gebrüder Maiwald auf dem Gewissen hatte.

Mit ein paar Brocken altem Brot ist es dabei nicht getan, dachte der Kommissar, legte den Kopf in den Nacken und schloss entspannt die Augen.

Täuschend echt musste er aussehen, der Köder. So, dass der starke Hecht nicht daran vorbeikönnte und unbedingt zubeißen wollte. Oder so, dass er panisch das Weite suchen würde. Beide Situationen müsste man kontrollieren können.

Was würde sich eignen? So echt, so glaubwürdig wie möglich.

Wie wäre es, an einer bereits bekannten Tatsache anzuknüpfen? Vielleicht gerade an den DNA-Spuren im Schuppenkeller der Maiwalds?

Wie hatte KO-Bauer gesagt? *Calabrone,* die Hornisse. Winzige Blutpartikelchen von ihr waren im Abflusssieb zurückgeblieben.

Warum also nicht die Nachricht streuen, dass …

Dieser Gedanke gefiel dem Kommissar. Er behielt die Augen geschlossen und bewegte ihn in seinem Gehirn hin und her. Er schaukelte ihn sanft, so wie die Wellen des Schlossgartensees an das Ufer plätscherten. Er wiegte ihn hin und her, so wie der junge Vater neben ihm, der seinen kleinen Sohn in den Armen hielt. Er schob ihn von einer Ecke des Gehirns in die andere, beleuchtete ihn von allen Seiten, schaute den Gedanken von oben und von unten an und klopfte ihn ab, um Hohlräume zu entdecken.

Dann verformte er ihn. Drückte, knetete, schob und presste. So lange, bis aus dem flüchtigen Gedanken eine handfeste Idee geworden war. Mit Gestalt, mit Aussehen, mit Armen, Beinen, Kopf und Gesicht. Das Gesicht wies schwarze Fühler und kräftige Kieferzangen auf, der Körper war braun-gelb gestreift. Ein bedrohlich tiefes Brummen ertönte, sobald die Idee zu fliegen begann, und in regelmäßigen Abständen schnellte aus ihrem Hinterleib ein Stachel heraus. Lang wie eine Stricknadel, aber hochfest und messerscharf geschliffen. *Calabrone,* der ideale Köder!

Der Kommissar schlug die Augen wieder auf. Ja, es könnte funktionieren. Vielleicht war die Idee ja nur ein Strohhalm, an den er sich klammerte, aber sonst gab es nichts.

Einen Versuch war es jedenfalls wert. Am Montag konnte er seinen Plan bei der morgendlichen Lagebesprechung zur Diskussion stellen.

Fabio Gallo? Trotzdem am Samstag vernehmen?

Nein, besser etwas aufschieben. Der Hornissenplan würde für genügend Unruhe in der Szene sorgen.

Lindt reckte und dehnte sich, streckte die Arme aus und rappelte sich hoch. Er beschloss, eine kleine Runde durch den Hardtwald zu drehen, als Nächstes dem Geräusch seines leeren Magens abzuhelfen, noch einmal kurz im Präsidium vorbeizuschauen und sich anschließend ganz dem Wochenende zu widmen.

Der Montag begann mit einem gewaltigen Donnerschlag. Oskar Lindt fuhr mit einem Satz aus dem Bett, stürzte zum Fenster und zog den Rollladen hoch, um zu sehen, ob es in der Nähe eingeschlagen hatte. Dicke Regentropfen peitschten gegen die Scheibe, Blitze aus allen Richtungen erhellten den Himmel in kürzesten Abständen, und brutale Sturmböen malträtierten die Bäume und Sträucher in der Waldstadt.

Jetzt mischten sich Hagelkörner unter den Regen. Erst wenige, kurz darauf klapperten immer mehr gegen das Glas, hinter dem der Kommissar das gewaltige Naturschauspiel beobachtete. Er zuckte zusammen: Ein gleißender Blitzstrahl erhellte die Szene, gleichzeitig der krachende Donnerschlag, Holzsplitter flogen umher, auf einmal neigte sich die ausladende grüne Krone einer Kiefer vorne an der Straße, kippte, brach ab, stürzte und traf – Lindt schrie auf – genau auf seinen Wagen. »Der Citroën«, stammelte er und drehte sich zu Carla, die das Kissen über den Kopf gezogen hatte. »Mittendrauf. Der Blitz.«

»Der Blitz? Wieso?« Sie setzte sich auf.

»Hat eingeschlagen. In den Baum direkt bei meinem Auto.«

Carla stand jetzt neben ihm, schüttelte den Kopf und starrte mit weit aufgerissenen Augen auf das dunkelrote Wrack, malerisch bekränzt von den Kiefernzweigen, die links und rechts über das eingedrückte Dach hinausragten.

»Der ist hinüber, tot, mein guter Franzose, und das Sargbukett liegt gleich obendrauf«, stöhnte Oskar und hielt sich am Fenstersims fest. Ein erneuter Blitz ließ ihn abermals zusammenfahren. Der Donner folgte nach zwei Sekunden.

»Zieht es weg?«, fragte Carla zitternd.

»Hoffentlich«, brummte Lindt, ließ den Rollladen wieder herunter und stapfte ins Bad. Eilig fuhr er in die Kleider, warf sich seine gelbe Regenjacke über und ging die Treppe hinunter.

»Wo willst du hin, wart doch noch.« Oskar ignorierte es.

Unter der Haustüre verharrte der Kommissar kurz, dann zog er die Kapuze über den Kopf und kämpfte sich durch den Hagelregen nach vorn zur Straße. Kopfschüttelnd blieb er vor dem Schrotthaufen stehen, der einmal ein Citroën XM, der einmal sein geliebter, bequemer, geräumiger Dienstwagen gewesen war.

Der Kieferngipfel lag mittendrauf, die Äste und das Reisig bedeckten das zerknitterte lange Dach und reichten bis zum Boden. Das schwere, gesplitterte Holz war direkt über dem Fahrersitz eingeschlagen und hatte das Blech bis zur Fensterkante hinuntergedrückt.

Lindt parkte das Dienstfahrzeug immer direkt vor der Garage, in der er seinen Privatwagen untergestellt hatte. Ein Glück, dass nicht unser eigenes Auto hier gestanden hat, schoss ihm durch den Kopf.

Krach – ein neuer Blitz mit direkt nachfolgendem Donnerschlag ließ ihn zurückweichen und am Garagentor Schutz suchen. Er lugte zum Haus. Carla stand gerade am Küchenfenster und winkte, er solle endlich hereinkommen.

Schnell trat er wieder zum demolierten Citroën, strich zweimal kurz über den Kotflügel und machte, dass er ins Haus zurückkam.

Gleich um halb acht wollte er die Fahrzeugstelle informieren, damit die einen Abschleppwagen schicken konnten. Heute würde Paul ihn abholen müssen.

»Dienstfrühstück bei uns zu Hause«, meldete sich Lindt bei seinem Kollegen. »Halb acht, aus gegebenem Anlass.«

Wellmann war es gewöhnt, nicht alles sofort zu verstehen, und versprach, mit einer Tüte voller Brötchen vorbeizukommen.

Als Lindt den blauen Volvo seines Kollegen vorfahren sah, eilte er die Treppe hinunter und zur Haustür hinaus. Das Gewitter war weitergezogen und die breiten Wasserpfützen auf der Straße verdampften als flüchtige Nebelschwaden in der Morgensonne.

Fassungslos stand mittlerweile auch Paul Wellmann vor dem Schrotthaufen, der einmal der ganze Stolz seines Kollegen gewesen war. »Mit dem, was da draufliegt, kann ich unseren Kaminofen eine ganze Woche heizen«, sagte er und versuchte, die Baumkrone herunterzuziehen.

»Keine Chance, Paul. Hab ich auch schon probiert. Viel zu schwer. Das muss …« Im selben Moment bog ein gelber Lastwagen um die Ecke. »Hab extra einen mit Kran bestellt.«

»Schöne Bescherung«, kommentierte der Fahrer und rangierte seinen Abschleppwagen quer hinter den XM. »Da liegt ja ein halber Wald drauf. Gut, dass niemand drin war.« Mit einem breiten Gurt am Kran hievte er die abgebrochenen Kiefernspitze vom Dach des Wracks.

»Erst mal dort auf den Rasen«, bestimmte Lindt. »Mal sehen, wer das Teil später zersägt.« Dann kramte er die Wagenschlüssel aus seiner Hosentasche und streckte sie dem Fahrer hin. »Hier, falls Sie die Türen …«

»Ist noch was Gefährliches drin?«, fragte der.

»Nee«, grinste Paul Wellmann, »die Maschinenpistole nimmt Oskar abends immer mit nach oben und legt sie unters Kopfkissen.«

»Du hast gut lachen, dein Wagen ist ja noch heil.« Lindt war gar nicht zu Scherzen aufgelegt und betrachtete jetzt voller Wehmut, wie der lange Citroën, sein einzigartiger Dienstwagen, emporschwebte und auf der Ladefläche des Abschleppers verzurrt wurde.

»Komm, Paul, hol die Brötchen.« Der Kommissar drehte sich weg und schnäuzte geräuschvoll in sein Taschentuch, als der Lkw abfuhr. Anschließend deutete er auf den Rest des Baumes. »Nur noch ein kahler Stamm, die obere Hälfte fehlt, kein grüner Zweig mehr dran, der muss auch weg. Falls du am Holz interessiert bist, sprech ich mit der Hausverwaltung.«

Obwohl die beiden Kriminalbeamten bereits gemeinsam mit Carla im Esszimmer am Frühstückstisch saßen, war Lindt nach wie vor blass. Abwechselnd blickte er auf seinen Milchkaffee, das Körbchen mit den frischen, duftenden Brötchen und zum Fenster hinaus auf den inzwischen leeren Platz vor der Garage.

»Oskar, es war doch nur ein Auto«, meinte Wellmann. »Zum Glück ja nicht mal dein eigenes.«

»Der Benz gehört sowieso mir«, antwortete Carla. Vor einigen Jahren hatte sie nach dem plötzlichen Tod ihres Vaters den gepflegten, alten, blauen Diesel geerbt. »Aber für dich wird sich auch wieder ein schöner großer Dienstwagen finden.«

Paul nickte: »Er hat ja die besten Beziehungen zu unserer Fahrzeugstelle. Die haben sicherlich eine passende Drogenkutsche da rumstehen. Aber jetzt iss erst mal was. Wofür hab ich die Brötchen denn sonst mitgebracht?«

Zögernd griff Lindt nach einem Laugenweck. »Da stand doch vor der Halle …«, stammelte er, dann versank er wieder in Gedanken.

Bei der Besprechung hatte es Lindt sehr eilig. »Ich hab da so 'ne Idee«, sagte er, »aber ich brauch noch etwas Zeit dafür.«

»Meine Südstadt-Liste ist fast fertig«, berichtete Jan Sternberg, und versuchte, sich die Nervosität nicht anmerken zu lassen, weil er auf die Auswertung der Fingerabdrücke wartete und über seine Aktion bisher keinen Ton verloren hatte. Deshalb war er sehr erleichtert, als Lindt gleich wieder aufstand – »Paul, fährst du mich?« – und sich nicht weiter für die Aktivitäten seines jungen Mitarbeiters interessierte.

»Oh, oh, Oskar«, sagte Franz Keil, der bei der Karlsruher Polizei für alles zuständig war, was irgendwie nach Fahrzeug aussah. »Er steht ganz hinten auf dem Platz, dein roter Franzose. Sieht wirklich nicht gut aus. Möchtest du von ihm Abschied nehmen? Ob wir in der Mitarbeiterzeitung eine Todesanzeige für ihn aufgeben?«

»Nach jahrelanger harmonischer Zusammenarbeit …«, begann Paul Wellmann, »unfassbar … plötzlich und unerwartet … mitten aus dem Leben gerissen.«

»Ja, ja, wer den Schaden hat«, brummte Lindt. »Auf den Spott kann ich gerne verzichten. Und übrigens möchte ich ihn auch nicht mehr sehen. Das kann ich echt nicht aushalten. Sag mir lieber, ob du gerade was Ähnliches im Angebot hast.«

»Tja, Oskar, eigentlich hatte ich ja erwartet, dass du deinen langjährigen Weggefährten auf seiner letzten Fahrt begleitet hättest, aber so kann man sich täuschen. Kam ganz alleine und verlassen hier an, der gute XM. Das hatte er eigentlich nicht verdient.«

»Lass die Sticheleien endlich und steck ihn in die Presse. Der Himmel hat ihn mir genommen, vielleicht steht ja hier auf deiner Erde ein passender Nachfolger für ihn rum?«

»VW, Opel, Ford, was darf's sein?«

»Jetzt tu doch nicht so, Franz. Du weißt genau, was ich brauche.«

»Wolltest du nicht schon immer Porsche fahren? Einen beschlagnahmten 911er hätt ich im Angebot. Knallrot – der geht ab, kann ich dir sagen.«

»Veräppel mich nicht«, zog Lindt die Stirn in Falten. »Ich brauch keine Raserkarre, sondern … Na, du weißt schon.«

»Und etwas Besonderes soll's auch sein«, vervollständigte Keil den Satz und ging voran in einen abgetrennten Teil der polizeilichen Fahrzeughalle. Neonlampen flammten auf und erhellten eine ganze Armada von Autos, die dicht an dicht geparkt waren.

»Du hast Glück, Oskar. Volles Lager und kein Platz mehr. Demnächst muss ich wieder eine Liste für die Versteigerung zusammenstellen. Deswegen bin ich richtig froh …«

»Dass sein guter Citroën … Also bitte etwas mehr Mitgefühl«, stichelte Paul Wellmann, dem es schon immer völlig schnurz war, welchen Dienstwagen man ihm zuteilte.

Lindt hörte gar nicht hin, sondern schlängelte sich, so gut es ging, zwischen den Wagen durch. Vor einem japanischen Geländewagen blieb er stehen.

»Bequemer Einstieg und beste Übersicht«, kommentierte Keil, doch Lindt schüttelte den Kopf. »Nichts für mich, so ein Bock.«

»Vielleicht was Nordisches?« Keil zeigte auf einen Saab. »Frühlingsgrün, passt zur Jahreszeit. War das Fluchtfahrzeug bei dem Banküberfall vor zwei Monaten in Pforzheim.«

»Paul fährt schon einen Volvo. Hast du nichts in der gleichen Art wie mein … Was ist denn da drunter?« Lindt ging auf ein langes Fahrzeug zu, das von einer weichen, grauen Stoffbahn verhüllt wurde.

»Der ist reserviert!«, rief Franz Keil von hinten.

»Für wen?« Der Kommissar hatte schon einen Zipfel der Decke in der Hand.

»Für deinen Chef, Oskar.«

»Der Kriminaldirektor? Wieso, der nimmt doch immer, was grad so rumsteht.«

»Zufällig kam er vorbei, als unsere Kollegen von der

Droge dieses schöne Wägelchen leergeräumt haben. Hatte wohl was am Funk gehört.«

»Koks?«

»Drei Zentner.«

»Wie viel?«, fragte Lindt ungläubig.

»Drei volle Zentner, alles in handliche Fünfkilotüten verschweißt. 30 mal 5 macht 150. Oben drauf zwölf Tüten Hundefutter.«

»Ein Tipp?«

Keil zuckte die Schultern. »Italienische Nummer, Fahrer aus Bulgarien, mehr weiß ich nicht.«

Lindt stand nach wie vor am selben Fleck und hielt sich am Zipfel des Baumwollstoffs fest.

»Willst du nicht drunter schauen?«, fragte Paul Wellmann.

»Alles will ich sehen!« Mit einem Ruck zog der Kommissar die ganze Stoffbahn von der Karosserie.

Glänzendes Schwarz schimmerte ihnen entgegen. »So was will unser Chef? Das fahren doch höchstens die Jungs aus dem Milieu. Viel zu unseriös für einen Kriminaldirektor.« Lindt ging nach vorne, streichelte über den verchromten, massigen Kühlergrill und tätschelte den Stern. »Eigentlich wollte ich schon ganz gerne wieder einen Franzosen, aber so eine alte S-Klasse …« Er öffnete die schwere Tür: »Und dann noch mit Leder und Schiebedach, das hat was.«

»Politisch korrekt ist der Achtzylinder aber nicht gerade«, kam von Paul Wellmann, der die Aufschrift ›420 SE‹ auf dem Kofferraumdeckel gelesen hatte. »Wenn du da Gas gibst, gurgelt der Strudel im Tank. Säuft Sprit ohne Ende.«

»Da kann ich euch trösten«, sagte Franz Keil. »Ist nur ein 300er drin. Erstzulassung in Düsseldorf. Man weiß ja, wie die Leute im Rheinland so sind. Angabe ist auch eine Gabe. Hauptsache, eine Nummer größer als die Karre vom Nachbarn.«

»Und wer sich's nicht leisten kann, montiert wenigstens ein anderes Typenschild«, kommentierte Lindt und dachte an den lahmen 250er Bauerndiesel im alten blauen Benz, der einst seinem Schwiegervater gehört hatte.

»So einer hier«, klopfte Paul Wellmann mit den Fingerknöcheln auf das solide, dicke Blech der Motorhaube, »so einer fährt entweder mit Chauffeur oder auf dem Kiez.«

»Oder bei der Mordkommission«, ergänzte Oskar Lindt und grinste aufs Mal richtig frech. »Das mit unserem Chef, das klär ich gleich.« Sprach's, angelte sein Handy aus der Tasche, jammerte dem Kriminaldirektor etwas von seinem auf grausame Weise zerstörten Citroën vor, überzeugte ihn schließlich, dass er als oberster Chef der Karlsruher Kripo niemals eine derart unmögliche Rotlichtkarre fahren könne – was würde auch die Frau Präsidentin sagen – und reichte das Handy kurz darauf an Franz Keil weiter.

Der antwortete nur mit »Ja … hmm, hmm … geht klar, ja. Er freut sich.« Daraufhin klappte er das Handy zu und gab es Lindt zurück.

»Wer freut sich?«, fragte der Kommissar.

»Du natürlich, aber auch unser Chef, wenn er dir auf deine alten Tage was Gutes tun kann.«

»Na, ein paar Jährchen haben wir beide schon noch«, antwortete Lindt und legte Paul Wellmann die Hand auf die Schulter. »Und ab jetzt werden wir sie in dieser alten, glänzenden, schwarzen S-Klasse verbringen.«

»Völlig unauffällig natürlich.« Paul kniff ein Auge zu.

»Ist doch kein Problem. Zum Observieren nehmen wir dann halt deinen Volvo.«

Lindts Autotick war bei der Karlsruher Polizei bekannt. Seit Jahrzehnten galt er bei der Fahrzeugstelle als Stammgast. Es konnte vorkommen, dass er mehrfach in der Woche vorbeischaute, um zu erfahren, welche Wagen gerade aktuell eingezogen worden waren, weil sie im Zusammenhang mit irgendwelchen Straftaten standen.

Bevor eine endgültige Verwertung bei der Fahrzeugversteigerung anstand, verordnete Lindt den interessantesten Modellen eine Ehrenrunde bei der Mordkommission. Die meisten Wagen behielt er nur ein paar Monate, der Citroën XM war mit drei Jahren eine echte Ausnahme gewesen. Nun folgte also ein Mercedes, S-Klasse, schwarz, Chauffeurslimousine? Vielleicht früher mal. Jetzt, mit 23 Jahren, eher eine Zuhälterkarre. Aber der dicke Benz gefiel ihm.

Solange Franz Keil provisorisch ein Funkgerät einbaute.

»Wenn du jetzt wieder häufiger wechselst, lohnt sich ein Festeinbau eh nicht«, wusste Keil.

Lindt begutachtete den schweren Wagen von allen Seiten, öffnete Kofferraum und Motorhaube, nahm auf den Lederpolstern Platz und öffnete das Schiebedach. »Ein wenig wie Cabrio«, sagte er zu Paul Wellmann – der meinte nur: »Rauchabzug.«

Es sah ganz so aus, als wäre nach dem Schock des frühen Morgens der Seelenfrieden des Leiters der Karlsruher Mordkommission wiederhergestellt. Zumindest, was das Thema Auto anbelangte – dem Thema Maiwald wollte sich Lindt postwendend mit neuem Wagen und neuem Schwung zuwenden. Dass die S-Klasse mit einem italienischen Nummernschild unterwegs gewesen war, nahm er als gutes Omen. »Der Wagen passt zu unserem Fall. Schade, dass er nicht auch noch grün ist.«

Auf der Rückfahrt zum Präsidium, die er durch einen Schlenker in die Pfalz auf mehrere genussvolle Stunden ausdehnte und bei der er sich mit seinem neuen Wagen und dessen offener Dachluke richtig gut anfreundete, kehrte der Kommissar innerlich nach und nach zum aktuellen Fall zurück. Entspannt glitt er zwischen Gemüsefeldern und Weinstöcken hindurch, hielt an einem urigen Gasthaus an, um sich eine Portion Saumagen zu gönnen, räucherte das edle Interieur der S-Klasse mit den duftenden Wolken aus seiner Pfeife ein und war schließlich ganz zeitvergessen irgendwann am Nachmittag wieder zurück im Präsidium.

Genau rechtzeitig, um mitzubekommen, was Jan Sternberg mit seiner nicht abgesprochenen Fingerabdruck-Sammlung erreicht hatte.

»Ergebnis gleich Null«, verkündete Ludwig Willms, der mit einem dicken Packen Papier gekommen war. »Nur einer dieser Abdrücke ist registriert, der von Fabio Gallo, und das wegen des Verdachts vor Jahren. Alle anderen sind sauber, nirgends auffällig gewesen.«

Lindts Augen verschmälerten sich zu Schlitzen. Er winkte seinem jungen Mitarbeiter, ihm nach hinten zu folgen, und schloss die Tür seines Büros. »Was hast du dir davon erwartet? Der Auftrag war nur, die Erinnerungen der früheren Maiwald-Mitarbeiter zusammenzutragen und nicht, sie gleich pauschal zu Verdächtigen abzustempeln.«

»Hätte ja sein können …«

»Was denn? Ein Zufallsfund vielleicht? Und dann? Hast du gedacht, damit ein Mafia-Nest in der Südstadt auszuheben?« Lindt begann, sich in Rage zu reden. »So eine plumpe Aktion! Jedes Kind konnte das durchschauen. Selbst wenn wir einen registrierten Abdruck hätten, was denkst du, wo der zugehörige Mensch jetzt wäre? Wartet schön brav in seiner Wohnung, bis wir ihn abholen?«

Der Kommissar war zunehmend lauter geworden und versuchte, tief durchzuatmen, um sich selbst wieder zu beruhigen. Es gelang ihm nur mühsam. »Wohin soll das führen, wenn alle hier solche Alleingänge machen? Das ist sicher nicht der Sinn von Teamarbeit. Wenn jemand eine gute Idee hat, wird sie gemeinsam besprochen und wir entscheiden zusammen, wie wir vorgehen wollen.«

Lindt fing einen kritischen Blick seines Mitarbeiters auf: »Ich kann mir schon denken, warum du so schaust. Im Zweifel, aber nur wenn wir nicht einig sind, muss eben einer entscheiden, und dieser eine, der bin nun mal ich.«

»Und wenn es funktioniert hätte?«

»Dann hätten wir jetzt eine Festnahme im Vernehmungszimmer sitzen und vom Staatsanwalt einen Mords-Rüffel auf unserem Schreibtisch liegen.«

Sternberg schaute schuldbewusst zu Boden, doch

Lindt war noch nicht fertig: »Und geh bloß nicht da raus und sag, das hättest du alles nur von mir gelernt.« Der Kommissar machte eine bedeutungsschwere Pause: »Du musst ja schließlich nicht dieselben Fehler machen wie ich, als ich in deinem Alter war.«

»Waren Sie nicht freiwillig …?«

»Nein, ganz und gar nicht. Wer geht schon ohne Not aus seiner Heimat weg? Die Jahre in Konstanz waren zwar ganz schön, aber … Ach, das erzähle ich dir ein anderes Mal.«

»Schade, Chef. Das hätte mich sehr interessiert.«

»Ich sag dir nur so viel: Wenn der Kriminaldirektor mal vorbeikommt, dir eine Stellenausschreibung von irgendwo in der Pampa unter die Nase hält und sagt: Wir erwarten, dass Sie sich darauf bewerben, dann ist es so weit.«

»Und wenn ich mich nicht bewerbe?«

»Wirst du versetzt. Baden-Württemberg ist groß. Kennst du das Allgäu? Den hinteren Odenwald? Die Ostalb oder gar den Hotzenwald?«

Sternberg machte große Augen: »Aber wir haben doch ein Haus hier und die Familie …«

»Aus dienstlichen Gründen sind Landesbeamte jederzeit versetzbar. Ich war damals zum Glück alleine, aber rein rechtlich gesehen hättest du keine Chance.«

»Wird er das jetzt machen, der große Chef?«

»In deinem Fall? Ich werde ihn nicht darum bitten.«

Sternberg sagte nichts, sondern schaute Lindt lediglich an.

»Mach dir keine Sorgen, Jan, das ist keine Drohung, aber du solltest die Grenzen kennen, vor allem die Grenzen der Eigenmächtigkeit. In dieser Richtung bin ich etwas dünnhäutig, denn auch ich möchte nicht bei ihm oben vorreiten müssen und peinliche Fragen gestellt bekommen.«

»Peinliche Fragen?«

»Wie bitte, Sie haben keine Ahnung, was Ihre Mitarbeiter machen?«

»Okay, Chef, verstanden. Kommt kein zweites Mal vor.«

»Versprochen?«

Sternberg streckte seine Hand aus: »Versprochen!«

Lindt drückte zu. »Einverstanden, erledigt. So, und jetzt komm wieder nach draußen. Ich habe nämlich eine Idee, die nicht ganz harmlos ist.«

11

»Wir brauchen Conradi, den KO-Bauer und unseren Obertechniker«, verkündete Oskar Lindt, setzte sich mit einem großen Milchkaffee neben Paul Wellmann und griff nach dem Telefon.

Er hatte Glück. Alle drei sagten zu, in einer halben Stunde zur Besprechung zu kommen.

Als Letzter stieß der Kurze, der kleine, sympathische Staatsanwalt Tilmann Conradi, zu der Runde. »Wer mich mit dem besten Kaffee des Präsidiums lockt, hat meistens Erfolg.«

Lindt persönlich goss einen frisch Gebrühten in die extra für ihn reservierte Tasse. »Sie haben den Nagel auf den Kopf getroffen, Herr Conradi. Genau darum geht es.«

»Um Kaffee?«

»Nein, ums Locken!«

»Wen wollen Sie locken? Weshalb, wie und wohin?«

»Uuh, das sind aber viele Fragen auf einmal«, stöhnte der Kommissar. »Also eines nach dem anderen. Bisher haben wir im Fall der vergifteten Brüder Maiwald zwar schon manches ans Tageslicht gebracht, allerdings nichts, womit wir einen konkreten Tatverdacht begründen könnten. Die Nichte und der uneheliche Sohn hätten durchaus ein Motiv, genauso wie die zwangsgeräumte Familie, aber es gibt keinerlei Indizien für eine auch nur entfernt gesicherte Beweisführung.« Lindt schaute in die Runde: »Sieht das jemand anders?«

Allgemeines Kopfschütteln.

Daraufhin fuhr er fort: »Aus diesem Grund sollten wir bei den Fakten ansetzen, die unsere emsige Kriminaltechnik …«

»Danke«, unterbrach ihn Ludwig Willms. »Vielen Dank für die Blumen, wir bekommen viel zu selten welche.«

»… die unsere fleißig und akribisch genau arbeitende KTU gesichert hat.«

»Sie meinen die DNA aus dem Abfluss«, stellte der Kurze fest.

»Exakt. Eine Spur, die in eine recht bedenkliche Richtung weist. Die Hinterlassenschaften von zwei Berufskriminellen, zwei Schwerverbrechern, in diesem Keller – was soll das bedeuten? Gibt es dunkle Flecke in der Vergangenheit der beiden alten Brüder? Worin waren sie verwickelt? Die sparsame, ja, geizige Spießigkeit – alles nur Fassade für einen Abgrund, in den wir noch gar nicht blicken können?«

»Was genau haben Sie vor?«, wollte Conradi wissen.

»Wir brauchen die Mithilfe der Abteilung für Organisierte Kriminalität.« Lindt schaute zu Frank Bauer, der wieder ein zum Platzen gespanntes Muskelshirt trug.

»Schieß los, Oskar, wir tun, was wir können.«

»Ihr müsst alle eure V-Männer anspitzen. Sobald in der OK-Szene Unruhe eintritt, brauchen wir blitzschnelle Meldung. Vor allem, falls einer im Begriff ist zu türmen.«

»Du meinst die Italos?«

»Genau, und dann brauchen wir noch euch, Ludwig. Auftritt Kriminaltechnik. Mindestens zwei Mann, Einsatzwagen, volle Montur, Tyvek-Anzüge, Untersuchungskoffer und so weiter.«

Willms antwortete: »Lass erst mal die Katze aus dem Sack. Was hast du vor? Das hört sich wieder ziemlich schräg an.«

Lindt ließ sich nicht beeindrucken und blickte jetzt zu Conradi. »Sie, Herr Staatsanwalt, haben den wichtigsten Part.«

Der Kurze riss erschrocken die Augen auf. »Action ist aber nicht so mein Metier.«

Lindt beruhigte ihn: »Keine Sorge, völlig ungefährlich. Sie werden …«

Gegen vier Uhr nachmittags gab es in der Karlsruher Oststadt einen gewaltigen Auflauf. Mehrere TV- und Hörfunk-Teams verstopften die Lachnerstraße, Zeitungsfotografen brachten ihre Apparate in Position und Kameraleute von RTL und SWR filmten ein großes, grün gestrichenes hölzernes Hoftor, vor dem sich der Leiter der Pressestelle der Karlsruher Polizei und der zuständige Staatsanwalt aufstellten, um ein Statement abzugeben. Oskar Lindt und Ludwig Willms flankierten die beiden, sollten jedoch lediglich für fachliche Nachfragen zur Verfügung stehen.

»Vor einigen Tagen«, begann der Pressesprecher, »geschah hinter diesem Tor hier«, er klopfte auf das Holz, »im Hof hinter dem Tor ein schweres Verbrechen. Die beiden Eigentümer dieses Hauses fielen einem heimtückischen Giftanschlag zum Opfer. Seither ermittelt die Mordkommission unserer Kriminalpolizei unter Hochdruck und konnte nun aufgrund aktueller Untersuchungsergebnisse einen entscheidenden Schritt nach vorne tun.« Mit den Worten »Das weitere Vorgehen wird der Herr Staatsanwalt erläutern«, übergab er an Conradi.

»Wir haben uns entschlossen, die Öffentlichkeit um ihre Mithilfe zu bitten, denn bei der eingehenden Untersuchung des Anwesens wurde ein weiterer Fund gemacht.« Er öffnete das Tor und zog das ganze Geschwader mit hinein in den Hof des Maiwald'schen Anwesens.

Hinter einem rot-weißen Absperrband parkte der hellgraue Transporter der Kriminaltechnik mit hochgestellter Heckklappe und offenen Schiebetüren, um den Kameras einen öffentlichkeitswirksamen Blick auf das teure Equipment zu ermöglichen. Drei Techniker in weißen Kapuzenoveralls trugen schwere Alukoffer nach hinten durch eine große, grüne Stahltür und kamen mit undurchsichtigen blauen Kunststoffsäcken – offensichtlich mit Inhalt – zurück, um sie in einer voluminösen Box am Heck des Transporters zu verstauen.

Conradi ließ der Pressemeute eine gute Viertelstunde Zeit, das Geschehen aus gebührendem Abstand festzuhalten, danach stellte er sich vor dem alten grünen Lastwagen der Baufirma Maiwald auf, um weitere Erklärungen abzugeben. »Unter diesem Lagerschuppen gibt es einen weitläufigen Keller. Dort wurden Teile einer weiblichen Leiche gefunden«, begann Conradi, und das war nicht einmal ganz gelogen, denn auf die Blutkoagel im Abfluss traf die Bezeichnung ›Leichenteile‹ durchaus zu – natürlich nur, falls der zugehörige Mensch auch wirklich tot war.

»Durch umfangreiche Spezialuntersuchungen, insbesondere durch die Analyse der vorgefundenen DNA, konnte die Identität der Person ermittelt werden. Es handelt sich um eine 47-jährige Frau aus dem Raum Mannheim, eine deutsche Staatsbürgerin italienischer Abstammung, der mehrere Tötungsdelikte zur Last gelegt werden. Unter anderem wird sie verdächtigt, vor mehreren Jahren einen italienischen Geschäftsmann in einem Nobelhotel im Schwarzwald heimtückisch ermordet zu haben. Direkt nach der Tat war die Frau untergetaucht und galt seither als verschollen.«

»Hat sie auch die beiden Hausbesitzer auf dem Gewissen?«, meldete sich der Reporter von RTL.

»Mit Sicherheit nicht, denn die vorgefundenen Überreste sind«, Conradi zögerte, »lassen Sie es mich so formulieren, älteren Datums.«

»Zerstückelt?«, wollte ein Redakteur der BILD-Zeitung wissen. »Zerhackt, zersägt, oder wie müssen wir uns das vorstellen?«

Conradis Gesichtsfarbe bekam einen leicht rötlichen Ton. »Sie sehen ja die blauen Tüten, die nach und nach aus dem Keller hochgebracht werden. Sie sehen auch die Gesichtsmasken, die die Kriminaltechniker tragen. Mit weiteren unappetitlichen Einzelheiten möchte ich Sie lieber verschonen. Ich selbst habe mich auch mit einer detaillierten Schilderung begnügt.«

»Unsere Leser sind hart im Nehmen«, antwortete der Journalist. »Sie dürfen ruhig präziser werden.«

Conradi schüttelte den Kopf: »Aus ermittlungstaktischen Gründen kann ich momentan leider nichts Genaueres preisgeben.«

»Lag die Person einfach so im Keller rum oder war sie versteckt, zugedeckt, in einer Kiste, in einem Schrank oder gar eingemauert, schließlich ist das hier ja eine Baufirma?«

»Auch dazu kann ich noch keine Details nennen, nur so viel: Nach dem Mord an den beiden Hausbesitzern wurde das gesamte Anwesen Zug um Zug durchsucht. Aufgrund der dabei gesicherten Spuren kam es zum Einsatz von speziellen Verfahren, die schließlich zu dem Ergebnis führten, das wir Ihnen heute vorstellen können.«

»Früher nahm man für so was einfach Suchhunde«, meldete sich der Korrespondent des Südwestrundfunks. »Welche Verfahren haben Sie hier angewandt?«

Hilfe suchend schaute Tilmann Conradi zu Ludwig Willms, der daraufhin einen Schritt nach vorne machte, um die Mikrofone erreichen zu können. »Wie der Herr Staatsanwalt bereits sagte – wir würden den Ermittlungserfolg gefährden, wenn wir Ihre Frage eingehend beantworten würden, deshalb bitten wir einfach um Verständnis, dass wir Sie noch ein wenig auf die Folter spannen müssen.«

»Stichwort Folter«, krähte der RTL-Reporter. »Konnten Sie feststellen, ob die Frau misshandelt wurde, gequält, geschlagen?«

»Das wird uns die Gerichtsmedizin nach Abschluss ihrer Untersuchungen berichten. So weit sind wir leider noch nicht.«

»Wozu machen Sie denn überhaupt einen Pressetermin, wenn die meisten Fragen unbeantwortet bleiben müssen? Nur um Ihren schönen Wagen und die Techniker in den weißen Anzügen vorzuführen?«, ereiferte sich der BILD-Redakteur. »So was kommt doch jeden Tag in der Glotze. Unsere Leser brauchen Fakten, Fakten, Fakten.«

»Die brauchen vor allem fette Überschriften«, raunte Oskar Lindt halblaut vor sich hin.

»Bitte etwas deutlicher!«

»Nichts zur Sache«, Conradi winkte ab. »Tut mir leid, dass wir nicht alles für die Öffentlichkeit freigeben können. Aber sehen Sie es positiv. Auch Ihr Publikum wird mit Spannung erwarten, wie sich dieser Fall hier fortentwickelt. Wir halten Sie auf dem Laufenden. Vielen Dank!«

Ein unwilliges Raunen ging durch die Reihen der Journalisten, doch nachdem sich der Staatsanwalt und die Polizeibeamten hinter die Absperrung zurückgezogen hatten, packten sie maulend ihr Equipment zusammen und räumten nach und nach den Hof.

»Der Oskar und sein vorlautes Mundwerk«, schimpfte der Pressesprecher und machte eine Kopfbewegung zu dem rundlichen Kommissar, der sich im Schatten des Vordaches an den alten Mercedes der Maiwalds lehnte und dringend eine Pfeife stopfen musste.

»Wieso, hat's etwa nicht gestimmt? Die wollen doch nur Sensationen, reine Effekthascherei, Hauptsache, die Auflage stimmt.«

»Hast du eine Ahnung, wie mühselig es ist, die Kontakte zu dieser Horde von Schreiberlingen zu pflegen? Meine tägliche Arbeit! Dieses Pflänzchen will dauerhaft gegossen und gehätschelt werden.«

Conradi gab ihm recht: »Nichts wäre schlimmer, als die Medien gegen uns zu haben. Polizeischelte, damit sind die Herrschaften gleich bei der Hand.«

»Immer kleine Häppchen füttern, das ist meine Devise«, sagte der Leiter der Pressestelle. »Auch, wenn die jetzt nicht zufrieden sind, war unser Auftritt ein Erfolg, denn wir haben sie neugierig gemacht. Wir wissen mehr als sie und das reizt die Meute.«

»Kleine Häppchen«, grinste Ludwig Willms. »Wenn die erst wüssten, was wir in den Tüten haben.« Er schaute in die Runde. »Na, wer will einen Blick auf die leckeren Leichenteile werfen?« Ohne eine Antwort abzuwarten, ging er voraus zum Transporter der KTU.

»Los, los, die Herren, nur nicht so zimperlich. Wer möchte als Erster dem Tod ins Auge blicken? Na, schon mal so was gesehen?« Willms holte einen der blauen Säcke aus der Box und stellte ihn auf den Boden. Mit flinken Fingern knüpfte er die Schnur auf und schlug den Rand zurück. »Bitte näher treten! Was steckt hier drin? Faulendes Fleisch? Millionen weißer Maden? Gestankwolken wie in der Kanalisation?«

Zögernd kamen die anderen heran. Conradi hielt bereits ein Papiertaschentuch in der Hand, um es sich bei Bedarf schnell vors Gesicht pressen zu können.

»Oh!«, kam es von Kommissar, Pressesprecher und Staatsanwalt wie aus einem Munde.

»Beziehungen sind alles, kann ich euch sagen.« Willms zog seine Mundwinkel wieder in die Breite. »Frisch aus dem Schlachthof, heute Morgen abgeholt, eine Ladung Kalbsknochen, jetzt fein verteilt auf 14 blaue Müllsäcke.«

Ein klickendes Geräusch vom Tor her ließ die vier zusammenfahren. Instinktiv fasste Willms die blaue Tüte am Rand und drückte sie zusammen. Gerade noch rechtzeitig, denn ein besonders vorwitziger Pressefotograf mit Kamera vor dem Gesicht kam eilig auf sie zu.

»Ein Blick da rein? Bitte«, bettelte er. »Das Bild des Jahres.«

Schnell schüttelte Conradi den Kopf. »Keinesfalls, tut mir leid. Was da drin ist, sieht so abstoßend aus …«, er machte eine theatralische Pause und drückte das Taschentuch auf seinen Mund, »das dürfte keinesfalls veröffentlicht werden – viel zu ekelerregend. Ihr Chefredakteur würde es ohnehin canceln.«

Mürrisch zog der Fotograf wieder ab.

»Das hätte ins Auge gehen können«, meinte Conradi.

»Glück gehabt, der hat nichts von meinen Kalbsknochen gesehen.«

»Machst du Brühe draus?«, wollte Lindt wissen. »Etwas Suppengrün rein, einmal aufkochen und dann langsam simmern lassen.«

»Flädlesuppe gefällig? Prima Idee, Oskar. Ab in die Kantinenküche.«

Den Abend verbrachte Hauptkommissar Oskar Lindt überwiegend vor dem Fernseher. Insgesamt fünf Mal schaute er sich in den RTL-Nachrichten und der Landesschau des SÜDWEST Fernsehen die Zweiminutenbeiträge aus dem Oststadt-Hof an.

Dabei stach es ihm immer mehr ins Auge: Grün! Die Farbe Grün dominierte ganz eindeutig in den Sendungen. Das Hoftor, der Lastwagen, die Stahltür, der Mercedes – ob die Farbe der Hoffnung die Kameraobjektive besonders angezogen hatte? Oder die Farbe der Gier?

»Meinst du, es bringt was?«, fragte Carla, als gerade wieder Tilmann Conradi gezeigt wurde, wie er die Taten der *Calabrone* im trockenen Amtsdeutsch – ›eine deutsche Staatsbürgerin italienischer Abstammung, der mehrere Tötungsdelikte zur Last gelegt werden‹ – beschrieb.

»Davon bin ich überzeugt. Zum einen sieht die Öffentlichkeit, dass wir schon gut vorwärts gekommen sind, und zum anderen haben wir zumindest die Chance, jemanden aufzuscheuchen.«

»Ob der euch dann auch ins Netz geht?«

»Das will ich hoffen. Zumindest, was die Zusammenarbeit mit Frank Bauer anbelangt, bin ich ganz optimistisch. Die ziehen voll mit und haben ein paar wirklich effektive Horchposten in der OK-Szene. Unser Erfolg wäre genauso ihr Erfolg.«

Ein sehr zweifelhafter Erfolg stellte sich in der Frühe des Dienstagmorgens ein: »Gut getroffen«, sagte die Bäckersfrau zu Oskar Lindt, als er Frühstücksbrötchen holen wollte, und deutete auf die Boulevardzeitung auf dem Ladentisch. »Was war denn jetzt wirklich drin?«

Der Kommissar merkte, wie sich ein Kloß in seinem Hals bildete und schnappte sich schnell ein Exemplar. Stöhnend trat er drei Schritte zurück und sank auf den Stuhl, der eigentlich für gehbehinderte Menschen in der Ecke stand.

Das war der GAU, der Mega-GAU! Unglaublich! Er zitterte, als er das Blatt in der Hand hielt und las: ›So führt die Polizei die Presse hinters Licht: Frische Kalbsknochen als alte Leichenteile deklariert!‹ Darunter ein Foto, auf dem Conradi, Lindt, Willms und der Pressesprecher zu sehen waren, wie sie alle interessiert in einen blauen Müllsack schauten. Keine Spur von Ekel in den Gesichtern, stattdessen ein besonders breites Grinsen des KTU-Chefs!

Verheerend, wie konnte das geschehen?

Damit, und das wurde Lindt im selben Moment schlagartig bewusst, damit war der Täuschungsversuch offensichtlich und möglicherweise der ganze Plan zerstört.

Falls die Berichte tatsächlich einen aus der OK-Szene aufgeschreckt hätten, würde der sich jetzt ins Fäustchen lachen und schön gemütlich in Deckung bleiben.

Der Kommissar las den Artikel mehrmals durch. Besonders die Bildunterschrift eines Fotos war fatal. Der KTU-Transporter war darauf von hinten zu sehen, wie er gerade durch das breite Tor in den Hof des Polizeipräsidiums bog. ›Befindet sich die Rechtsmedizin seit Neuestem in der Beiertheimer Allee oder werden hier Lebensmittel für die Polizeikantine angeliefert?‹

Woher, zum Kuckuck, wusste der Verfasser dieses Artikels, dass Kalbsknochen in den blauen Säcken waren? Ein Maulwurf im Kantinenpersonal? Umgehend würde er sich die Mitarbeiter vorknöpfen.

»Vier Brötchen und dieses Blatt hier!«, bestellte Lindt und knallte die Zeitung auf die Ladentheke. Sein Gesichtsausdruck war dabei anscheinend so abschreckend, dass die Bäckersfrau nicht wagte, ihre Frage erneut zu stellen.

»Da ist wohl was gründlich in die Hose gegangen«, hörte der Kommissar nur noch halblaut, als er im Hinausgehen die Ladentür schon fast wieder hinter sich geschlossen hatte.

»Oh, oh«, war Carlas Reaktion beim Frühstück, aber nachdem Oskar verbissen geschwiegen hatte, blieb es bei diesen Worten zum Thema Zeitungsbericht.

Ganz anders um halb acht im Präsidium. Auch Ludwig Willms hatte irgendwie von der Panne erfahren und kam dem Kommissar bereits auf dem Flur entgegen. Genauso wie Frank Bauer, der mit einer unter den Arm geklemmten Zeitung um die Ecke bog. Gemeinsam traten sie in das Büro, wo Paul Wellmann und Jan Sternberg mit bedenklicher Miene an ihren Schreibtischen saßen.

»Wir sind zum Gespött der ganzen Karlsruher Polizei geworden!«, polterte KO-Bauer los.

»Karlsruhe? Quatsch, darüber lacht ganz Deutschland. Von Flensburg bis nach Mallorca«, ereiferte sich der KTU-Chef, der auf dieser Mittelmeerinsel vor Kurzem wieder eine Triathlon-Trainingswoche eingelegt hatte.

»Wieso konnte dieser Fotograf überhaupt in den Hof gelangen? Hattet ihr nicht einen eingeteilt, der am Tor stehen sollte?«

Dabei schaute er zu Jan Sternberg, der empört in die Höhe schoss. »Immer der Jüngste, dem schiebt man natürlich die Schuld in die Schuhe. Ich hab dafür gesorgt, dass alle zügig rausgingen. Was kann ich dafür, dass dieser Knipser wieder reinkam? Und überhaupt«, Sternberg pochte auf das großformatige Foto der Titelseite, »ohne dein blödes Grinsen hätte er bestimmt keinen Verdacht geschöpft.«

Willms stellte sich beleidigt ans Fenster und fauchte: »Soll ich jetzt auch noch schuld sein, dass meine Männer sich im Transporter haben verfolgen lassen? Wer hatte denn überhaupt die Idee mit der Kantine? Das warst doch du, Oskar. Denkst immer nur ans Essen, typisch.«

»Es ist einfach zum Kotzen!«, schlug Lindt mit der Faust auf den Tisch. »Jetzt fangen wir auch noch an zu streiten, anstatt zu überlegen, wie wir wieder aus dem Schlamassel herauskommen.«

»Herauskommen? Ha!«, lachte Willms. »Als Erstes müssen wir wohl alle hochkommen!« Er zeigte auf das Telefon. »Jede Wette, dass die Chefetage gleich anruft.«

»Dumm, dass ich ihm ausgerechnet das Auto abgeschwatzt habe«, brummte Lindt und holte die Kaffeekanne aus der Maschine. Seine Tasse war erst halb voll, als die Tür aufflog und der Kriminaldirektor in Begleitung von Staatsanwalt Conradi hereinkam.

Schlagartig verstummten alle Gespräche und selbst Lindt stand wie versteinert da.

»Gibt's für uns auch einen?«, fragte der Direktor, zeigte auf die Kanne in Lindts Hand und nahm sich eine Tasse vom Kühlschrank.

»Dumm gelaufen«, sagte der Staatsanwalt.

»Total dumm«, gab ihm der Chef recht.

»Saudumm!«, brummte Lindt und versorgte alle mit Kaffee.

»Die undichte Stelle in der Kantine werde ich persönlich rausfinden«, verkündete der Leiter der Karlsruher Kripo. »Und um die Zeitung kümmert sich der Pressesprecher. Dem werden schon ein paar passende Sätze einfallen. Ansonsten will ich den Ball so flach wie möglich halten. Auf diesen Misthaufen«, er zeigte auf die Zeitung, »möchte ich nicht noch einen größeren draufsetzen.«

Ein hörbares Aufatmen ging durch den Raum.

»Das ist aber kein Grund «, drehte sich der Direktor in der Tür noch einmal um, »jetzt die Hände in den Schoß zu legen. Was uns am ehesten aus der Schusslinie bringt, sind Erfolge, schnelle Ermittlungserfolge. Also, meine Herren, strengen Sie sich an!«

»Der hat gut reden«, meinte Paul Wellmann, sobald der Chef außer Hörweite war. »Jetzt können wir wieder von vorne anfangen. Unser ganzer Plan ist zunichte gemacht.«

»Ein Lehrstück in Sachen Presse. Wir wollten sie instrumentalisieren, für unsere Zwecke einsetzen, und was ist daraus geworden? Das genaue Gegenteil!«, versuchte der Kurze eine Analyse der Vorkommnisse.

In diesem Moment klingelte das Handy von Frank Bauer. »Was? … Echt? … Dranbleiben! Danke!« Er legte auf. »Die Ratten verlassen das Schiff.«

»Wen meinst du mit diesem Kosenamen?«, wollte Lindt wissen.

»Die beiden alten Gallos, Giuseppe und Carlo, sind gerade in ein Taxi gestiegen. Jeder mit einem dicken Koffer. Meine Leute folgen ihnen.«

»Wieso lässt du die observieren?«

»Ganz einfach, Oskar, eines meiner Vöglein hat mir was ins Ohr gezwitschert, gestern Abend nach den Fernsehberichten. Seither habe ich zwei Wagen in der Südstadt stehen. Davon konnte ich euch nur noch nichts berichten, weil …«, er zeigte nach oben, »… weil die Führung uns beehrt hat.«

»Soso, ein Vöglein hat dir was geflötet. Und was denn, wenn ich fragen darf?«

»Es war die Nachtigall und nicht die Lerche.«

»Bitte? Shakespeare? Romeo und Julia?«

»Soll heißen, nicht die jungen Italos, sondern die alten wurden plötzlich sehr nervös.«

»*Calabrone?*«

»Sonst kann ich mir nichts vorstellen.« Er wandte sich an Conradi: »Ich hatte Sie ja ausdrücklich gebeten, diesen Namen nicht zu erwähnen, aber Ihre Umschreibung der Frau hat anscheinend genügt, um die richtigen Leute in Unruhe zu versetzen.«

»Dann könnte es also sein, dass diese Varese tatsächlich tot ist«, überlegte Lindt. »Unser Schuss ins Blaue hat ins Schwarze getroffen.«

»Wenn sie noch leben würde, gäbe es sicherlich keine derart überstürzte Abreise.« Bauer klopfte mit einem Kugelschreiber auf die Zeitung. »Diese fette Überschrift hier haben sie aber bestimmt noch nicht gelesen. Könnte unser Glück sein.« Sein Handy meldete sich schon wieder.

»Die beiden stehen jetzt im Hauptbahnhof in der Schlange vor dem Reisezentrum. Einer von uns direkt dahinter.«

»Abwarten, wohin sie wollen«, meinte Lindt.

Vier Minuten später kam der nächste Anruf: »Zweimal Singen. Sie gehen gerade zum Bahnsteig. Die Schwarzwaldbahn fährt in zehn Minuten.«

»Singen ist Umsteigestation in die Schweiz. Zürich, Gotthard, Italien. Jede Wette, die wollen sich in die Heimat absetzen.«

»Also nehmen wir sie hopps?«, fragte Bauer, und Lindt stimmte zu: »Aber nicht festnehmen, nur zu einer wichtigen Zeugenaussage ins Präsidium holen.«

Die vier Beamten der Abteilung für Organisierte Kriminalität leisteten ganze Arbeit. Bevor die beiden grauhaarigen Italiener auf Gleis 6 des Karlsruher Hauptbahnhofes die roten Panorama-Doppelstockwagen der Schwarzwaldbahn Karlsruhe–Konstanz besteigen konnten, wurden sie freundlich, aber bestimmt gebeten, die Abfahrt für eine Weile zu verschieben. Giuseppe und Carlo Gallo durften in verschiedenen Wagen mitfahren und auch im Präsidium in getrennten Verhörzimmern Platz nehmen.

»Ach, Sie stecken dahinter«, sagte Giuseppe, als er Oskar Lindt wiedererkannte. »Ich habe Ihnen doch letzte Woche im Treppenhaus schon alles erzählt.«

»Tut mir wirklich leid wegen der verpatzten Reise, aber wir brauchen dringend einige Angaben von Ihnen. Wo sollte es denn hingehen? In die Heimat?«

Gallo nickte. »In Karlsruhe wohnen wir, aber in Italia wohnt unser Herz. Wir wollen hin wegen unserer Schwester Carmina. Der geht es nicht gut.«

»Ja, ja, die Familie. Ist Ihre Schwägerin auch unten?«

»Schon seit drei Wochen. Wir wollen dann zusammen wieder zurückfahren.«

Lindt entschied sich für Frontalangriff. Er schoss in die Höhe, beugte sich blitzschnell über den Tisch, sodass sich seine und Gallos Nase fast berührten, und zischte: »*Calabrone!*«

Erschrocken wich der Italiener zurück, doch Lindt hatte die Bewegung seiner Pupillen bemerkt. Nur den Bruchteil einer Sekunde lang, aber es war da gewesen, das Flackern. Der Kommissar hatte es gesehen und es reichte ihm. »Wie haben Sie sie umgebracht?«

Gallo war erstarrt, deshalb dauerte es einen Tick zu lange, bis er stammelte: »Was … ich?«

»Ja, genau, Sie, wer sonst? Waren Ihre Brüder auch dabei?«

»Wobei?«

»Jeder hinterlässt Spuren. Manche kann man erst auswerten, wenn die Technik neue Entwicklungen gemacht hat. Heute sind wir so weit.«

Gallo brachte den Mund vor Entsetzen nicht mehr zu.

»Sie haben die Frau nur weggeschafft, stimmt's?« Lindt beugte sich immer noch über den Tisch. Er sprach leise, aber scharf, messerscharf. »Oder haben Sie sie erstochen? Mit ihrem eigenen Stilett? Direkt ins Herz? Zack, Herzstillstand, Ende!«

Der Kommissar packte den Tisch, hob ihn blitzschnell hoch und ließ ihn wieder zurück auf den Boden knallen. »Wer war es? Sie? Carlo? Oder Vittorio? Ist er deswegen untergetaucht?«

»Wir wissen nicht, wo …«, stammelte Giuseppe Gallo und seine Augen traten immer mehr aus ihren Höhlen.

»Tun Sie nicht so unschuldig! Raus mit der Sprache!«

Der Italiener sank in sich zusammen.

»Unsere Technik braucht höchstens noch drei Stunden.« Lindt war mit drei Schritten an der Tür. »Speichelprobe!«, rief er hinaus und ließ sich zurück auf den Stuhl fallen. »Ihr Bruder hat schon eine abgegeben.«

Sichtbare Panik ergriff Giuseppe Gallo. »Bitte, ich weiß wirklich nicht …« Weiter kam er nicht, denn Jan Sternberg trat ein, mit einem Probenröhrchen bewaffnet.

Lindt hob die Hand. »Warte noch!« Dann sah er Gallo an: »Wir können auch darauf verzichten.«

Der Angesprochene antwortete nicht. Sein Gesicht wurde plötzlich kalkweiß. Schweiß trat auf die Stirn. Dicke Tropfen. Die Augen verdrehten sich. Lindt sah nur noch das Weiße. Daraufhin sackte Gallo in seinem Stuhl zusammen. Die Arme hingen schlaff herunter.

Sternberg war mit einem Satz bei ihm, fasste an den Hals. »Puls ist da.«

»Hol den Liegestuhl aus meinem Büro.«

Der Italiener riss die Augen wieder auf, bewegte die Lippen, tonlos.

»Ist Ihnen nicht gut? Wollen Sie sich hinlegen?«

Sternberg kam zurück und schlug die Liege auf.

»Bitte«, sagte Lindt. »Sie dürfen.«

Gallo reagierte nicht. Er klappte die Augen wieder zu und ließ den Kopf auf die Brust sinken.

»Wieso soll ich?«

»Wer sonst?«, antwortete der Kommissar. »Wer sonst, sagen Sie es mir!«

»Ich … ich …«, stammelte Gallo.

»Wenn Sie uns weiterhelfen, wirkt sich das mildernd auf die Strafe aus. Auf jetzt, wer hat's getan? Die Kollegen im Labor sind heute sehr schnell. Wenn die mit den Ergebnissen kommen, brauchen Sie nichts mehr zu gestehen. Dann ist es zu spät.«

»Oskar, kommst du mal?«, tönte die Stimme von Frank Bauer durch den Lautsprecher.

Lindt drückte die Taste am Mikrofon. »Hat er gesungen?« Er ging zur Tür. »Jan, bleib hier, falls auch er sein Gewissen erleichtern möchte.« Der Kommissar griff nach der Klinke und drehte sich noch einmal um: »Wir haben Zeit, viel Zeit, Mord verjährt nicht.«

12

»Sieht nicht gut aus«, runzelte KO-Bauer die Stirn. »Kein Ton, nichts. Omertà!«

»Was?«

»Schweigen, Oskar, das Gesetz des Schweigens. Wer singt, verliert die Zunge.«

»Oder den Kopf.« Lindt tupfte sich die Stirn trocken, griff nach einer Wasserflasche und betrachtete den grauhaarigen Italiener durch die verspiegelte Scheibe. Unbeweglich saß er da, seinen Kopf wieder auf der Brust.

»Nicht zu bluffen«, meinte Bauer. »Sein Bruder Carlo auch nicht. Kein Ton ist aus dem herauszubringen.«

»Unschuldig oder Profis? Was sagen deine Informanten?«

»Leider nichts Konkretes. Irgendwie gehören diese Gallos anscheinend mit zur Szene, aber wie aktiv die sind, das war bisher nicht rauszufinden.«

»Du meinst, alle wissen, aber nicht alle stechen?«

»Exakt. Omertà. Schweigen.«

»Hier ist aber Karlsruhe, nicht Süditalien.«

»Das denkst du, Oskar. Die 'Ndrangheta-Clans interessiert das nicht. Kalabrien ist überall. Besonders in der Südstadt. Wer auspackt, stirbt.«

»Jetzt übertreib nicht. Nicht alle Südstadtindianer mit italienischen Wurzeln gehören gleich zur Mafia.«

»Du hast recht, Oskar, nicht nur die mit italienischer Abstammung.«

»Das hab ich anders gemeint.«

»Ich nicht. Wir sehen immer nur die Spitze des Eisbergs. Manchmal sehen wir ihn auch gar nicht. Dann, wenn keiner das Maul aufmacht. Keiner von denen, die jeden Tag ganz normaler Arbeit nachgehen. Keiner von denen, die sich als harmlose Familienväter tarnen. Keiner von denen, die jahrelang ganz unauffällig sind.«

»Und irgendwann den Ziegelstein fallen lassen?«

»Zum Beispiel. Das tun sie dann in Frankfurt, Köln oder Brüssel. Mit Alibi in Karlsruhe. Ohne handfeste Indizien heißt es nach spätestens 48 Stunden: Tschüss! Freilassen! Was denkst du, wie oft wir das schon mitgemacht haben? Und hier, bei diesen beiden Grauen, wird es nicht anders sein, das prophezeie ich dir. Es ist einfach zum Kotzen! Immer wieder zum Kotzen!«

»Carlo und Giuseppe Gallo waren bisher nie im Verhör, zumindest nicht in Deutschland«, sagte Paul Wellmann, der gerade hereingekommen war.

»Entweder haben sie sich halt noch nicht erwischen lassen oder sie sind nur Mitläufer, kleine Rädchen, Randfiguren, was weiß ich«, ruderte KO-Bauer mit seinen überdimensional bemuskelten Armen durch die Luft. »Vielleicht bin ich auch einfach schon zu lange in der OK. Beim kleinsten Spaghetti sehe ich gleich rot.«

»Blutrot«, sagte Lindt und nahm einen weiteren Schluck aus der Flasche. »Wenn die einen Anwalt kommen lassen und der die Story in der BILD gelesen hat, müssen wir die beiden sowieso gleich wieder laufen lassen.«

»Los, frei, ab nach Italien. So geht es meistens. Wenn es zu eng wird, tauchen die Brüder ab. In Kalabrien gibt es ein Dorf. Arm, unscheinbare Häuser, zumindest von außen. Innen wahre Paläste und das ganze Kaff voller Geheimtüren und unterirdischer Gänge. Ideal, um unterzutauchen.«

»Ich glaube, du siehst zu viel fern.«

»Genau, zu viel von Richtern, die trotz einer Brigade von Leibwächtern mit Kopfschuss neben ihrem Alfa zusammensacken, und von Staatsanwälten, die im Dienst-Fiat in die Luft fliegen. Dieses ganze Geflecht ist eine Hydra. Wenn du einen Arm abschlägst, wachsen gleich in der nächsten Sekunde zwei neue nach. Oskar, ich nehm dich gerne mal mit auf unsere internationalen Fortbildungen. Was du dort zu hören bekommst, ist schlimmer als jeder deiner übelsten Träume.«

»So langsam glaube ich, wir stecken auch schon mit in diesem Sumpf.«

»Voll im Nebel und voll im Sumpf. Streck deine Arme aus und versuch, was zu greifen. Du hast die Hände voll. Voll mit Schlick, voll mit Moor und Modder, und wenn du sie zumachst, die Hände, wenn du was festhalten willst, was hast du dann? Nichts, nichts, nichts! Alles schlüpft dir zwischen den Fingern durch.«

»Dann lassen wir diese beiden am besten sofort wieder laufen und legen die Akte zu den anderen unaufgeklärten Fällen?«

»Na, so sehr wollte ich euch jetzt auch nicht entmutigen«, meinte Bauer. »Ein paar Erfolge gibt es hier und da schon noch. Sonst könnte ich meine Abteilung ja gleich dichtmachen und bei der Verkehrspolizei anfangen.«

»Also, was schlägst du vor? Womit könnten wir sie unter Druck setzen? Welche Fußangeln könnten wir ihnen legen?«

»Hat die KTU ihr Gepäck schon durchsucht?«

»Die beiden dicken Koffer? Nein, die stehen noch bei mir im Büro.«

»Na, dann wird's aber Zeit, Oskar. Ich bin überzeugt, da findet sich was.«

Lindt runzelte die Stirn: »Und was, bitte, was vermutest du da drin?«

»Dasselbe wie im Abfluss.«

»Was? DNA-Material von dieser Varese? Wie soll denn das da reinkommen?«

Bauer lächelte süffisant. »Ist doch völlig egal, wie es da reinkommt. Viel wichtiger ist, dass der Willms es da drin findet.«

»Hä?«

»Mann, Oskar, bist du schwer von Begriff. Du brauchst einen Grund, die beiden hier vorerst festzusetzen, und die KTU soll ihn dir liefern. Das gleiche Formular wie beim Abfluss-Fund, nur ein paar kleine Anpassungen – fertig ist der Haftgrund.«

»Sag mal, spinnst du?« Lindt explodierte. »Ich soll denen was unterschieben? Du hast ja nicht mehr alle Tassen im Schrank.«

»Wieso? Nur ein kleiner Trick, um uns Zeit zu verschaffen. Wir können einen Erfolg melden und die Szene ist noch mehr in Aufruhr.«

»Noch nie«, rang Lindt nach Luft, »noch gar nie habe ich jemandem etwas Falsches angehängt. Fallen stellen, okay, Köder auslegen auch, aber das, das … das sind ja …«

»Mafiamethoden, Oskar, sag es ruhig. Aber denk dran, nur mit ihren eigenen Waffen können wir sie schlagen.«

»Ausgeschlossen! Nicht mit mir und nicht mit meiner Abteilung.«

»Bitte, dann lass sie eben laufen. Mein Fall ist es ja nicht. Ich wünsch dir schon jetzt viel Spaß, wenn sie in ihrer Heimat für ein paar Jahre untertauchen.« Frank Bauer knallte die Tür hinter sich zu und ließ seine Kollegen sprachlos zurück.

Paul Wellmann fand als Erster wieder Worte: »Ob der das bereits öfter so gemacht hat?«

Lindt schüttelte den Kopf: »Unglaublich, dieser Vorschlag. Und ich mach mir schon ein Gewissen bei unserem inszenierten Leichenfund.«

»Bin gespannt, wie unsere Pressestelle das der Öffentlichkeit verkauft. Jeder Trick ist so lange gut, wie er nicht entdeckt wird, und wir haben dieses Mal voll daneben gelangt.«

»Wir wollten Bewegung in die Italiener bringen und das ist uns gelungen.« Lindt schaute durch das Fenster in den Verhörraum: »Der sitzt seit einer Viertelstunde völlig unbeweglich auf seinem Stuhl und lässt den Kopf hängen. Ist das die Taktik der Mafiosi – tot stellen, wenn du erwischt wirst?«

»Sollen wir zusammen reingehen und Guter Bulle – böser Bulle spielen?«

»Bei dem bringt das nichts, Paul. Entweder er ist ein

Profi, dann lässt er alles an sich abprallen, oder er ist unschuldig, dann kann er uns nichts sagen.«

»Merkwürdig, dass er bisher nach keinem Anwalt verlangt hat. Sag mal, atmet der überhaupt noch?« Mit einem Satz war Wellmann an der Tür, drückte die Klinke herunter und stürzte in den Raum, Lindt hinterher.

Ein Ruck ging durch Giuseppe Gallo. Verwirrt schlug er die Augen auf und hob den Kopf. »Entschuldigung, ich muss wohl …«

Die Kommissare schauten sich an. »Das hätte uns gerade noch gefehlt«, kam es von beiden wie aus einem Mund.

»Wollen Sie einen Anwalt anrufen?«, fragte Lindt.

»Anwalt, wieso? Ich möchte jetzt wieder gehen.«

»Ein paar Fragen müssten Sie uns vorher schon noch beantworten.«

»Bitte, fragen Sie.«

In diesem Moment läutete Lindts Handy. »Sekunde«, sagte er und ging zwei Schritte zur Seite. »Privat.«

»Na, was gibt's?«

Carlas Stimme tönte an sein Ohr. »Kannst du mal kommen?«

»Wir sind grad mitten …«

»Dienstlich«, schnitt sie ihm das Wort ab. »Dringend!«

»Wieso?«

»Frag nicht so blöd und komm. Komm, so schnell du kannst. Es summt.«

»Bitte? – Aufgelegt. Carla sagt, ich soll schnell kommen, dienstlich. Irgendetwas summt.«

»Carla weiß, was sie tut«, entgegnete Paul Wellmann. »Lass uns zusammen fahren.«

»Leider müssen Sie noch etwas hierbleiben«, drehte sich Lindt zu Giuseppe Gallo und verließ zusammen mit Paul Wellmann den Verhörraum, ohne eine Antwort abzuwarten.

Im Laufschritt eilten sie die Treppe hinunter und in den Hof. Verdutzt blieb Lindt stehen. »Wo …?«, daraufhin schlug er sich gegen die Stirn. »Jetzt hab ich doch tatsächlich den Roten gesucht.«

»Du kommst nur schwer von ihm los«, stellte Paul fest und stieg auf der Beifahrerseite in den blauschwarzen Mercedes. »Ich sag nur Trauerjahr. Du bist noch nicht frei für eine neue Bindung.«

Lindt schaute seinen Kollegen von der Seite an, solange er den Zündschlüssel drehte: »Seid ihr jetzt alle meschugge geworden? Bei Carla summt's und du schwallst was von einem Trauerjahr?«

»Vergiss es, Oskar«, lehnte sich Wellmann in das weiche Lederpolster zurück und drückte die Taste für das elektrische Schiebedach, um die drückende Hitze hinauszulassen.

Ohne Blaulicht, aber mit deutlich zu hoher Geschwindigkeit trieb Oskar Lindt den 300er mit dem angeberischen 420er-Schild auf der Kofferraumklappe in die Waldstadt.

Nach sieben Minuten hatten sie bereits ihr Ziel erreicht.

»Willst du den Neuen tatsächlich hier vor deiner Garage abstellen?«

Lindt schloss das Schiebedach: »Kein Gewitter im Anzug.«

Dann eilten die Kommissare zur Haustür. Carla hatte sie kommen sehen und drückte den elektrischen Öffner. Oben an der Treppe erwartete sie die beiden schon in der Wohnungstür. »Küchentisch«, sagte sie und setzte hinzu, »seid vorsichtig.«

Auf der Resopalplatte lag ein gepolsterter brauner Umschlag. Daneben ein weißes Blatt und eine Streichholzschachtel.

»Wollt ihr euch keine Handschuhe anziehen? Es reicht doch, wenn ich das angefasst habe.«

Lindt tat wie geheißen und nahm sich den weißen DIN-A4-Bogen. Dabei stieß er mit dem Knie leicht an ein Tischbein und zuckte zurück. Aus der Streichholzschachtel ertönte ein bedrohliches, tiefes Summen.

»Oskar, lass zu«, kam von Paul Wellmann. »Ich kenn den Ton.«

»Calabrone?« Lindt hielt das Papier in die Höhe: ›Lass die Toten ruhen!!!‹ war mit breiter Computerschrift darauf zu lesen.

»Paul, was ist da drin?«, wollte Carla wissen. »Der Umschlag stand aufrecht an unserer Wohnungstür, als ich von der Arbeit heimkam.«

»Du isst ja jeden Morgen den Honig von meinen Bienen, also kannst du dir denken, dass ich mich mit diesen kleinen Viechern auskenne. Aber was da drin summt, ist keine Honigbiene, keine Wespe und auch kein verspäteter Maikäfer. So tief und bedrohlich summt nur eine Hornisse.«

Carla machte einen Schritt zurück. »Wehe, du machst auf. Die Viecher sind doch gefährlich.«

»Ach was, alte Ammenmärchen. Sieben Stiche ein Pferd und so. Problematisch wird's nur, wenn du allergisch bist. Was aus dem Stachel kommt, ist auch nicht gefährlicher als Bienengift, und davon bekomm ich schon ab und zu eine Dosis ab.«

Wellmanns Versuch, Carla Lindt zu beruhigen, hatte nicht den gewünschten Erfolg. »Oskar, wer schickt uns eine Hornisse? Hat das was mit eurem Fall zu tun? Mit den toten Maiwalds? Mit den Leichenteilen, die keine waren?« Ihre Stimme wurde schriller: »Oskar, sag doch was! Die wissen, wo wir wohnen. Wie kommen die hier ins Haus?«

Lindt öffnete das Fenster. »Luft, ich brauch Luft. Es ist so stickig hier.«

»Lenk nicht ab! Von wem kommt das?«

Der Kommissar hob die Schultern. »Eine Warnung, eindeutig.«

»Stecken diese Italiener dahinter?«

»Gib mal einen großen Gefrierbeutel.«

»Bitte«, sagte Carla und ging zum Küchenschrank.

»Ludwig muss das untersuchen«, sagte Oskar und steckte Umschlag, Blatt und summende Streichholzschachtel vorsichtig in die Tüte.

Durch die Klarsichtfolie konnte man jetzt die Vorderseite des Umschlages erkennen. ›LINDT‹ stand mit großen, fetten Filzstiftlettern darauf geschrieben.

Carla zeigte darauf: »Schwarz! Schwarze Buchstaben! Oskar, mir ist nicht wohl.«

»Schließ ab, wenn wir draußen sind. Oder willst du mitkommen?«

»Lass die Toten ruhen! Kannst du das machen? Vielleicht lassen sie uns dann auch in Ruhe?«

»Wer? Die Toten? Das da hat uns sicher ein Lebender vor die Tür gelegt.« Er gab Carla einen flüchtigen Kuss. »Und wir kriegen ihn!«

»Womit kann ich dieses Mal dienen? Vielleicht wieder ein Pressetermin gefällig?« Ludwig Willms' Gesichtsausdruck spiegelte nicht gerade die helle Freude wider, als er seine beiden Kollegen ins Labor kommen sah. »Die Koffer haben wir übrigens noch in Arbeit. Fast nur Klamotten drin. Und die Speichelproben der beiden Italiener sind ebenfalls in der Mache.«

»Fleißig, fleißig. Du siehst, wir bemühen uns immer sehr, dass es dir nicht langweilig wird«, sagte Lindt und schwenkte die Gefriertüte. »Dieses Mal keine Leichenteile, sondern etwas sehr Lebendiges.« Er zog sich wieder Handschuhe an und legte Umschlag, Blatt und Streichholzschachtel von Willms auf die Edelstahlarbeitsplatte des Labortisches. Daraufhin nahm er die kleine Box, öffnete einen winzigen Spalt und streckte sie dem KTU-Chef ruckartig hin. Das Summen klang auf einmal noch lauter und richtig bösartig. Zwei lange Fühler tasteten sich aus dem Spalt, für den Rest reichte der Platz nicht.

Willms schreckte zurück. »Was soll das für'n Vieh sein, da drin?«

Paul Wellmann war nicht so zimperlich und nahm seinem Kollegen die Schachtel aus der Hand. »Hol mal die Glasflasche da drüben, ja, die mit den schrägen Seiten und der kleinen Öffnung.«

»Das nennt sich Erlenmeyerkolben«, schulmeisterte Willms und griff sich das Teil.

Wellmann hielt die geschlossene Streichholzschachtel vor das Loch und nickte zufrieden. »Passt. So, jetzt dreh ihn um, deinen Kolben. Öffnung nach unten.«

»Was hast du vor?«

»Abwarten. Vor allem gut festhalten und nicht erschrecken.«

Willms stellte den Glasbehälter auf den Kopf und fasste ihn mit beiden Händen.

Extrem vorsichtig hielt Wellmann die Streichholzschachtel an die Öffnung und schob sie Millimeter für Millimeter auf. Erst tauchten wieder die Fühler auf, dann der gelbe Kopfschild mit den kräftigen Beißwerkzeugen und schließlich zwängte sich das ganze Insekt samt seinem gelb-braun gestreiften Hinterleib nach draußen und blieb auf dem Rand der Schachtel sitzen.

»Voilà, gestatten, Calabrone. Muss sich erst an die Helligkeit gewöhnen«, sagte Paul und schnippte mit dem Zeigefinger gegen den Karton. Wie eine kleine Propellermaschine brummte die Hornisse nach oben in den umgedrehten Glaskolben hinein. Blitzartig hielt Wellmann die Schachtel über die Öffnung. »So, jetzt einen Korken.«

Willms reichte ihm einen geschliffenen Glasstöpsel, in den eine kleine Röhre eingelassen war. »Mit Luftloch, bitte sehr.«

Schachtel weg, Stöpsel rein. Die beiden Kriminalbeamten waren flinker als das Insekt.

»Uff«, atmete der KTU-Chef auf, doch Wellmann meinte bloß: »Sticht nur, wenn sie sich bedroht fühlt.«

»Trotzdem will ich sie nicht hier in meinem Labor fliegen lassen.«

»Untersuchen musst du sie aber später schon noch.«

»Bestimmt nicht lebendig. Etwas Äther durch das Röhrchen und die Sache ist erledigt.«

»Zuerst brauchen wir sie lebendig«, verkündete Oskar Lindt und griff sich einen leeren Karton, der auf dem Boden stand. »Gegenüberstellung«, sagte er, packte den Erlenmeyerkolben samt Inhalt hinein und stülpte den Deckel auf die Schachtel. »Dauert nicht lange. In der Zwischenzeit kannst du dir ja den Umschlag und diese Parole dort vornehmen: ›Lass die Toten ruhen!!!‹«

Lindt trug den weißen Pappkarton vor sich her und strebte mit Paul Wellmann zusammen schnurstracks wieder das Verhörzimmer an. Hier saß nach wie vor Giuseppe Gallo, geduldig und in sein Schicksal ergeben, unbeweglich auf dem Stuhl. Ein leerer Kaffeebecher und eine Halbliterflasche Mineralwasser auf dem Tisch zeigten, dass Jan Sternberg sich um ihn gekümmert hatte.

»Bitte entschuldigen Sie die Unterbrechung«, begann Lindt. »Wir wurden zu einem dringenden Fall gerufen. Wir haben ihn gleich mitgebracht.« Ohne zu zögern, öffnete der Kommissar die Schachtel und stellte das Glasgefäß direkt vor Gallo auf den Tisch. Der kniff die Augen zusammen, fischte seine Brille aus der Hemdtasche und betrachtete das Insekt völlig emotionslos.

»Da drin krabbelt eine Biene«, sagte er schließlich. »Was hab ich damit zu tun?«

»Bisschen groß, diese Biene, finden Sie nicht?«

Gallo betrachtete das Tier nochmals intensiver. »Keine Biene? Dann eben *Vespa*, oder wie sagt man auf deutsch?«

»Wespe«, antwortete Paul Wellmann. »Schon eher, aber leider wieder falsch. Das ist eine Hornisse, wie sagt man auf italienisch?«

»*Calabrone!*« Lindt spie das Wort regelrecht aus.

»Das da? Niemals«, widersprach Giuseppe Gallo erregt. »*Calabrone* ist sehr gefährlich, sehr giftig, muss viel größer sein als das da.«

»Haben Sie mal eine gesehen?«

»Äh, nein, noch nie, aber alle sagen doch …«

»Diese Hornisse ist nicht so gefährlich, aber Sie kennen eine andere *Calabrone.* Eine, die blitzschnell mit dem Stilett ins Herz sticht.«

Pokerface oder echte Unwissenheit? Lindt betrachtete das völlig entspannte Gesicht seines Gegenüber.

»Wovon sprechen Sie?«

»Patricia Varese, vielleicht ist Ihnen der echte Name geläufiger.«

»Nie gehört, wer soll das sein?«

»Jetzt tun Sie doch nicht so. Ihr Bruder Carlo hat sich schon verplappert.«

»Ich kenne nicht alle Leute, die Carlo kennt. Tut mir leid.«

»Dann müssen wir Ihrem Gedächtnis eben ein wenig auf die Sprünge helfen. Vorerst dürfen Sie noch unsere Gastfreundschaft genießen.«

»Man wartet auf uns in Italia.«

»Tut mir leid«, sagte Lindt und erhob sich.

Auch Giuseppe Gallo stand auf: »Jetzt möchte ich telefonieren.«

Wellmann nahm den tragbaren Apparat aus der Wandhalterung.

»Ungestört, bitte.«

»Kann ich leider nicht zulassen«, antwortete der Kommissar. »Gefahr im Verzug.«

Ohne eine Miene zu verziehen, griff Gallo nach dem Gerät, wählte eine Nummer und würgte ein paar unverständliche italienische Sätze heraus, von denen Lindt nur ›polizia‹, ›Polizeipräsidium‹ und ›Avvocato‹ verstand.

Lindt und Wellmann verließen das Verhörzimmer und kehrten in ihr Büro zurück. »Jan, jetzt geht's um die Wurst.«

»Thüringer oder Curry?«

»Quatsch nicht so blöd. Wenn ein Rechtsanwalt hier auftaucht, nimmt er die beiden mit – egal, ob wir in der Zwischenzeit ein Ergebnis von der Technik haben oder nicht. Wir müssen Zeit gewinnen. Wer hat eine Idee?«

»Das wäre wirklich oberpeinlich«, meinte Paul, »wenn wir diese Brüder gehen lassen und eine halbe Stunde später ruft Ludwig an und meldet einen Treffer. Mal sehen, wie lange es noch dauert.« Er griff zum Telefon: »Zeithorizont?« Er lauschte. »Was? … Maximal zwei Stunden? … Gut, hoffen wir, dass es reicht.«

»Wie überbrücken wir zwei Stunden?«, grübelte Lindt.

»Spazierfahrt«, kam spontan von Sternberg.

»Wie meinst du denn das?«

»Ganz einfach, Chef. Der Anwalt muss sich an der Pforte melden.«

Zug um Zug entwickelten sie einen Plan.

»Kann funktionieren«, meinte Oskar Lindt. »Wir versuchen es auf jeden Fall. Vielleicht kommt der Avvocato ja auch nicht ganz so schnell.«

13

Er sollte sich täuschen. Bereits eine halbe Stunde später kam ein Anruf von der Eingangskontrolle. »Herr Lindt, ein Rechtsanwalt in der Sache Gallo.«

»Ich komme runter. Soll bitte warten, ich habe noch ein Telefonat«, antwortete der Kommissar und wandte sich gleichzeitig an Paul und Jan: »Los geht's. Ihr wisst, was ihr zu tun habt.«

Sternberg und Wellmann verließen das Büro, eilten schnurstracks zu den beiden getrennten Verhörzimmern, holten die Brüder Gallo ab und führten sie über das hintere Treppenhaus in den Hof. Sternberg bekam einen Vorsprung von zwei Minuten, damit sie sich nicht begegneten.

Unten warteten bereits zwei Kollegen des Kriminaldauerdiensts, die als Begleitung fungieren sollten. Sternberg verfrachtete Carlo Gallo auf den Rücksitz eines schwarzen VW Passat, ließ den Kollegen daneben Platz nehmen und fuhr aus dem Hof. Wellmann folgte mit Giuseppe Gallo kurz darauf, nahm seinen blauen Volvo und tauchte ebenso im Stadtverkehr von Karlsruhe unter. Auf die Fragen der beiden Italiener nach dem Ziel der Fahrt war die stereotype Auskunft ›Ortstermin‹ abgesprochen.

Beide Fahrer hatten den Auftrag, sich möglichst lange im Verkehrsgewühl der Stadt aufzuhalten und erst sehr verzögert die Lachnerstraße in der Oststadt anzusteuern. Im Berufsverkehr des späten Nachmittags war das keine große Kunst und ein Stau auf der Südtangente kam für beide Fahrzeuge wie gerufen.

Auch Oskar Lindt beeilte sich nicht besonders, den Juristen an der Pforte abzuholen. Zunächst ging er auf die Toilette, wusch sich das Gesicht und kämmte sein spärlicher werdendes Haar, dann schlenderte er gemächlich den vorderen Treppenabgang hinunter.

Sein Lieblingsfeindbild erwartete ihn. Ein kaum der Universität entwachsener Endzwanziger in noblem schwarzem Anzug, teurer Seidenkrawatte, polierten Lackschuhen und gelgestylter Frisur ließ Lindts Sympathiebarometer sofort in den Keller fallen. Solche Kerle pflegte der Kommissar intern gerne als aalglatte, schmierige Halbweltschnösel zu bezeichnen, doch im Umgang mit dieser Sorte Rechtsverdreher war Lindt immer absolut korrekt.

Allerdings auch sehr, sehr genau, penibel und akribisch.

»Sie warten auf mich? Kriminalhauptkommissar Lindt, Mordkommission«, stellte er sich vor und hielt dem Besucher seinen Dienstausweis vors Gesicht. Die Hand streckte er ihm allerdings nicht hin.

»Rechtsanwalt Ellerkamp von der Kanzlei Dahlhoff und Bopp«, stellte dieser sich vor und reichte dem Kommissar seine Visitenkarte. Daraufhin öffnete er seinen schmalen, glänzend schwarzen Lederkoffer und entnahm ihm ein Schriftstück. »Hier bitte, mein Anwaltsausweis. Die Herren Gallo sind unsere Mandanten.«

Lindt bat ihn, ihm zu folgen, und schnaufte dem Anwalt voran Schritt für Schritt die Treppen im Präsidium nach oben. Vor dem Büro angekommen, bot er ihm an, auf einem Besucherstuhl im Gang Platz zu nehmen.

»Dauert nur einen Moment«, japste Lindt stark kurzatmig und schwenkte die erhaltene Karte. »Wenn Sie gestatten, möchte ich gerne Ihre Angaben überprüfen.« Ohne eine Antwort abzuwarten, verschwand der Kommissar in der Tür, setzte sich drinnen an seinen Schreibtisch, griff sich die größte seiner Pfeifen aus dem hölzernen Ständer und stopfte erst einmal in aller Seelenruhe. Danach öffnete er zu Belüftungszwecken das Fenster und hielt ein Streichholz an den Tabak. Als die Pfeife gut brannte, nahm er das Telefonbuch aus einer der Schubladen, verglich Anschrift und Rufnummern der Kanzlei, bevor er zum Hörer griff.

»Kriminalpolizei Karlsruhe, Hauptkommissar Lindt«, sprach er absichtlich so laut, dass es der Besucher vor der Tür auf jeden Fall hören musste. »Bin ich richtig bei der Kanzlei Dahlhoff und Bopp? ... Ja, es geht um einen Ihrer Anwälte, Herrn ... Moment noch ... Herrn Ellerkamp. Er hat bei uns vorgesprochen und ich möchte gerne seine Legitimation überprüfen ... Ob er was? ... Doch, liegt mir vor, aber Sie werden sicherlich verstehen, dass ich in Zeiten, wo jede Woche irgendwo ein falscher Arzt oder ein falscher Pfarrer auftaucht, alles gerne gegenprüfen möchte.« Lindt hörte aufmerksam zu, bedankte sich artig und beendete das Telefonat mit: »Herzlichen Dank für Ihre Auskunft. Man kann ja heutzutage nicht vorsichtig genug sein.« Daraufhin wuchtete er sich in die Höhe, stapfte zur Tür und bat den Besucher, der seine Ungeduld kaum mehr zügeln konnte, einzutreten.

Mit »Bitte, setzen Sie sich doch« blies er dem Advokaten zur Begrüßung eine kräftige Rauchwolke ins Gesicht. »Rauchen Sie?« Er schob ihm einen Aschenbecher hin. »Nein, schade. Es stört Sie doch hoffentlich nicht, wenn ich?«

Die Antwort interessierte den Kommissar nicht, denn er begann sofort, intensiv in seinem Schreibtisch zu kramen. »Wo hab ich denn die Unterlagen? Moment noch – wie, sagten Sie, heißt Ihre Mandantschaft? Ah ja, hier.« Aus einem Stapel zog er die Ermittlungsakten im Fall Maiwald hervor und blätterte ziellos darin herum. Erstaunlich geduldig, dieser junge Schnösel, dachte er erstaunt. Scheint vor einem altgedienten Kommissar doch noch etwas Respekt zu haben.

»Ja«, begann er wieder gedehnt. »Carlo und Giuseppe Gallo, ist das richtig?«

»Genau, deswegen bin ich hier. Wo finde ich die beiden?«

»Was wollen Sie denn von ihnen?«

Jetzt schien dem Anwalt langsam der Geduldsfaden zu reißen. »Sie halten unsere Mandanten hier unrechtmäßig fest.«

»Bitte? Festhalten? Wie kommen Sie denn darauf? Die Herren Gallo sind wichtige Zeugen in einem aktuellen Mordfall, aber nur Zeugen. Sie verstehen?«

»Dann lassen Sie die beiden doch endlich gehen!«

»Selbstverständlich, Sie können die Herren jederzeit mitnehmen, wenn wir die vollständigen Aussagen aufgenommen haben.«

»Bitte bringen Sie mich jetzt schnellstens zu ihnen«, forderte der Anwalt in verschärftem Tonfall.

Lindt rieb sich am Ohr: »Dazu muss ich erst feststellen, ob sie schon wieder zurück sind.«

»Zurück? Woher zurück?«

»Meine Kollegen halten gerade einen Ortstermin am Tatort ab.«

Der Anwalt wurde feuerrot im Gesicht. »Wo ist dieser Tatort?«

»Ich bringe Sie gerne hin, selbstverständlich.«

Der Kommissar – »Sekunde, ich muss erst ausschalten« – fuhr umständlich seinen Computer herunter, füllte eine Aktenmappe mit mehreren Schriftstücken und sagte anschließend: »So, es kann losgehen.«

In gemächlichem Büroschritt ging Lindt voraus. Erst den langen Gang bis zum vorderen Treppenhaus, dann hinunter bis zur Pforte und von dort wieder nach hinten bis zum Hofeingang.

Zielgerichtet steuerte er die blauschwarze S-Klasse an, öffnete zuvorkommend die Beifahrertür und ließ seinen staunenden Passagier einsteigen. »Netter Dienstwagen, nicht wahr?«

Dummerweise geriet auch Oskar Lindt in den Feierabendstau auf der Südtangente – »Hierum geht's normalerweise schneller« – und traf mit einem entnervten Rechtsanwalt an Bord endlich bei seinen Kollegen am Anwesen Maiwald in der Lachnerstraße ein.

»Wir sind da, es kann losgehen«, begrüßte Lindt die Wartenden. »Ach, darf ich vorstellen, Herr Rechtsanwalt ... Ellerbeck, nein ...«

»Ellerkamp«, korrigierte der Jurist und begrüßte die

Brüder Gallo. »Kanzlei Dahlhoff und Bopp. Sie werden hier gegen Ihren Willen festgehalten. Welche Gründe liegen dafür vor?«

Lindt reagierte nicht, sondern unterhielt sich mit Paul Wellmann.

»Herr Kommissar, bitte.«

»Was? Ach, Sie sprechen mit mir? Ich dachte, Sie meinen Ihre Mandanten.«

»Bitte, welche Gründe gibt es?«

»Dafür, dass wir hier sind? Ganz einfach: Die Herren sind wichtige Zeugen in einem Fall von Doppelmord, der sich hier in diesem Anwesen hinter diesem grünen Hoftor ereignet hat.«

»Er hat gesagt, wir müssten noch weiter seine Gäste bleiben«, fügte Giuseppe Gallo an.

»Niemand hat den Wunsch geäußert zu gehen.«

»Dann können wir ja jetzt gehen«, sagte Gallo trotzig. »Jetzt, sofort, hier, auf der Stelle.«

»Selbstverständlich«, lächelte Lindt und nahm sein Handy aus der Tasche. »Ich rufe Ihnen gerne ein Taxi. Allerdings müsste ich danach anordnen, dass Sie die Stadt Karlsruhe nicht verlassen und sich zu unserer Verfügung halten. Wir würden Sie dann für morgen vorladen, um den Ortstermin hier abzuhalten und die Aussagen aufzunehmen.«

Der Kommissar wandte sich an Ellerkamp: »Herr Rechtsanwalt, gibt es aus juristischer Sicht etwas dagegen einzuwenden?«

»Äh, ja … nein, gibt es nicht.«

»Bringen wir's hinter uns«, grummelte Giuseppe Gallo. »Was wollen Sie von uns wissen?«

Zufrieden öffnete Oskar Lindt das Tor und betrat mit der gesamten Korona den Innenhof des Maiwald-Anwesens. Einen Beamten ließ er am Eingang zurück, um dieses Mal vor aufdringlichen Pressefotografen sicher zu sein.

Paul Wellmann öffnete das breite Schiebetor des Schuppens und gab somit den Blick auf die Betriebseinrichtung der Baufirma Gebrüder Maiwald frei.

»Sie sind deshalb für uns wichtige Zeugen, weil Sie hier bei dieser Baufirma gearbeitet haben. Die beiden Inhaber wurden auf grausame Art und Weise ermordet, wobei ich Ihnen die Einzelheiten lieber ersparen möchte. Wir müssen ein möglichst umfassendes Persönlichkeitsprofil der Gebrüder Maiwald erstellen und befragen deshalb jeden, der mit den beiden Opfern in irgendeiner Art von Beziehung gestanden hat.«

»Druckreif, was der Chef da von sich gibt«, raunte Jan Sternberg Paul Wellmann ins Ohr.

»Wart ab, jetzt läuft er zur Hochform auf.«

Lindt ließ sich nicht ablenken und verkündete weiter: »Was uns interessiert, sind alle Arten von Erinnerungen, die Sie an die Zeit haben, in der das hier Ihr Arbeitsplatz war. Bitte, kommen Sie mit, wir gehen rein in den Schatten. Da stehen die ganzen Baumaschinen und Materialien, dort wird Ihnen sicherlich das eine oder andere einfallen.«

Alle folgten dem Kommissar und bildeten im Schuppen einen Halbkreis. »Zuerst die Fakten«, fuhr Lindt fort. »In welchem Zeitraum haben Sie hier gearbeitet?«

Carlo Gallo fühlte sich angesprochen. »Giuseppe und ich kamen 1973 hierher. Vittorio, unser Bruder, war schon einige Jahre da und hat uns gelockt. Aber er hat als

Kapo ja auch gut Geld verdient. Wir wurden mit magerem Hilfsarbeiterlohn abgespeist. Deshalb sind wir beide auch nicht lange geblieben. Nach vier Jahren ging Giuseppe zu Siemens und ich zum Tiefbauamt. Wir gingen aber nicht im Streit, das müssen Sie uns glauben. Die Maiwalds konnten verstehen, dass wir uns nach etwas Besserem umgesehen haben.«

»Mit Ihrem Bruder zusammen kamen Sie auch später noch hierher«, erinnerte sich Lindt an das Gespräch im Treppenhaus.

Die Gallos lächelten. »Vittorio hatte manchmal eine kleine Privatbaustelle. Die Maiwalds wussten davon und haben ihm auch erlaubt, die Maschinen zu benutzen. Wir waren dann die Handlanger, so wie früher.«

»Diese Schwarzarbeiten sind sicherlich schon verjährt«, kommentierte Oskar Lindt. »Was mich aber besonders interessiert …«, er hatte den Standplatz sorgfältig ausgewählt und klopfte mit seinem Schuh auf den Boden. Der Klang der dicken Stahlplatte hallte durch den ganzen Schuppen. »Hier drunter ist ja bekanntlich ein sehr großer Keller. Wenn man diese Platte wegräumt, ergibt sich eine breite Öffnung. Was war da unten? Wie wurde dieser Keller genutzt?«

»Haben Sie da unten Ihre angeblichen Leichenteile gefunden?«, wollte der Rechtsanwalt wissen.

»Wieso angeblich?«, kam nahezu gleichzeitig von beiden Gallos. »Wir haben doch im Fernsehen …«

Ellerkamp zog die aktuelle Ausgabe der BILD aus seinem Koffer. »Kalbsknochen, steht alles hier drin. Wussten Sie das nicht?«

Carlo und Giuseppe erbleichten. »Aber …«

Lindt beobachtete sie scharf. »Bitte, nur heraus mit der Sprache. Was wissen Sie darüber? Was war da unten?«

Hilfe suchend schauten die Brüder zu ihrem Rechtsanwalt. »Wenn Sie sich selbst belasten würden, müssen Sie nichts sagen.«

Lindt spürte, dass jetzt nur noch Tempo helfen konnte. »Bitte mitkommen!«, befahl er, öffnete die erste grüne Stahltür, eilte die Treppe hinunter, schloss auch die zweite Tür auf und drehte die Lichtschalter.

»Alle in die Mitte«, ordnete er an. »Kommen Sie!« Die Gallos waren gleich hinter der Tür stehen geblieben. »Woran können Sie sich erinnern? Was ist hier drin passiert?«

Keine Reaktion.

Lindt ging weiter in den Raum hinein und sprang mit einem Satz auf den höher gelegenen Teil des Fußbodens hinauf. »Bitte kommen Sie näher. Waren Sie oft hier unten? Was gab es da zu tun? Wurden hier oben empfindliche Materialien gelagert?«

Die beiden Italiener standen wie festgewurzelt auf ihrem Platz und brachten keinen Ton heraus. Ihre Augen wirkten unnatürlich geweitet. Schreckstarre, diagnostizierte Lindt den Gesichtsausdruck.

»Wir möchten …«

»Was möchten Sie?«, fragte Lindt von seinem erhöhten Standplatz aus. »Kommen Sie näher, ich kann kaum etwas verstehen.«

Sternberg machte mit seinen Armen eine Bewegung. Lindt interpretierte sie richtig, schüttelte aber den Kopf. Nein, nicht herbringen. Stattdessen startete er einen weiteren Versuch.

»Da oben«, er zeigte zum Loch in der Decke und damit auf die Unterseite der Stahlplatten, »da oben ist die Öffnung, auf der wir vorhin gestanden waren. Darüber gibt es auch einen Laufwagen mit Kran. Was wurde hier heruntergelassen?«

Achselzuckend drehten sich die Gallo-Brüder demonstrativ dem Ausgang zu, doch Lindt gab sich lange nicht geschlagen.

»Es kann sein, dass Ihnen vor Gericht dieselben Fragen gestellt werden. Es ist auch möglich, dass das Gericht ebenfalls zu einem Ortstermin hier erscheint. Dann müssen Sie die Wahrheit sagen, sonst …«

Die beiden Brüder verschwanden ohne ein weiteres Wort durch die Stahltür und drängten nach oben ans Tageslicht.

Hier warteten sie auf Lindt und seine Kollegen.

»Können wir jetzt endlich gehen?«

Der Kommissar sah seine Felle davonschwimmen, konnte aber nichts daran ändern. »Eine Zeugenaussage habe ich mir etwas ausführlicher vorgestellt. Schade, dass Sie nicht kooperativer sind.«

»Meine Mandanten antworten nach bestem Wissen, und wenn es nichts zu sagen gibt, ist das eben so.«

Lindt beachtete den Anwalt gar nicht, sondern wandte sich wieder direkt an die Brüder: »Wollen Sie Ihre Reise nun doch antreten? Jetzt noch? Heute Abend?«

»Unsere Koffer sind gepackt und wir werden erwartet.«

Der Kommissar musste erkennen, dass er den heutigen Tag nicht mehr gewinnen konnte, und griff nach seinem Handy. »Wir werden dafür sorgen, dass Ihre Koffer im

Präsidium unten an der Pforte bereitstehen.« Daraufhin drehte er sich um, telefonierte kurz und ging aus dem hitzeflirrenden Hof wieder hinunter zum kalten, grünen Betonkeller. Wellmann und Sternberg folgten ihm und als sie auf halber Treppe außer Sicht- und Hörweite waren, gab Lindt klare Order: »Nicht aus den Augen lassen. Weitere Kollegen aktivieren und falls sie abreisen, so lange beschatten, wie sie auf deutschem Staatsgebiet sind. Egal, ob Auto oder Zug. Dranbleiben, natürlich so unauffällig wie möglich.«

»Wenn sie einen Flieger nehmen?«

»Ich hab immer noch Hoffnung, dass uns Ludwig demnächst anruft und irgendetwas gefunden hat.«

»Never give up«, deklamierte Jan Sternberg. »Wir hängen uns dran.«

Lindt blieb alleine im Keller zurück. Die leistungsstarken Halogenstrahler erhellten das Grün der Oberflächen so stark, dass es in seinen Augen zu schmerzen begann. Er betätigte die Lichtschalter nacheinander, bis nur ein einziger schwächerer Strahler leuchtete.

Mit ganz langsamen Schritten ging der Kommissar im Raum umher. Er betrachtete alle Kanten, hob den Gitterrost des Bodengullys hoch und befühlte mit seinen Handflächen die Farbe auf Boden und Wänden. Mehrere Schichten, hatte Ludwig Willms gesagt. Verschieden alt. Warum hatte man hier immer wieder gestrichen? Rein optisch war es sicher nicht nötig gewesen. Was gab es zu überstreichen, zu verdecken oder zu vertuschen?

Die KTU hatte in ihren Proben nur Farbe gefunden. Grüne Farbe.

Bei dem gedämpften Licht in dem Raum kam es ihm vor, als wäre er unter Wasser. Ein Schwimmbad mit grünen Kacheln, ein Tauchgang in einem von Algen trüben See. Untergetaucht, weg von der Oberfläche, weg von der Welt. Eingetaucht in eine andere Sphäre.

Lindt setzte sich auf die hohe Stufe im Fußboden und begann, sich zu entspannen. Er atmete langsamer, drängte seine Gedanken zurück, konzentrierte sich auf das gleichmäßige Ein- und Ausatmen, spürte bewusst jeden Atemzug und spürte ... die Kälte.

Das Grün kam ihm aufs Mal ganz eisig vor. Hatte das Meer unter der arktischen Polkappe eine solche Farbe?

Die Kälte kroch ihm zuerst vom Beton des Fußbodens her durch die Hose, unmittelbar darauf kam sie von allen Seiten. Eiseskälte, Todeskälte ... Er konnte sich nicht rühren, fühlte seinen Hosenboden festgefroren auf dem grünen Beton, keine Kraft, sich dagegen zu wehren.

Hatten diese Wände schon Grausames gesehen?

Ein eiskalter Hauch schien sich durch den Raum zu schieben. Unsichtbar, aber fühlbar. Eine Wolke, die sich ausbreitete, ein Reif, der sich auf seine Schultern legte, ihn umklammerte, auf ihm lastete, ihn niederdrückte, ihn auf den Boden presste.

Mit den Händen stützte er sich ab, wollte dagegenhalten, versuchte, sich hochzuschieben, vergebens. Er resignierte. Seine Schultern sanken noch tiefer, er fühlte sich immer kleiner. Zusammengedrückt zu einem erbärmlichen Häufchen, das auf der kalten Betonkante im eisgrünen Keller auf seine Erlösung wartete.

Erlösung von einem unlösbaren Fall. Einem Fall, der ihm aufgebürdet worden war und der ihn jetzt über-

mannte. Die Last auf seinen Schultern, die ihn nieder-
presste. Keine Aussicht auf eine Lösung, keine Hoffnung auf ein Ende.

Der Kommissar vergaß die Zeit völlig. Langsam wurde
er eins mit dem kalten Grün, wurde Teil des Betons,
wurde selbst zur Kälte. Sein Kinn drückte bereits auf
die Brust. Sein Atem wurde langsamer und flacher.

Wie auf einer Leinwand zogen die blamablen Ereig-
nisse vor seinen geschlossenen Augen vorbei. Die
Bäckersfrau, der Pressefotograf, der Sack mit den Knochen, die Fragen der Journalisten …

Plötzlich durchzuckte es ihn. Ein feuriger Blitz! Eine
heiße Welle breitete sich in ihm aus. Begann im Bauch,
wogte in der Brust, dem Kopf, den Armen. Nach unten
in das Becken, die Oberschenkel, zog hinunter bis in
die Zehen.

Hitze und Kälte stritten sich in Oskar Lindt. Abwechselnd wurde ihm heiß und kalt, nein, immer mehr heiß.

Die Frage des BILD-Reporters hatte das Feuer ent-
zündet: › Lag die Person einfach so im Keller rum … oder
war sie … eingemauert?‹

Was wäre, wenn?

Er sprang auf. Worauf hatte er gesessen? Ein Schüt-
teln erfasste seinen ganzen Körper. Konnte das sein? Hier
unten?

Lindt stürzte zum Ausgang, hastete die Treppe hoch,
rannte in den Schuppen, suchte eine Werkzeugkiste, riss
den Deckel nach oben, griff Meißel und Fäustel, eilte
wieder in den Keller und legte los.

An der Kante fing er an, hämmerte, meißelte, spitzte
den Beton ab. Schluckte Staub, wischte ihn aus dem

Gesicht, verfehlte mit dem Fäustel knapp seine Hand … und schaffte nur eine winzige Ecke des hochgelegten Fußbodens. Nach zehn Minuten musste er erschöpft innehalten. Sein helles Hemd und die leichte Sommerhose waren bereits ziemlich grau. Der Betonstaub saß in seinen Haaren, er spürte ihn im Mund, hatte dadurch verstopfte Nasenlöcher, außerdem hingen überall Betonkrümel, in seinen Haaren, in seiner Kleidung, sogar in seinen Ohren.

So ging das nicht. So konnte er niemals vorwärtskommen.

Lindts Erfahrungen als Heimwerker waren recht gering. Wenn es etwas zu richten gab, wurden bisher stets Handwerker beauftragt. Manchmal hatte er zugesehen. Er versuchte, sich mit seinem Taschentuch das Gesicht zu säubern und dachte an die Aktion vor dem Einzug in die derzeitige Wohnung. Der Durchbruch, um aus Wohn- und Esszimmer einen einzigen großen Raum zu machen. Die Baufirma hatte damals diese Wand mühelos wegbekommen. Er dachte an den muskulösen, braun gebrannten Bauarbeiter – war es ein Italiener? –, der sich mit einem schweren Bohrhammer ohne Probleme durch den Beton fraß. Ob da oben …

Lindt eilte wieder die Treppe hoch, suchte in den Regalen, entdeckte einen roten Blechkoffer mit der Aufschrift ›Hilti‹, ließ die Verschlüsse aufspringen und hatte gefunden, was er suchte.

In der rechten Hand den Koffer, in der linken eine Kabeltrommel, stolperte er wieder die Treppe hinunter, drehte an allen Lichtschaltern, fand unter einem Deckel mehrere Steckdosen, rollte das Kabel durch den halben

Raum bis zur Erhöhung, schaffte es beim dritten Versuch, einen Spitzmeißel in der Aufnahme zu befestigen, hielt den schweren Bohrhammer wie eine Maschinenpistole und legte los.

Nachdem ein zweiter Splitter im Auge gelandet war, holte er von oben noch eine Schutzbrille, dazu Handschuhe und Ohrenstöpsel, danach konnte ihn nichts mehr aufhalten. Brocken für Brocken spitzte er aus dem massiven Beton. Stück für Stück drang er in das Innere. Nach einer halben Stunde hatte er bereits einen Krater von 30 Zentimetern Tiefe geschaffen. Erschöpft hielt er ein. Durfte er das überhaupt? Ohne richterlichen Beschluss? Im fremden Keller den Betonboden zerstören?

Was, wenn er nichts fand? Er drängte den Gedanken zur Seite und schnappte sich abermals die Hilti, setzte an … und brach durch.

Ein Hohlraum! Der Meißel steckte in einem Hohlraum. Vorsichtig zog er das Gerät zurück und versuchte, durch das Loch zu spähen. Nichts zu erkennen, nur schwarz, dunkel, Loch. Loch und … Er zog die Nase hoch, ein merkwürdiger Geruch.

Mit Vorsicht setzte er den Bohrhammer wieder an und erweiterte die Öffnung, dann riss er die Augen auf, taumelte zurück und ließ die Maschine fallen. Ein entsetzlicher Gestank breitete sich aus.

14

»Wie bitte? Zum dritten Mal in diesen Schuppen?«, empörte sich Ludwig Willms am Telefon. »Oskar, du hast sie wohl nicht mehr alle … Was? Du mit dem Bohrhammer? … Es stinkt?«

Willms überlegte drei Sekunden lang. Das konnte nur eines bedeuten. »Oskar, geh an die Luft. Wir kommen sofort.«

Als Nächstes wählte Lindt die Nummer von Paul Wellmann: »Wo seid ihr? … Im ICE kurz hinter Freiburg? … Bring sie wieder her. Im Keller stinkt's.«

Keine Viertelstunde später wimmelte der Hof von allem, was die Karlsruher Kriminaltechnik zu bieten hatte. Eine ganze Horde von Männern in weißen Overalls bevölkerte das Anwesen, besonders aber den ausladenden Keller.

Ludwig Willms selbst nahm den Maiwald'schen Bohrhammer und vergrößerte das von Oskar Lindt gemeißelte Loch. Nach zehn Minuten hatte er einen halben Quadratmeter freigelegt, danach musste er aufgeben und an die Luft. Seine einfache Atemmaske reichte nicht mehr aus. Zu bestialisch war der Gestank, der sich im grünen Eiskeller ausbreitete. Der Ellbogen und Teile von Ober- und Unterarm waren bereits deutlich zu sehen.

Ein Gerätewagen der Feuerwehr mit großen Ventilatoren zur Raumbelüftung wurde angefordert und Willms' Männer entfernten mit Hilfe des elektrischen Krans die sechs dicken Stahlplatten aus der Deckenöffnung, um einen direkten Luftabzug nach oben zu ermöglichen.

Trotzdem konnte erst weitergearbeitet werden, nachdem für die Techniker mehrere Pressluftmasken der Feuerwehr bereitgestellt worden waren.

Die Aktion weitete sich zu ungeahnter Größe aus. Je länger die Kriminaltechniker in dem Schuppenkeller arbeiteten, desto mehr Hochrangige tauchten auf.

Nachdem der erste einbetonierte Tote freigelegt war, kamen KO-Bauer, Staatsanwalt Conradi und die diensthabende Gerichtsmedizinerin. Nach der dritten Betonleiche rollten der Pressesprecher und der Leiter der Kriminalpolizei an, und nach weiteren zwei bestens konservierten Toten kam sogar die Polizeipräsidentin mit zwei LKA-Ermittlern im Schlepptau. Drei Professoren für Rechtsmedizin aus Heidelberg, Freiburg und Tübingen trafen gleich danach ein. ›Faulleichenkonservierung‹ war das meistgesprochene Wort in den langen Stunden der Kellerarbeit.

Auf der gesamten Fläche des hochgelegten Kellerbodens arbeiteten die Teams wie bei einer archäologischen Ausgrabung. Spezialisten mit Georadargeräten waren eiligst herbeigeordert worden, um zuerst alles abzuscannen. Mit weißer Kreide wurden die Umrisse der darunterliegenden Körper auf die grüne Bodenfarbe gezeichnet.

Anschließend rückte eine Spezialfirma für Betontrenntechnik an. Große Sägen mit diamantbesetzten Blättern kamen zum Einsatz, um tief gehende Linien in den Boden zu schneiden.

Zu guter Letzt schlug die Stunde der Presslufthämmer. Bis zu einem halben Meter dicke Betonschichten mussten weggespitzt werden, um an die Toten zu kommen. Beschädigungen der Leichen waren dabei fast nicht zu vermeiden. Trotz äußerster Vorsicht brachen die Meißel immer wieder in die Hohlräume ein. Bereits freigelegte Teile wurden provisorisch wieder zugedeckt, denn zuerst sollte die komplette Fläche geöffnet werden, um eine Gesamtübersicht zu bekommen. Die Georadarspezialisten hatten immerhin 14 Umrisse aufgezeichnet.

»Der Sauerstoffabschluss ist durch die Latexfarbe noch verstärkt worden«, stellte KTU-Chef Willms fest. »Wahrscheinlich hat's da unten anfangs doch ein wenig gestunken, also haben sie die Fläche einfach versiegelt. Das erklärt auch die verschiedene Anzahl von Farbschichten.«

»Wenn wir nur schon wüssten, wer sie sind.« Oskar Lindt stand oben im Hof, schaute ab und zu durch das breite Loch im Schuppenboden nach unten und zog wesentlich nervöser als sonst an seiner Pfeife.

Die Aktion im Zug lief völlig unspektakulär ab. Die Karlsruher Kripobeamten öffneten kurz vor dem Halt

›Basel – Badischer Bahnhof‹ die Tür des Abteils, in dem die Gallos saßen. Die Brüder schienen nicht sehr überrascht zu sein, die bekannten Polizisten wiederzusehen.

»Im Keller wurde etwas gefunden«, sagte Hauptkommissar Wellmann. »Sie können sich bestimmt denken, um was es sich handelt.«

Giuseppe und Carlo Gallo schauten sich wortlos an.

»Leider müssen Sie Ihre Reise heute erneut unterbrechen und mit uns zurück nach Karlsruhe kommen.«

»Sind wir festgenommen?«, fragte Carlo.

»Wenn Sie so wollen, ja.«

»Bitte keine Handschellen.«

Wellmann wollte auf Nummer sicher gehen. »Nur bis zum nächsten Zug, der zurückfährt. Dort werden wir sie abmachen und uns zu Ihnen ins Abteil setzen.«

Vom Karlsruher Hauptbahnhof, wo die Korona nach ihrer mehrstündigen Zugfahrt wieder eintraf, verfrachtete man die beiden Gallos erst einmal ins Präsidium. Es war bereits weit nach Mitternacht, als ein VW-Bus des Reviers Oststadt die Italiener in die Lachnerstraße brachte, wo sie von Oskar Lindt erwartet wurden.

»Kommen Sie«, war alles, was er zur Begrüßung sagte. Der Kommissar führte die Gallos in den Schuppen. Das ausladende Loch im Boden, aus dem immer noch ein ekelhafter Verwesungsgeruch nach oben stieg, war mittlerweile von der Feuerwehr abgeschrankt und mit Fangnetzen versehen worden.

»Kommen Sie und werfen Sie einen Blick da hinunter.«

Sehr zögernd lugten beide einen Augenblick in das Loch, erblickten die freigelegten Körper, die Seite an

Seite lagen, drehten sich wieder weg und traten einige Schritte zurück.

»Ich sehe, Sie sind nicht sehr überrascht. Was können Sie dazu sagen?« Eine Antwort blieben die Brüder schuldig.

»Sie müssen uns nichts erzählen.« Lindt blies eine dicke Rauchwolke in den sommerlichen Nachthimmel der Fächerstadt. »Falls Sie aber lediglich am Rande beteiligt waren, kann ich Ihnen nur raten, mit uns zusammenzuarbeiten. Eine umfassende, wahrheitsgetreue Aussage kann sich noch am ehesten günstig auf das zu erwartende Strafmaß auswirken.«

Wellmann und Sternberg, die von Lindt stets telefonisch über den Leichenfund auf dem Laufenden gehalten worden waren, bugsierten die Gallos wieder in den Transporter und brachten sie zum Präsidium zurück.

Um zwei Uhr in der Nacht waren alle 14 Betonleichen freigelegt. Zwei Reihen mit je sieben Körpern. Jeder in seinem eigenen Betongrab, einen Meter breit, 2,50 Meter lang. Saubere Maurerarbeit, exakt eingeschalt und mit einem perfekten Glattstrich an der Oberfläche.

Mittlerweile waren weitere Gerichtsmediziner hinzugezogen worden, um zu beraten, was mit den überwiegend gut konservierten Leichen geschehen sollte.

Der weitgehende Luftabschluss hatte ein Ausdünsten der Faulgase und ein Ablaufen der entstehenden Flüssigkeiten so sehr verhindert, dass die Verwesung nahezu zum Stillstand gebracht worden war. Die Kleidungsstücke der Toten waren genauso gut erhalten wie die Grundlinien ihrer Gesichtszüge. Die Haut hatte sich lederartig verändert und die Farbe eines dunklen Braun angenommen. Eine große Schwierigkeit bestand aber darin, die Personen vollständig aus ihren Betonhüllen heraus und in die bereitgestellten Metallsärge zu bringen, da die Knochen und Muskeln keinerlei Stabilität mehr aufwiesen und total aufgeweicht waren.

Erst durch das Verwenden von Leichensäcken konnte sichergestellt werden, dass keine Teile der Körper abbrachen oder sonstwie für die folgenden Untersuchungen unbrauchbar gemacht wurden.

»Ich denke«, sagte Ludwig Willms gegen vier Uhr am Morgen, »teilweise lassen sich sogar noch Fingerabdrücke gewinnen.«

»Aber nicht zu fest drücken«, war alles, was Oskar Lindt antworten konnte, denn mittlerweile war seine persönliche Erschöpfungsgrenze bereits weit überschritten.

Das Personal von Feuerwehr und Kriminaltechnik hatte zwischendurch gewechselt, auch Staatsanwalt Conradi war nach Hause gefahren, nur Lindt, seine beiden engsten Mitarbeiter und der KTU-Chef hielten noch durch.

»14 Uhr Besprechung«, ordnete der Kommissar an. »Wir brauchen jetzt dringend ein paar Stunden Schlaf.« Er schaute in die Runde: »Alle noch fahrtüchtig? Wer nicht mehr kann, lässt sich ins Büro bringen und pennt dort eine Weile.«

»Und was ist mit dir, Oskar?« Wellmann schaute ihn durchdringend an.

»Bis in die Waldstadt werd ich es schon schaffen.«
Auch sein Kollege traute sich die Strecke bis Neureut

noch zu. Das ausgeschüttete Adrenalin sorgte dafür, dass die Müdigkeit etwas in Schach gehalten wurde.

Nur Jan Sternberg und Ludwig Willms nächtigten im Präsidium und verfielen dort sekundenschnell in Tiefschlaf.

Bei Oskar Lindt allerdings war es haarscharf. Er hatte gegen Mitternacht bei Carla angerufen, dass es noch unbestimmte Zeit gehen würde. Das war nichts Besonderes. Solche Einsätze kamen zwangsläufig hin und wieder vor, und so hatte sie sich schon seit Langem daran gewöhnt, auch mal alleine schlafen zu gehen.

Doch in dieser Nacht hatte sie einen sehr unruhigen Schlaf und schreckte gegen halb sechs Uhr hoch. Leer, das Bett neben ihr war nach wie vor leer. So lange? Dauerte der Einsatz immer noch an?

Ganz benommen stand sie auf und zog den Rollladen etwas nach oben. Schlagartig war sie hellwach.

Vor der Garage stand der schwarze Mercedes und … das Herz blieb ihr fast stehen, über das Lenkrad gebeugt hing …

In panischer Eile warf sich Carla Lindt den Morgenmantel über, griff die Schlüssel vom Haken im Flur, eilte die Treppe hinunter und aus dem Haus bis zum Dienstwagen des Kommissars.

Sie packte den Griff, zog daran und riss die Fahrertür auf. »Oskar!«

Zu Tode erschrocken, schoss Lindt wie eine Rakete in die Höhe. »Was? Wo?« Dann erblickte er Carla, schlang die Arme wieder um das Lenkrad und stammelte: »Weiter hab ich's nicht mehr geschafft.«

Um zwölf wachte der Kommissar erneut auf. Dieses Mal in seinem eigenen Bett. Auf dem gedeckten Küchentisch fand er eine Thermoskanne mit Kaffee. In die Tüte mit frischen Brötchen lugte er nur kurz hinein, um sie lustlos zuzudrücken. Appetit? Nein. Nur etwas Kaffee mit viel Milch.

Schade, dass Carla nicht da sein konnte. Er wählte die Nummer der Anwaltskanzlei, in der sie arbeitete. »Hätte dich jetzt gut hier brauchen können.«

Fürs Duschen brauchte er doppelt so lange wie üblich, und erst, als er frische Kleider angezogen hatte, fühlte er sich wieder einigermaßen fit.

Beim Einsteigen ins Auto schaute er zurück zum Haus. Auf dem Balkon schaukelten seine Kleider im leichten Wind. Carla hatte sie sofort nach draußen befördert. Ob einmal waschen reichen würde, um den Gestank zu vertreiben?

Im Anwesen Maiwald in der Lachnerstraße waren die Arbeiten von Spurensicherung und Gerichtsmedizin bereits abgeschlossen. Die Leichen hatte man in die Rechtsmedizin nach Heidelberg gebracht, unzählige Proben waren bereits vor Ort genommen, jede einzelne Fundstelle genau fotografiert und vermessen worden.

Eine Gruppe von Feuerwehrleuten in Gummianzügen säuberte den Keller mit Heißwasser aus einem Hochdruckreiniger, andere waren dabei, die losgehämmerten Betonbrocken in eine bereitgestellte Schuttmulde zu verladen. Noch in der Nacht hatte Lindt angeordnet, die Gräber vollständig zu beseitigen und keine leeren Körperformen zurückzulassen. Die Presse war vollständig

vom Schauplatz ferngehalten worden, damit nur sorgfältig ausgesuchte Fotos der Polizei an die Öffentlichkeit gelangen konnten.

Auch wenn sie schon seit Stunden abtransportiert worden waren, lag der Gestank von 14 faulenden Körpern
wie ein schweres Leichentuch über dem Innenhof, und
die brütende Mittagshitze zwischen den hohen Gründer-
zeitfassaden sorgte dafür, dass er nicht so schnell verflog.

Ein Cabrio, dachte Oskar Lindt und öffnete schnell
wieder das Schiebedach seiner schweren Limousine. Ich
hätte mir ein Cabrio aussuchen sollen. Das würde einen
schönen frischen Fahrtwind geben. Er wusste, dass dieser Geruch aus der Oststadt lange an ihm haften würde –
selbst dann, wenn niemand ihn mehr riechen könnte.

Die Besprechung um zwei Uhr mittags fand im größ-
ten Sitzungsraum des Polizeipräsidiums statt und war
geprägt durch die Vorbereitung der dringend notwen-
digen Pressekonferenz.

Auch die Präsidentin ließ es sich nicht nehmen, dabei
zu sein, alle beteiligten Spezialisten und Führungskräfte
waren ebenfalls anwesend.

Man beschloss, ein paar mäßig scharfe Übersichts-
fotos von leeren Betongräbern an die Medien auszugeben und suchte nach möglichst emotionslosen Formu-
lierungen für den Text der Pressemitteilung. Auf keinen
Fall sollte die Konferenz nach dem zwei Tage zurückliegenden blamablen Reinfall wieder in der Oststadt abge-
halten werden.

Über die Identität der gefundenen Leichen würde man
nach Schätzungen der Gerichtsmedizin frühestens in

einigen Tagen etwas aussagen können und auch mit vorschnellen Verdächtigungen bezüglich der beiden Festgenommenen wollte man sich absichtlich noch zurückhalten.

»Von Mord bis zur zufälligen Mitwisserschaft ist alles denkbar«, resümierte Oskar Lindt. »Ich vermute nicht, dass wir schnelle Geständnisse zu erwarten haben.«

»Wenn sie ganz tief im Sumpf mit drinstecken würden«, überlegte Staatsanwalt Conradi, »hätten sie sich bestimmt schneller aus dem Staub gemacht.«

»Sie waren nicht erstaunt, uns im Intercity wiederzutreffen«, bestätigte Paul Wellmann. »Vermutlich wägen sie im Moment sehr genau ab, was ihnen droht, wenn sie aufgrund von Indizien verurteilt werden, und mit was sie rechnen müssen, wenn sie zur eigenen Entlastung mit der Wahrheit herausrücken.«

»Wenn die auspacken, macht die 'Ndrangheta kurzen Prozess mit den beiden«, war sich Jan Sternberg sicher. »Die entscheiden sich bestimmt für Maulhalten und Absitzen.«

Er sollte recht behalten. Giuseppe und Carlo Gallo blieben in Untersuchungshaft und bekamen dort öfter Besuch von ihrem feingekleideten Anwalt. Trotz aller stundenlanger Verhöre blieben sie stumm wie zwei Goldbrassen aus dem Golf von Neapel.

Am Freitag kamen erste Ergebnisse aus dem Institut für Rechtsmedizin der Universität Heidelberg. Die Ärzte und die Spezialistenteams von KTU und Landeskriminalamt hatten im Schichtbetrieb bis in die Nacht hinein gearbeitet.

Auch Ludwig Willms war bei einigen der Obduktionen dabei gewesen und konnte der Mordkommission nun bereits acht identifizierte Personen melden: »Unglaublich, was diese Jungs vom LKA geschafft haben. Von elf Leichen ließen sich die Fingerabdrücke rekonstruieren. Immerhin waren diese Personen zwischen 7 und 18 Jahren tot. In einem Erdgrab wären nach dieser langen Zeit höchstens noch ein paar Knochen übrig gewesen – die fehlende Zersetzung unter Luftabschluss hat uns die Arbeit erheblich erleichtert.«

»Personen, die wir kennen?«, wollte KO-Bauer wissen.

»Von C wie Calabrone bis zu U wie großer Unbekannter ist alles dabei. Auch der Mann, dessen DNA in der Berliner Plattenbauwohnung gesichert worden war, gehört dazu.«

»Moment mal«, unterbrach Oskar Lindt. »Du willst sagen, da liegen Killer begraben?«

»Exakt! Gekillte Killer sozusagen. Alle waren bereits einschlägig polizeibekannt.«

»Als Killer?«

»Das nicht, aber wegen Körperverletzung, Drogenhandel, Schutzgelderpressung und so weiter. Die ganze Latte rauf und runter.«

»Wisst ihr schon, wie die Leute gestorben sind?«

»Alle hingerichtet. Immer Genickschuss, immer dasselbe Kaliber. Geschosse haben sich leider keine gefunden.«

»Keine zertrümmerten Schädel?«

»Du denkst an fallende Ziegelsteine, Oskar?« Willms schüttelte den Kopf. »In keinem einzigen Fall.«

»Dann spricht also vieles dafür, dass dieser Fabio Gallo gezielt mit falschen Beschuldigungen aus dem Verkehr gezogen werden sollte.«

»Schade«, sagte Jan Sternberg. »Die Maurer-Technik hat mir ganz gut gefallen.«

»Vielleicht liegen die Poroton-Opfer ja ganz woanders«, brummte Oskar Lindt. »Im sandigen Hardtwaldboden ist eine Grube schnell ausgehoben und die Würmer lassen sich das Festmahl sicher gut schmecken.«

»Mit Fingerabdrücken wäre dort schon nach kurzer Zeit nichts mehr zu machen«, sagte Ludwig Willms.

»Lassen wir die Spekulationen«, meinte Lindt. »Sicher ist, dass die Sippe Gallo auf irgendeine Art mit den 14 Betonleichen zu tun hat. An diesem Punkt müssen wir ansetzen.«

»Die werden nicht reden, Oskar«, war sich Frank Bauer völlig sicher. »Niemals, denn sonst enden sie selbst auf diese Art.«

»Das haben wir auch schon vermutet«, nickte Paul Wellmann. »Also lässt sich mit Verhören nichts erreichen.«

»Vielleicht waren Carlo und Giuseppe ja wirklich nur Randfiguren«, überlegte Lindt. »Aber was ist mit Vittorio Gallo, dem Kapo? Verschwunden seit sechs Jahren. Oder habt ihr den auch im Beton gefunden?«

Willms schüttelte den Kopf: »Ich wiederhole mich ungern. Aber dir zuliebe, Oskar, noch mal ganz langsam zum Mitschreiben: Die jüngste Leiche ist seit sieben Jahren tot und außerdem eine Frau, nämlich diese Patricia Varese. Also konnte Vittorio kaum dabei liegen, wenn er erst seit sechs Jahren verschwunden ist. Kapiert?«

»Vielen Dank für deine übergroße Geduld, mein lieber Ludwig. Wer vor sechs Jahren verschwunden ist, kann nicht seit mehr als sieben Jahren tot sein. So weit kann ich dir folgen. Aber lasst uns das Pferd mal andersrum aufzäumen: Der Kapo ist seit sechs Jahren weg und seither wurden keine neuen Leichen mehr im Maiwald-Keller einbetoniert. Dieser Zusammenhang liegt für mich auf der Hand. Oder sieht das jemand anders?« Er schaute in die Runde.

»Du hältst also Vittorio Gallo für den Mörder?«

»Nicht unbedingt, Ludwig. Vielleicht war er auch nur der Totengräber.«

»Und warum hätten die Brüder Maiwald so etwas in ihrem Schuppen dulden sollen?«, fragte Paul Wellmann. »Die waren doch ihr Lebtag nicht in krumme Geschäfte verwickelt – die Redlichkeit in Person sozusagen.«

»Vielleicht nur nach außen hin. Erinnere dich daran, wie sie die jungen Italiener ausgenutzt haben. Schlecht bezahlt und dazu die Miete in bar einbehalten. Wo es was zu holen gab, waren die Maiwalds gleich dabei.«

»Vielleicht haben sie ja Liegegeld kassiert? Privater Friedhof im Keller, garantiert pflegeleicht.«

»Oder sie waren erpressbar. Mieteinnahmen ohne Quittung sind definitiv Schwarzgeld und Vittorio wusste auf jeden Fall davon.«

»Leider können wir ihn nicht fragen, deshalb suchen wir weiter nach Fakten. Gibt es noch andere Ergebnisse?«

Ludwig Willms schüttelte den Kopf: »Die DNA-Abgleiche laufen. Es dauert halt seine Zeit, Hunderte von Proben zu analysieren. Wir hoffen natürlich, dass wir die Identität der restlichen drei Leichen auf diese

Art klären können, aber ich glaub nicht so recht daran. Sind einfach zu alt.«

»Wie wäre es denn mit Familienfehden?«, warf Paul Wellmann ein. »Die Clans der 'Ndrangheta kämpfen doch sicher auch gegeneinander um die Vorherrschaft in bestimmten Gebieten.«

KO-Bauer fühlte sich angesprochen: »Das müssen wir mit den Italienern klären. Falls die Identifizierten ein und derselben Sippschaft angehört haben, könnte an dieser Theorie was dran sein.«

Ludwig Willms schob ihm die Akte über den Tisch: »Wenn ich neue Ergebnisse habe, bekommst du sie sofort.«

»Und was machen wir so lange?«, wollte Jan Sternberg wissen, als er mit Lindt und Wellmann wieder alleine im Büro war.

»Gute Frage«, brummte der Chef der Mordkommission und sah auf die Uhr. »Freitag, 11 Uhr, am besten, wir gehen ins vorgezogene Wochenende.«

»Im Ernst?«

»Warum nicht? Überstunden haben wir in dieser Woche ja genügend angehäuft.«

»Oh nein, auch das noch!« Sternberg starrte entsetzt auf seinen Computermonitor. »Was da steht, das sage ich Ihnen lieber gar nicht, Chef. Versaut das ganze Wochenende.«

»Kann's mir auch so denken. Mail vom Kurzen?«

»Ergebnis der Haftprüfung. Vor einer halben Stunde hat der Ermittlungsrichter die Gallos freigelassen.«

»Dieses Mal werden sie wahrscheinlich fliegen, heim

nach Italien«, meinte Lindt resigniert, lehnte sich zurück und schloss die Augen. »Eine Kette von Misserfolgen«, stöhnte er. »Unsere einzigen Verdächtigen und dieses A… von einem Richter lässt sie laufen.«

»Oskar, reg dich nicht auf«, legte ihm Paul Wellmann die Hand auf die Schulter. »Die hätten eh nichts gesagt.«

Lindt schoss in die Höhe, knallte ein Aktenbündel auf den Schreibtisch, brüllte: »Scheiße, Scheiße, Scheiße!« und stürmte hinaus. »Wochenende«, war alles, was seine Kollegen noch hören konnten, bevor die schwere Bürotür hinter dem massigen Kommissar zuschlug.

Er stürmte den Gang entlang, stampfte durch das hintere Treppenhaus nach unten in den Hof, riss die Fahrertür seines Wagens auf, ließ sich auf die Polster fallen und gab Gas. Schiebedach auf – er atmete durch – der blaue Himmel – wie eine Erlösung.

Fahren, rollen, gleiten, irgendwann war er auf der B 36 in Richtung Norden. Neureut, Eggenstein, Linkenheim, immer weiter, immer fahren. Oskar Lindt wusste nicht wieso, er wusste nicht wohin, er bediente Gas und Bremse, den Rest machte die Automatik des großen, schwarzen Wagens.

Felder, Wald, Häuser, Fabriken, alles glitt an ihm vorüber – keine Ahnung, was das werden sollte.

Nicht einmal das Radio war an. Lindt wurde ganz zum Fahrer, verschmolz mit der S-Klasse, reagierte vollautomatisch, fuhr und fuhr und fuhr … in einen herrlichen Freitagmittag.

Ein einsamer Parkplatz am Rhein, Schatten unter großen Pappeln, alle Fenster auf, Lehne nach unten, Kopf zurück, Augen halb geschlossen – aaah. Durch das Schiebedach sah er nur grün. Pappelblätter, schaukelnd im Wind, ein Viereck voller Grün, sanft in Bewegung, wohlig dämmerte er hinweg.

Die Tür, die Treppe, die Wände, alles grün. Er stand oben, schaute hinab, kein Ende zu sehen, Stufen über Stufen, grün gestrichen. Ein grüner Schlund, offen, endlos. Er bewegte sich nicht, tat keinen Schritt. Trotzdem glitt er nach unten. Aufrecht stehend, dennoch schwebend, ein kühler Hauch zog ihm entgegen.

Ewig, es dauerte ewig, es nahm kein Ende, Stufe für Stufe, ohne zu berühren. Immer dasselbe Bild, immer dasselbe Licht, immer dasselbe Grün.

Er war kein Teil dieser Treppe, aber sie sog ihn ein. Langsam, stetig, unerbittlich, gierig.

Lindt riss die Augen auf. Wieder einer seiner Träume. Nur ohne Ende. Merkwürdig, er hatte sich nicht unwohl gefühlt.

Aufschreiben! Ja, Aufschreiben half. Das schmale Schulheft in seiner Gesäßtasche trug er immer bei sich. Will der Keller mich wiedersehen? Noch einmal? Ein weiteres Mal? Ruft er mich? Weshalb? Sein Geheimnis ist entdeckt. Die grüne Haut ist aufgebrochen, zerrissen, zermeißelt, zerhämmert, zerstört.

Lindt stieg aus, ging ein paar Schritte, um sich zu strecken, lehnte sich an den Kühlergrill, schaute auf den Rhein. Gebirgsflüsse waren manchmal grün. Der hier eher dunkel. Schwarz wie sein Wagen.

Schwarz wie der Tod.

Die S-Klasse bog nach Osten, kreuzte die Autobahn, kam auf die B 3, heimwärts, Bruchsal, Weingarten, Durlach, Durlacher Allee, Oststadt, Lachnerstraße. Das Ziel.

Zehn Minuten saß er im Auto, ohne sich zu rühren. Das grüne Tor gegenüber, langsam ging er hin. Der Hof, die Stahltür, die Treppe, der Keller. Lediglich ganz schwach, der Geruch. Schwach, aber da. Lindt hielt stand.

Die Farbe im vorderen Teil war zerkratzt, zerrissen, von Maschinen, von Geräten, von Werkzeugen, von Stiefeln. Hinten alles grau. Rauer, grober Beton. So weit abgetragen, dass die 14 Körperformen nicht mehr zu erkennen waren. Nur noch eine kleine Stufe, auf die er steigen musste. Durfte er seinen Fuß überhaupt …?«

Lindt wagte es nicht. Er blieb auf der grünen Farbe stehen, betrat das Gräberfeld nicht. Die Schuhspitzen stießen an. Hart. Hart wie Beton.

Etwas war da, etwas, was da nicht hingehörte, etwas aus Nicht-Beton. Ganz klein, kleiner als ein Daumennagel, klein und schwarz ragte es aus dem Zementgrau heraus.

Er bückte sich, um genauer zu sehen. Schwarze Folie, er fasste sie an, nahm sie zwischen die Fingerspitzen, zog daran – nein, sie dehnte sich, gab nach wie … wie Gummi?

Lindt richtete sich wieder auf, überlegte. Was konnte das sein? Wieso war es hier drin? Wieso steckte es fest? Ein Abfallteilchen, das in den Beton gefallen war? Hier, genau hier, wo die Varese gelegen hatte. Calabrone, die letzte der Leichen.

Sein Schweizer Taschenmesser hatte eine ausklappbare Lupe. Lindt ließ sich schwerfällig auf die Knie fallen und betrachtete den kleinen schwarzen Fetzen in der Vergrößerung. »Wenn ich wissen will, wie das im Beton weitergeht, gibt es nur einen Weg«, sagte er zu sich. Er stemmte sich wieder hoch und ging nach oben.

Hammer und Meißel, Brille und Handschuhe fand er schnell. Zurück im Keller, machte sich der Kommissar ans Werk. Vorsichtig setzte er das Werkzeug an. Machte kleine Schläge, trug minimale Betonbrösel ab, immer darauf bedacht, das schwarze Etwas nicht zu beschädigen.

Lindt wurde zum Steinmetz, nein, eher zum Archäologen. Nach einer halben Stunde hatte er es geschafft, die Fläche eines Fünfeuroscheins freizulegen. Er nahm das flache Gummi wieder zwischen seine Fingerspitzen – klar, das war ... das konnte nur ...

Er war sich sicher und griff nach dem Handy. »Ludwig, du kennst den Weg. ... Nein, diesmal reicht ein Team. ... Frag nicht so viel und komm!«

Willms missmutige Miene wechselte schlagartig, als er erblickte, weshalb der Kommissar ihn zum vierten Mal an denselben Ort bestellt hatte. »Wenn wir Glück haben, Oskar«, begann er und griff höchstpersönlich zu dem bereitliegenden Werkzeug. »Wenn wir Glück haben.« Mehr sagte der KTU-Chef nicht und hämmerte wild drauf los. Nach zehn Minuten ließ er sich ablösen und eine weitere halbe Stunde später hatte das Team der Kriminaltechnik den Fremdkörper vollständig aus dem Beton herausgemeißelt.

»Männergröße«, beschied Willms. »Den Rest des Betons entfernen wir im Labor.«

Lindt entschied sich, dabei zu sein, und tatsächlich hatten sie Glück. Der schwarze, feste Gummihandschuh musste damals beim Betonieren in das frische Material gerutscht sein. Außen vollständig umhüllt und in seiner

Form völlig plattgedrückt, aber innen leer. Nur an der Stulpe war etwas Beton eingesickert und ausgehärtet.

»Abdrücke innen am Gummi?«, wollte Lindt wissen.

Der KTU-Chef schnitt mit einem Skalpell die Fingerlinge an der Oberseite auf, nahm mit einem Trägerinstrument verschiedene Proben aus dem Innern – »ein paar wenige Hautschuppen würden reichen« – und versuchte, die Abdrücke sichtbar zu machen. »Leider nur noch Fragmente, kein Wunder nach dieser Zeit, aber vielleicht reicht's.

Wenn uns das gelingt, Oskar, ist es einen Artikel in der Fachpresse wert, vielleicht sogar einen Vortrag beim nächsten Kongress. Sicherung von DNA-Spuren und Fingerabdrücken aus der Innenseite eines seit sieben Jahren einbetonierten Gummihandschuhs.«

»Hört sich gut an«, murmelte Lindt und fixierte den Computermonitor.

Das Ergebnis ließ auf sich warten, minutenlang arbeitete der Rechner, dann das Resultat: ›Übereinstimmung 74 Prozent mit Gallo, Fabio.‹

»Was?« Der Kommissar traute seinen Augen nicht. »Von dem haben wir doch noch gar keine.« Er schlug sich an die Stirn: »Natürlich, Jans ungenehmigte Samstagsaktion.«

»Die DNA-Analyse dauert aber länger«, gab Willms zu bedenken. »Einen Haftbefehl bekommst du jetzt noch nicht. Fingerabdrücke mit 74 Prozent werden dem Staatsanwalt vermutlich nicht reichen.«

Lindt war bereits an der Tür: »Ich hol ihn trotzdem. Freitags kommt er nämlich immer von seinen Baustellen nach Hause, dieser Maurer.«

15

»Gefahr im Verzug, Flucht und Verdunkelung, schreib das dem Kurzen«, wies Kriminalhauptkommissar Oskar Lindt seinen jungen Mitarbeiter Jan Sternberg an, der genauso wie Paul Wellmann noch im Büro gearbeitet und sich nicht schon ins Wochenende verabschiedet hatte. »Selbst, wenn er die Nachricht heute nicht mehr liest, haben wir unsere Informationspflicht erfüllt.«

»Sollen wir den ›Abfluss-Frei‹ buchen?«, wollte Paul Wellmann wissen.

»Gute Idee«, nickte Lindt. »Versuch doch gleich, ob wir ihn bekommen. Und das MEK in die Südstadt.«

Mit Expresstempo rollte die Aktion an. Verschiedene Zivilwagen des Mobilen Einsatzkommandos der Karlsruher Polizei verteilten sich im Umkreis von einigen Hundert Metern um das Haus, in dem Fabio Gallo und seine Familie wohnten.

Schräg gegenüber fand der orangerote Transporter einer Rohrreinigung einen freien Parkplatz. Jan Sternberg, der den Wagen gesteuert hatte, stieg nicht aus, sondern zwängte sich zwischen den Vordersitzen durch in den fensterlosen Laderaum, wo es sich seine beiden Kollegen bereits in bandscheibenschonenden Leitstellensesseln bequem gemacht hatten.

In Windeseile richtete Sternberg die Objektive zweier von außen unsichtbarer Kameras auf Haustür und Hofeinfahrt.

»Gibt es sonst noch einen Ausgang?«, überlegte Wellmann. »Hof – Garage – Nachbarhof – nächste Straße?«

Jan rief auf dem Computer ein Luftbild des Hauses auf und zoomte den Garagenbereich groß heraus. Mit seinem Kugelschreiber deutete er auf dem Monitor einen Kreis an. »Durchgänge gibt es nicht, aber falls verschiedene Garagen eine Hintertür haben, kann er nur in diesen einen Hof hier gelangen.«

»Schick einen vom MEK dort hin«, gab Lindt die Anweisung und überlegte: »Wir sollten feststellen, ob er schon daheim ist.«

»Ein Anruf«, schlug Sternberg vor und suchte die Nummer aus dem Online-Telefonbuch seines PCs heraus.

»Okay«, stimmte der Kommissar zu. »Aber ganz, ganz unverfänglich.«

»Keine Sorge, Chef«, grinste Jan und tippte die Nummer in sein Handy.

»Hi, ich bin's, Jan. Ist Fabio da? Er wollte zurückgerufen werden.« An Sternbergs entspanntem Gesichtsausdruck konnte man unschwer ablesen, wen er am Apparat hatte.

»Bauchfrei, Paul. Bauchfrei geht die Gangsterbraut von heute«, flüsterte Lindt.

»Sommer, Oskar. Am besten, wir beide versuchen es auch mal«, raunte der Angesprochene zurück.

Lindt verdrehte die Augen. »Das wäre der Anblick des Jahres«, dann lauschte er wieder auf das Telefongespräch.

Sternberg quasselte etwas von Fußball, KSC, Wildparkstadion und verabschiedete sich mit einem: »Ciao, ich ruf dich später wieder an.«

Sein Chef räusperte sich überdeutlich: »Sag mal, mein lieber Jan, wie genau kennst du denn diese … diese …?«

»Sie meinen Fabios Frau?« Sternberg grinste leicht unverschämt. »Gar nicht, wieso fragen Sie?«

»Hat sich gerade eben ganz anders angehört.«

»Guter Trick, gell? Garantiert kennt sie nicht alle Kumpels ihres Mannes.«

»Und wenn dieser Fabio nun gar nicht auf den KSC steht?«

Sternberg riss die Augen auf und starrte auf den Monitor: »Dann passiert das hier!«

Ein Mann kam aus der Haustür gestürzt, eilte im Laufschritt zu den Parkplätzen im Hof, schwang sich in einen Wagen und bog in hohem Tempo auf die Straße.

»Lindt an alle«, bellte der Kommissar ins Funkgerät. »Weißer Audi, A6 Kombi, rote Aufschrift – irgendwas mit Bau – Kennzeichen: Frankfurt – Siegfried – Theodor – 4422 – in hohem Tempo Richtung Ettlinger Straße – holt ihn euch!«

»Hier Egon 4«, meldete sich einer von der MEK-Flotte, »er biegt ab Richtung Stadtmitte, ich bin dran.«

Kurze Zeit später der nächste Funkspruch: »Ettlinger Tor, er ist zwei Wagen vor mir, Ampel rot, blinkt nach links in die Kriegsstraße.«

»Egon 6, ich komm aus der Lammstraße und lass ihn auflaufen.«

Nach einer Minute: »Jetzt ist er direkt hinter mir – zieht vorbei – bei Dunkelgelb in Richtung ZKM. Ich bin weg.«

»Mist, sie haben ihn entwischen lassen«, schimpfte Lindt.

»Jede Wette, der will raus auf die Autobahn«, drückte Sternberg die Sprechtaste am Funk und zeigte auf dem Stadtplan die Brauerstraße entlang.

»Egon 7, ich komm vom Hauptbahnhof über die Ebertstraße. Wenn du recht hast, krieg ich ihn.«

Zwei lange Minuten war Stille, dann: »Hier Egon 7, ich seh ihn im Spiegel. Richtung stimmt. Wer ist noch in der Nähe?«

»Keiner«, bellte Lindt in den Apparat. »Nicht vorbeilassen.«

»Egon 6, ich bin wieder dahinter.«

»Richtung BAB?«

»Jetzt auf dem Zubringer, Höhe Gut Scheibenhardt. Fährt wie ein Verrückter. Sollen wir ihn schnappen?«

»Nicht zu zweit«, entschied Lindt. »Gebt ihm etwas Auslauf. Auf der Autobahn kriegen wir ihn besser.«

Tatsächlich bog der weiße Audi an der Anschlussstelle Karlsruhe-Süd auf die A 5 in Richtung Rastatt ein. Nachdem Egon 6 und 7 das gemeldet hatten, öffneten auf einem Parkplatz ein paar Kilometer weiter die Besatzungen zweier Zivilfahrzeuge des Autobahnreviers die Kofferraumklappen ihrer Dienstwagen. Sie schlüpften in dunkle Schutzwesten mit der weißen Aufschrift ›Polizei‹, überprüften ihre Handfeuerwaffen und fädelten sich anschließend in die Kolonne der Lkws und die des rechten Fahrstreifens ein.

Kurz vor der nächsten Ausfahrt verengte sich die Fahrbahn wegen einer Baustelle von drei auf zwei Streifen. Dort verringerte ein Opel Omega auf der linken Spur seine Geschwindigkeit von den vorgeschriebenen 80 Stundenkilometern mehr und mehr. Am Lichthupengewitter des hinter ihm drängelnden Audi störte er sich nicht. Auch die Schlange der Lastwagen daneben wurde immer langsamer, da ein dunkler 5er BMW vor den Trucks fuhr und auf gleicher Höhe wie der Opel blieb.

Nach weiteren 400 Metern stand der Verkehr. Autobahn dicht. Die Türen der Limousinen flogen auf, vier kräftige Polizeibeamte stürzten heraus und auf den weißen Audi zu. Von hinten eilten ihre Kollegen des Karlsruher Mobilen Einsatzkommandos herbei, ebenfalls mit den Waffen im Anschlag.

Fabio Gallo erkannte, dass er keine Chance hatte. Resigniert legte er die Hände auf das Lenkrad. Zwei Sekunden später klickten die Handschellen.

Die Freitagnacht wurde lang. Nach der erkennungsdienstlichen Behandlung und der Abnahme einer Speichelprobe verhörten Lindt und Wellmann abwechselnd den jungen Gallo. Sie konfrontierten ihn mit dem Gummihandschuh und dem Betongrab in der Lachnerstraße.

Sein Anwalt registrierte die Aussichtslosigkeit der Lage und verließ das Polizeipräsidium, nachdem er das schwarze Beweisstück nebst ein paar kurzen Erläuterungen präsentiert bekommen hatte.

Gallo selbst reagierte nicht im Geringsten.

Die beiden Kommissare verwunderte das kaum. Sie ließen sich Zeit. Zehn Minuten Befragung, halbe Stunde

Pause. Zehn Minuten Wellmann, wieder Pause, zehn Minuten Lindt, nächste Unterbrechung. Diesen Rhythmus behielten sie bis Mitternacht bei. Völlig desinteressiert schwieg der Bauingenieur und starrte mit unbewegter Miene Löcher in die Luft.

Dann kam Ludwig Willms mit dem DNA-Vergleich. »Hautschuppen im Handschuh und Speichelprobe stimmen überein – 100 Prozent – kein Zweifel.«

»Andere DNA?«

»Negativ, Oskar. In diesem schwarzen Gummihandschuh waren nur Hautschuppen und auch nur Fingerabdrücke einer einzigen Person.« Mit der ausgestreckten Hand deutete Willms durch die nur von einer Seite durchsichtige Glasscheibe in den Verhörraum: »Da sitzt sie!«

Lindt nickte zufrieden, schickte die vorbereitete Mail an den diensthabenden Staatsanwalt, ließ Fabio Gallo abführen und stieg gegen halb eins im Hof des Polizeipräsidiums in seine nachtschwarze Limousine.

Der Rest würde Routine sein: Am Samstag Haftprüfungstermin, danach Untersuchungshaft, Anklage durch die Staatsanwaltschaft, Prozess.

Die ersten Zweifel kamen ihm an einer Ampel in der Karlstraße.

Mord in 14 Fällen? Beihilfe zum Mord? Wie würde die Anklage lauten? Wären die Indizien ausreichend?

Die Ampel sprang auf Grün. Lindt fuhr weiter.

Reichten die Ermittlungsergebnisse für die Staatsanwaltschaft? Ein Geständnis? Ausgeschlossen! Omertà – Schweigen!

Angenommen, Fabio Gallo wäre nur der Totengräber gewesen? Nicht der Mörder, nicht der Totschläger, nicht der Ziegelstein-Killer, nicht der Genickschuss-Henker, nur der Leichenbeseitiger.

Er, vielleicht sein Vater und seine beiden Onkel? Handlanger für die großen Bosse der 'Ndrangheta? Vittorio als Leichenspediteur mit dem alten, grünen Lastwagen der Maiwalds? Niemand kann Verdacht schöpfen, wenn der Mercedes-Kurzhauber mit einem großen Haufen Sand auf der Ladefläche in den Hof biegt. Unter dem Sand? Keiner hat's gesehen!

Abladen im Schuppen, Bodenöffnung auf, Leiche runterlassen, Betonmischer an, Sand, Kies, Zement, Wasser, Schalungselemente aufstellen, Betonquader ausgießen, erst halb voll, dann die Leiche rein und den restlichen Beton draufkippen. Glattstrich durch den Kapo, hohe Maurerkunst, später grün überstreichen, fertig!

Mittlerweile war der Kommissar auf dem Adenauerring.

Welches Gesetz würde dabei greifen? Welchen Vorwurf konnte man machen? Störung der Totenruhe? Nein, bestimmt nicht. Ein Betonsarg im Keller widersprach sicherlich den einschlägigen Bestattungsvorschriften, aber was stand auf eine Zuwiderhandlung? Keine Ahnung, wahrscheinlich nur ein Bußgeld. Wäre das Ganze lediglich eine Ordnungswidrigkeit? So wie Falschparken oder Geschwindigkeitsüberschreitung? Lindt wurde ganz schwindlig bei diesen Gedanken. Die Beweisführung – ein Kartenhaus? Zusammenbrechend beim leisesten Windhauch?

Die DNA am Tatort nichts wert? Halt, der Keller war ja gar nicht der Tatort.

Lindt hatte keine Chance. Selbst wenn er nicht so in Gedanken gewesen wäre.

Ein grausamer Knall! In voller Fahrt prallte er mit dem dunklen Körper zusammen. Zu Tode erschrocken, trat er mit ganzer Wucht auf die Bremse, fühlte, dass er etwas vor sich herschob, kam nach 30 Metern zum Stehen. Zitternd hielt er sich am Lenkrad fest. Das Herz schlug ihm bis zum Hals, er konnte sich nicht rühren. Es dauerte eine gefühlte Ewigkeit, bis seine Hand den Schalter der Warnblinkanlage gedrückt hatte.

Schwarz, er hatte nur für den Bruchteil einer Sekunde schwarz gesehen. Schwarz von links, schwarz so hoch wie die Motorhaube, schwarz mitten auf dem vierspurigen Adenauerring.

Hinter ihm hielt ein Lieferwagen. Zwei junge Männer stiegen aus, kamen zu ihm an die Fahrertür, klopften an die Seitenscheibe. Lindt öffnete die Tür.

»Ist was passiert?«, fragte einer der beiden.

Der Kommissar zeigte wortlos nach vorne, wo eine helle Dampfwolke vom Kühler aufstieg. Der Motor lief und wenigstens ein Scheinwerfer schien noch heil zu sein.

Die Männer machten drei Schritte und stießen plötzlich einen synchronen Schrei aus – »Waaa, lebt noch!« –, rannten wieder nach hinten und flüchteten in ihren Transporter.

Daraufhin hörte Lindt das Klappern, furchterregendes Klappern. Schlagartig wusste er, woher der Ton kam, und zog die Fahrertür schleunigst zurück ins Schloss. Seine Hand tastete an den Hosenbund. Er zog die Neun-Millimeter heraus und legte sie vor sich auf das Armaturenbrett. Gleich darauf fingerte er nach seinem Handy.

Drückte 110. Halt, Abbruch, was sollte er sagen? Traue mich nicht aus dem Auto?

Entschlossen fasste er die Pistole, zog den Schlitten zurück und entsicherte im Zeitlupentempo die Tür. Oder die Waffe? Mit zitternden Knien stieg er aus, machte einen Schritt, noch einen, dann lugte er um die Ecke der langen Motorhaube.

Sie sahen sich gleichzeitig.

Der andere steckte unter der Stoßstange fest, eingekeilt, wehrlos. Lindt schoss trotzdem, reflexartig, genau zwischen die Augen.

Kein Effekt! Der Kommissar stand wie gelähmt. Das Ungeheuer schüttelte nur seinen mächtigen Schädel und klapperte, angriffslustig schäumend und lauter als zuvor, mit seinen langen, gebogenen, weiß blitzenden Hauern.

Lindt schoss wieder und wieder und …

Nach dem Schuss direkt ins Auge bäumte sich der Keiler ein letztes Mal auf, bebte so, dass der ganze schwere Wagen schwankte, danach sackte er zusammen und verabschiedete sich endgültig in die ewigen Jagdgründe.

Oskar Lindt musste sich festhalten. Zitternd suchte seine Hand den Kotflügel. Er konnte sich nicht rühren.

Erst als die beiden jungen Männer wieder aus dem Lieferwagen stiegen, kam er zu sich.

»Ist es tot?«, fragte der eine.

»Das Schwein«, sagte der andere.

Der Kommissar brachte kein Wort heraus, er nickte nur und bemerkte, dass die beiden auf seine Pistole starrten.

»Polizei«, würgte er hervor und suchte in der Hosentasche nach dem Handy. Er fand es nicht. Immer noch dampfte der Kühler, immer noch lief der Motor.

Mit steifen Beinen stolperte Lindt zur Fahrertür, griff hinein und drehte den Zündschlüssel zurück. Neben dem Automatikhebel lag das Gesuchte.

Jetzt wählte er die Notrufnummer, bestellte Streife und Abschleppwagen. »Ruft auch beim Förster an. Einer muss das Vieh ja hier wegholen.«

Erschöpft taumelte er um kurz nach zwei Uhr aus dem Streifenwagen zur Haustür. Die beiden Kollegen waren so freundlich gewesen, einen kleinen Abstecher in die Waldstadt zu machen. »Gegen einen kleinen Fiat hätte sie wahrscheinlich gewonnen, die Sau, aber der Lindt mit seinem dicken Mercedes …«, hörte er noch im Weggehen. Oder hatte es »der dicke Lindt mit seinem Mercedes« geheißen?

»Jetzt ist der Schwarze auch noch hin«, presste Oskar mühevoll heraus, als Carla die Augen aufschlug, erst auf die Uhr und ihn anschließend vorwurfsvoll anblickte. »Dein Handy war wohl kaputt«, zischte sie und drehte sich wieder zur Seite.

Die Nacht war kein Vergnügen für den Kommissar. Erst fand er keinen Schlaf, dann schreckte er nach zwei Stunden mit einem grellen Schrei schweißgebadet in die Höhe, weil ein riesiger aufgeblasener, schwarzer Gummihandschuh ihn in voller Fahrt von seinem Fahrrad katapultiert hatte.

»Oskar!«

Lindt legte sich wieder hin und versank zum Glück sofort in einen tiefen Schlummer.

Um halb zehn weckte ihn der Duft von frischem Kaffee. Carla stand mit einer großen Tasse neben seinem Bett. »Komm, heute war ausnahmsweise mal ich beim Bäcker.«

Nach und nach gelang es ihm, seine Gedanken zu ordnen. Nach einem Croissant, das er in den Milchkaffee tauchte, nahm er ein Schinkenbrötchen und schilderte den nächtlichen Zusammenstoß und seine Kanonade. »Die Kugeln blieben einfach im Schädelknochen stecken«, schüttelte er den Kopf. »Der Förster hat sie mit seinem Messer rausgepult.«

»Du Armer«, tätschelte sie seine Hand. »Dieses Schwein hätte dich glatt zerfetzen können.«

Lindt überhörte die Spitze und schmierte sich ein neues Brötchen.

Danach erzählte er von Gallo. Vom Handschuh, von den Spuren, vom Schweigen, von den Bedenken.

»Oskar«, sagte Carla. »Ich an seiner Stelle …«

»Wieso du?«

»Wenn ich dieser Italiener wäre, würde ich ganz einfach sagen: Klar, das ist mein Handschuh, lag oben im Regal, schließlich hab ich bei der Baufirma ja ab und zu ausgeholfen. Aber wer den genommen und dort in den frischen Beton geworfen hat? Keine Ahnung! Und schon ist er wieder draußen.«

Lindt saß mit offenem Mund da und vergaß zu kauen. Er wurde bleich, stürzte ins Bad und übergab sich lauthals.

Den Samstag verbrachte er auf dem Sofa. Unrasiert, ungeduscht und nachlässig gekleidet lag und döste er, unfähig, einen klaren Gedanken zu fassen.

Alles für die Katz? Fehlschlag? Versagen? Zurück auf Start? Noch mal von vorne?

Die Gedanken in seinem Kopf sausten im Kreis. Ein Strudel im Nebel, immer schneller, immer undurchsichtiger, immer verschwommener.

Kurz vor dem Zusammenbruch schreckte ihn das Telefon hoch. Carla brachte den Apparat: »Staatsanwaltschaft, Haftprüfung.«

Lindt schloss die Augen. Jetzt würde die Prophezeiung seiner Frau sich bewahrheiten.

»Gerade noch mal gut gegangen«, meinte der Staatsanwalt, der an diesem Wochenende Bereitschaftsdienst hatte. »Hoffentlich finden Sie etwas mehr, was ihn belasten könnte. Der Richter war kurz davor, diesen Kerl gehen zu lassen. Es hat eine ganze Stunde gedauert, bis ich ihn so weit hatte, U-Haft anzuordnen. Zum Glück war Gallos Anwalt eine echte Pfeife. Aber zum Prozess werden die sicherlich einen Besseren schicken. Also bitte, Herr Lindt, suchen Sie weiter!«

Das weitere Wochenende verlebte der Kommissar in Trance. Von Leben konnte man gar nicht sprechen. Er vegetierte eher dahin und ließ die Stunden vorbeiziehen. Weder am Samstag noch am Sonntag rührte er eine seiner vielen Pfeifen an – Carla wusste es, ein schlechtes, ein sehr schlechtes Zeichen. »Suchen Sie, Herr Lindt, suchen Sie«, äffte der Kommissar die Stimme des Staatsanwalts nach.

Die Aufmunterungsversuche seiner Frau blieben vergebens. »Zu allem Unglück auch noch das Auto«, war alles, war Oskar antwortete, wenn sie ihn ansprach.

Am Sonntag gegen vier Uhr nachmittags stellte sie

ihm ein Ultimatum: »Jetzt reicht's echt. Deine schlechte Laune kannst du morgen im Präsidium wieder verbreiten. Ab unter die Dusche. Um fünf gehen wir was essen!«

Obwohl er auf dieses verheißungsvolle Wort normalerweise sofort reagierte, blieb er zunächst apathisch sitzen. Dann zwang er sich in die Höhe. Ein drohend-aufmunternder Blick von Carla hatte ihm signalisiert, wie ernst sie es meinte. Schlurfend schleppte er sich vorwärts und kletterte in die Dusche.

Die Türklingel hörte er wegen des Wasserrauschens nicht. Umso größer war der Schock, als er – nur mit Bademantel und Schlappen bekleidet – aus dem Bad kam und den Mann in der Küche bei seiner Frau sitzen sah. Breite Schultern, braune Augen, gedrungene Statur, dichtes graues Haar, das einstmals schwarz gewesen war, Hände wie kleine Schaufeln.

Auch Carla musste ihn sofort erkannt haben, sonst hätte sie ihn nicht eingelassen.

»Was?«, stammelte Lindt, sie ließ ihn jedoch nicht ausreden. »Zieh dir endlich was an, Oskar. Herr Gallo möchte mit dir sprechen. Dringend!«

Als der Kommissar wieder aus dem Schlafzimmer kam, eiligst in Hemd, Hose und Socken gefahren, setzte Vittorio Gallo die Kaffeetasse ab, erhob sich und streckte die Hand aus. »Sie kennen mich sicher noch.«

»Sie sind …«, sagte Lindt und ließ sich neben ihm am Küchentisch nieder.

»Wieder da«, antwortete Gallo. »Extra gekommen, weil Sie meinen Fabio eingesperrt haben. Er hat nichts damit zu tun, gar nichts.« Daraufhin griff er in seine Jacke, zog eine abgewetzte lederne Brieftasche heraus und entnahm ihr ein Foto und ein Stück Papier. »Bitte, lassen Sie das prüfen.« Er schob die Blätter über den Tisch.

Lindt fasste das schwer zu entziffernde Schreiben vorsichtig mit zwei Fingern. »Italienisch, von Hand beschrieben, damit kann ich leider nichts …«

»Natürlich nicht. Lassen Sie mich übersetzen. Dieser Mann ist tot.« Gallo pochte auf das Bild. »Seit fast sechs Jahren.« Dann tippte er sich an die Schläfe: »Da drin ist es gewachsen und als sie ihm in Napoli ein Auge rausmachen mussten, hat er gewusst, dass es nicht mehr lange geht.«

»Tumor?«, fragte der Kommissar.

Vittorio Gallo nickte. »Er ist zu mir gekommen, weil wir immer miteinander …« Es schien, als suchte er die richtigen Worte.

Lindt begann, die Wahrheit zu ahnen: »Miteinander gearbeitet haben?«

»Si, so könnte man es sagen. Er hat das da vor seinem Tod noch geschrieben.«

»Ein Geständnis?«

»Wegen seinem Gewissen. Sie können es übersetzen lassen in Ihrem Polizeiamt, aber ich sage Ihnen trotzdem gleich, was da steht.«

Der Kommissar unterbrach ihn: »Er hat geschossen und Sie haben begraben!«

Der Italiener nickte wieder, langte erneut in seine Jacke und zog – Lindt erbleichte – eine schwarz glänzende Beretta hervor. »Nicht geladen.« Er schob sie über den

Tisch. Sein Gegenüber fasste die Waffe nicht an, sondern starrte wie hypnotisiert darauf.

Carla bewies mehr Geistesgegenwart, riss schnell zwei Blatt Küchenrolle ab und griff sich damit die Pistole.

»Seine Fingerabdrücke sind drauf. Meine auch, aber ich habe nicht geschossen, immer nur gewartet und aufgeräumt.«

»Alle 14?«

»Alle. Wenn er einen Auftrag bekam, ist er immer extra aus unserem Dorf angereist. Der Nachbar hat dann seine Ziegen gehütet.«

»Als er tot war, haben Sie seine Stelle eingenommen«, sagte Lindt spontan.

»Si, si. Ich war der neue Ziegenhirte. Alle dort wussten es, aber es ist nur ein sehr kleines Dorf und besteht fast bloß aus unserer Familie. Wir wissen ein Geheimnis zu hüten.«

»Ziegenkapo seit sechs Jahren. Wahrscheinlich sind jetzt Ihre Brüder Carlo und Giuseppe bei der Herde.«

»Und meine Frau. Leider konnte sie nicht so oft kommen, das wäre hier in Karlsruhe zu sehr aufgefallen.«

Gallo nahm wieder einen Schluck aus seiner Tasse.

Lindt fuhr sich durch die noch feuchten Haare, weil er plötzlich nicht mehr sicher war, ob er sich schon gekämmt hatte.

»Heißt das Bruno?« Er zeigte oben auf das Schreiben, wo dieser Name samt Adresse zu lesen war.

»Bruno Gallo, ein entfernter Vetter von mir. Immer alleine mit seinen Ziegen, nicht verheiratet, keine Kinder. Deshalb haben ihn die Bosse ausgesucht.«

»Er musste die Drecksarbeit machen.«

»Si, aber Aufräumen war auch nicht sehr schön.«

»Trotzdem haben Sie es gemacht, die ganzen Jahre über.«

»Die haben es mir befohlen. Wenn nicht, dann …« Den Rest ließ Gallo offen.

»Die Art der Beseitigung war allein Ihre Sache?«

»Meine Idee. Den alten Keller brauchten die beiden Chefs nicht mehr. Er war ideal. Ich habe ihn, na, wie sagt man …«

»Gemietet?«

»Genau, ganz privat. Nur ich hatte die Schlüssel.«

»Und die Maiwalds haben davon nichts mitbekommen? Das kann ich kaum glauben.«

»Keine Fragen, das war unsere Abmachung. Außerdem gab es da noch die Sache mit dem Geld.«

»Welches Geld?«

»Miete für die Zimmer, oben im Schuppen. Immer bar, ohne Quittung.«

»Ah ja, schwarzes Geld für die Brüder.«

»Eine kleine Andeutung hat gereicht.«

»Also Erpressung!«

»Was für ein böses Wort, Commissario. Bei uns in Italia würde man so etwas nie in den Mund nehmen. Sagen wir einfach: ein Geschäft. Ein Handel ohne Finanzamt. Ich sag nix und krieg den Keller. Josef und Anton sagen nix und kriegen dafür etwas Miete.«

»Friedhofsgebühren.« Lindt rieb sich die Stirn und sah Vittorio Gallo gerade in die Augen: »Wer hat die Maiwalds vergiftet?«

Der Italiener wurde rot, anschließend bekreuzigte er sich: »Madonna mia, damit habe ich nichts zu tun. Ich nicht und niemand aus unserer Familie. Ehrenwort, großes Ehrenwort. Ich kann auch schwören!«

Der Kommissar schwieg, schaute und schwieg.

»Glauben Sie mir, bitte. Ganz bestimmt nicht, es war keiner von uns. Wieso auch? Die beiden waren nicht nur meine Chefs, sie waren auch meine Freunde. Immer gut zu mir, gut zu uns allen.«

Lindt schwieg weiterhin. Wenn es niemand aus der Gallo-Sippschaft war, wer dann? Alle anderen Verdächtigen hatten sie in den Besprechungen ausgeschlossen.

»Woher wussten Sie denn, wo wir wohnen?«

Vittorio grinste. »Das war echt nicht schwer. Einer Ihrer Nachbarn von früher, der Otto.«

»Ach, der Schreiner.«

»Fabio hatte ihn gefragt, wegen …«

»Hat Ihr Sohn uns dieses Vieh vor die Tür gestellt?«, fiel ihm Carla ins Wort.

Sein Grinsen wurde noch ein wenig breiter. »Echte Calabrone. War gar nicht so einfach einzufangen.«

Der Kommissar schwieg wieder und beobachtete den stämmigen Italiener. Körpersprache, Mimik, nichts schien auf eine Unwahrheit hinzudeuten. Oder war Gallo perfekt im Lügen?

»Sie kommen, um Ihren Sohn zu entlasten?«

»Nur wegen Fabio. Er hatte wirklich noch nie etwas mit der Sache zu tun. Ehrenwort, ganz großes Ehrenwort!«

»Schon wieder.«

»Ehre ist für uns ganz wichtig, Commissario. Bitte, Sie müssen mir glauben.« Er zeigte auf Foto und Geständnis. »Bitte, lassen Sie das untersuchen. Rufen Sie Ihre Kollegen an, unten in Italia. Die kennen Bruno. Sie haben ihn ein paarmal geholt, aber keine Beweise gefunden. Bitte prüfen Sie die Pistole, seine Pistole.«

»Und wenn es Ihre Waffe ist? Ein Toter kann nicht mehr reden.«

Der Italiener zuckte die Schultern: »Bitte, deswegen bin ich extra zu Ihnen nach Hause gekommen. Ich habe schon früher gewusst, dass Sie der Commissario sind. Sie sind der Einzige, der mir glaubt. Ich fühle es, hier drin.« Er nahm Lindts Hand und presste sie auf sein Herz.

»Es kann aber sein, dass Sie ins Gefängnis müssen. Beihilfe zum Mord, zum 17-fachen Mord.«

Gallo ließ den Kopf sinken. »Besser ich als mein Sohn.« Er streckte seine Hände aus. »Bitte, Sie müssen mich jetzt verhaften.« Dann sagte er nichts mehr.

Oskar und Carla schauten sich an, schließlich gab sie ihm das Telefon.

Lindt tippte die Durchwahl des Kriminaldauerdienstes ein: »Eine Festnahme, ja, in der Waldstadt, bei mir zu Hause. Ich hab grad keinen Wagen …«

Auch mehr als 50 Kilometer nördlich von Karlsruhe war die Wochenendbereitschaft der Kriminalpolizei im Einsatz. Im Heidelberger Stadtteil Emmertsgrund hatten sich mehrere Bewohner eines heruntergekommenen Hochhauses über den stechenden Geruch beschwert, der seit zwei Tagen aus einer der Wohnungen gedrungen war.

Die Besatzung eines Streifenwagens forderte den Schlüsseldienst an, der einige Zeit brauchte, um zu öffnen. Die Tür war verriegelt und zudem steckte der Schlüssel von innen im Schloss.

Die beiden Beamten pressten sich Papiertaschentücher vors Gesicht und betraten Schritt für Schritt das völlig abgedunkelte Einzimmerapartment. Der Druck auf den Lichtschalter war erfolglos, also tasteten sie sich im Schein ihrer Taschenlampen hinein. Eine übelriechende Spur von Erbrochenem zog sich von einer total zerwühlten Schlafcouch zur fast geschlossenen Badezimmertür. Einer der Polizisten drückte dagegen. Eine Handbreit gab die Tür noch nach, bevor sie gegen ein Hindernis stieß. Der Kopf des Beamten passte knapp durch den Spalt.

Mit kalkweißem Gesicht taumelte er zurück und verließ fluchtartig die Wohnung.

Genauso erging es dem kurze Zeit später eintreffenden Notarzt. Von der Streifenwagenbesatzung vorgewarnt, nahm er eine Verbandskompresse aus dem Notfallkoffer, hielt sie sich vors Gesicht und riskierte einen Blick. Auch er stürzte wieder aus der Wohnung, holte an dem geöffneten Flurfenster ein paar Mal tief Luft und stieß »Nichts mehr zu machen« hervor. »Schon seit Tagen tot, eindeutig.«

Zwei hartgesottene Beamte der Kriminaltechnik waren es schließlich, die, in Ganzkörperschutzanzüge gehüllt, die Rollläden hochzogen, die Fenster aufrissen, die Badezimmertür aushängten und die dahinter zusammengekrümmt am Boden liegende Frau betrachteten.

Trotz Atemschutzmasken konnten sie es in der Wohnung nur kurze Zeit aushalten.

Das Nachthemd bis zum Bauch hochgeschoben, bot

der bereits mit deutlichen Verwesungszeichen versehene Körper einen schockierenden Anblick. Auch Boden, Toilette und die unteren Bereiche von Dusche und Wänden waren voller Exkremente und Erbrochenem.

Die beiden Kripo-Mitarbeiter verließen die Wohnung wieder, um Spurensicherung und Gerichtsmedizin anzufordern.

›Fremdeinwirkung ausgeschlossen‹ stand später in deren Bericht. ›Die aufgefundene Person konnte als die alleinlebende Wohnungsinhaberin Eva Neudorff identifiziert werden. Es ist davon auszugehen, dass Neudorff in suizidaler Absicht eine größere Menge von Rotwein zu sich genommen hat, der mit dem pflanzlichen Gift Taxin versehen war.‹

Auf dem Boden wurde eine beinahe völlig geleerte Weinflasche französischer Herkunft vorgefunden, in der Küchenspüle ein Mörsergefäß mit Resten zerdrückter Nadeln von Taxus baccata, der gemeinen Eibe. Daneben stand ein Becherglas mit einer geringen Menge hochprozentigen Alkohols, in dem das Gift aus den Pflanzenteilen gelöst worden war. Ein Haarsieb mit mehreren Handvoll der ausgelaugten Nadeln hing schräg darüber.

Auf dem Esstisch lag ein Blatt Papier, beschrieben mit einem einzigen Wort: ›Hoffnungslos!‹

Die Ärztin der Gerichtsmedizin stellte als Erste den Zusammenhang her: »Da war doch vor Kurzem in Karlsruhe ein ganz ähnlicher Fall.«

Als Oskar Lindt am Montagmorgen seine E-Mails sichtete, stieß er einen Schrei aus: »Paul, Jan, zu mir, schnell!«

Fassungslos lasen die drei die Mitteilung aus Heidelberg; einmal, zweimal, dreimal.

Dann nahm der Leiter der Mordkommission einen dicken Filzstift und ein weißes Blatt, beschriftete es diagonal mit vier Worten und heftete es vorne auf die Ermittlungsakte im Mordfall der Brüder Anton und Josef Maiwald: ›GRÜN IST DIE GIER!‹

ENDE

Weitere Titel finden Sie auf den
folgenden Seiten und im Internet:

WWW.GMEINER-VERLAG.DE

Kriminalhauptkommissar Oskar Lindt ermittelt:

GMEINER SPANNUNG

WWW.GMEINER-VERLAG.DE
Wir machen's spannend

Claudia Schmid
Blumenlust
Kriminalroman
336 Seiten, 13,5 x 21 cm,
Premiumklappenbroschur
ISBN 978-3-8392-0754-3

Edelgards Buchhandlung »Bücherhimmel« wird
anlässlich des Mannheimer Luisenpark-Jubiläums
erneut zum beliebten Treffpunkt. Dort macht sie die
Bekanntschaft eines charmanten Herrn. Wenn nur ihr
Ehemann Norbert nicht wäre … Als eine Mordserie
die Stadt erschüttert, ist Edelgard tief getroffen, denn
sie kannte eines der Opfer persönlich. Kurzerhand
widmet die Miss Marple von Mannheim den »Bücherhimmel« zur Schaltzentrale ihrer Ermittlungen
um. Denn auch ihre kräuterkundige Freundin Luisa
bittet sie um Nachforschungen, wittert sie doch er-
bitterte Konkurrenz von der pfiffigen Kräuterhexe
Chloé.

GMEINER SPANNUNG

WWW.GMEINER-VERLAG.DE
Wir machen's spannend

Kai Bliesener
Brand. Wein. Tod.
Kriminalroman
288 Seiten, 12,5 x 20,5 cm,
Broschur
ISBN 978-3-8392-0755-0

Auf dem Tisch vor JJ Schwarz liegt eine verkohlte
Frauenleiche. Die Bestatterin aus Fellbach soll den
Leichnam für die Beisetzung vorbereiten. Nachdem Grete Bürkle einige Tage vermisst wurde, hat
man sie in den Trümmern eines Hauses gefunden. JJ
erhält Druck von vielen Seiten, ihre Arbeit schnell
abzuschließen. Niemand scheint sich dafür zu inte-
ressieren, wo sich Grete Bürkle aufgehalten hat und
warum sie in dem fremden Haus gefunden wurde.
Die Bestatterin beschleicht das Gefühl, dass irgendetwas faul ist, und geht der Sache nach …

GMEINER SPANNUNG

WWW.GMEINER-VERLAG.DE
Wir machen's spannend

Michael Boenke
todsatt
Kriminalroman
320 Seiten, 13,5 x 21 cm,
Premiumklappenbroschur
ISBN 978-3-8392-0828-1

Fronleichnam – eigentlich eine Zeit der Besinnung,
doch nicht so im Oberschwäbischen. Der Alt-Wirt
des »Güldenen Adlers«, Bruno, wird mit Speiseresten
zu Tode gefoltert. Sein Kollege Stavros, Besitzer des
romantisch im Ried gelegenen »Poseidon«, wird kurz
darauf kopfüber aufgehängt im Schlachtkeller gefunden. Als dann auch noch Frieda, die alte Wirtin des
»Goldenen Ochsen« spurlos verschwindet, ermittelt
ihr Schwiegersohn Bönle mit seinen Motorradfreun-
den auf eigene Faust. Liegt die Lösung des Falles in
der Vergangenheit der Wirtsleute?

GMEINER SPANNUNG

WWW.GMEINER-VERLAG.DE
Wir machen's spannend